光文社文庫

アミダサマ

沼田まほかる

光　文　社

目次

小さな裸の身体を暗闇が圧し包んでいた。立つことも横たわることもできない狭い箱のなかに、子供は手足をたたんでじっとうずくまっていた。その姿勢のまま、ほとんどの時間をうつらうつらとまどろんで過ごし、その姿勢のまま、薄いわずかばかりのオシッコを何度か漏らした。

ときどき、どこからか冷たい水が滴り落ちてきた。前髪がぐっしょり濡れて、目蓋から頬に細いしずくが伝う。特別喉が渇いていたわけではなかったが、舌先を伸ばしてそれを舐めた。

はじめの頃のひりつく空腹感や渇きは、いつのまにか感じなくなっていた。突き刺さるような恐怖ももうない。

箱の内側に満ちる闇は、そのまま想像もできない彼方まで、夜のように海のように広がっていた。子供はその果てしなさのなかに、身体を縮めたままぽっかりと浮かんでいる気がした。

なぜこうなったのか、いつまでこの状態が続くのか、これからどうなるのかというようなことはほとんど考えなかった。この子の頭のなかには、不思議な木霊が乱れ飛び、互いに烈しく呼び合ってはいたが、それらはまだ言葉というものをかたちづくったことがなかった。だから何も考えなかったのだし、考えず、身動きもしなかったから、きっと生き延びることができたのだろう。

罠にかかった小動物のように、その子はただぐったりと脱力してそこにいた。闇以外には何もないそこで、少しずつ身体の感覚を失くし、自分が自分であることを忘れ、最後には、自分はもう死んでしまっているという感触にすっぽりと覆い尽くされて。

第1章　妙音鳥が啼(な)く

1

はじまりは耳鳴りだった。

十一月の終わりの雨の午後、ビルの十五階のオフィスで、工藤悠人(くどうゆうと)は集中していたディスプレイ上の一点からふと視線を上げた。

雨はもう二日も降り続いていた。濡(ぬ)れた窓ガラスの向こうに、見慣れた近隣のビルの輪郭が柔らかく煙って見える。悪い気分ではなかった。悠人は雨が好きだった。パートの女性が淹(い)れてくれたお茶がデスクの隅で湯気を立てている。

営業部門の方から電話の呼び出し音や話し声が始終聞こえていたが、薄いパーティションで仕切られているだけなのに、そうしたざわめきがひどく遠い、自分に関わりのない世界のことのように思えた。これもまた雨が感覚におよぼす作用のひとつらしい。天候や、季節や、場の雰囲気に、妙に感化されやすいところが悠人にはあった。

耳鳴りがいつ始まったのかはっきりしなかった。

雨音自体はまったく聞こえなかったし、空調の音や電子機器のたてる微かな音は耳になじみすぎて、すでに静けさの一部になりきってしまっている。

その微かな耳鳴りだけが際立っていた。悠人の意識に妙にチリチリと触れてくる。身体の内側で何かが掻き立てられるような気分だった。

湯飲みを取りあげてひと口すすり、そのついでに首を左右にひねって筋肉をほぐした。両方の手をこめかみに当てて、痛いくらいに揉んでみる。

その後しばらくは、それでもどうにか無視して仕事を続けることができた。それが難しくなってきたのは、窓の外が暗くなりはじめて、残業の予定のない者たちが帰り支度に取りかかった頃だった。どの机の隅にも一日分の埃が薄くたまり、雨のなかに出て行く者の顔にも、背をまるめて机にすわり続ける者の顔にも、くすんだ疲労の色が滲んでいた。

耳鳴りは、捉えようと意識を集めると、フワッと散って室内にこもる現実的な音のなかに紛れ込んでしまう。それなら、と頭から締め出して積算の数字に集中しようとすると、すぐにまた現れて、ためらいがちに、そのくせ一種有無をいわせぬ独特の執拗さでまとわりついてくる。まるで鬼ごっこだった。ひどく落ち着かなかった。

悠人は席を立って洗面所にいき、冷水で顔を洗った。ハンカチで拭きながら、いったいどうしたのだろう、と鏡を覗きこんだ。

こんな音は聞いたことがなかった。他のすべてのものと、何か本質的なレベルで異質だった。

ほんとうに音なのだろうか。突如そう思った。確かに、聞こえるというよりは、脳のどこかに直接触れてくる感じなのだ。

これはひょっとして幻聴というものなのだろうか。

背筋にゾクリと冷気が走った。自分は少しずつ狂い始めているのか。

鏡に映る自分を、俺はこんな顔をしていたのだったか、と奇妙な驚きを覚えながら眺めた。

2

自らの読経の声を聞くうちに、今日もまたいつものなだらかな地平がまわりに開けて、筒井浄鑑はうつらうつらとした心地でどこへともなく歩き続けているのだった。道はあるようなないような、どの方向に向かおうと、どう曲がろうと、どこまでも果て遠い広がりがただ横たわっている。

肉眼では、寸分の隙なく荘厳した須弥壇上の宮殿を静かに見つめている。その内におわす仏像は、仏像であって仏ではないが、それでも慕わしげに眺めている。

——復次舎利弗　彼国常有　種種奇妙　雑色之鳥　白鵠孔雀　鸚鵡舎利　迦陵頻伽

沈香の薫るなかに、迦陵頻伽がふわりと舞い立った。妙音鳥とも呼ばれるこの鳥が浄鑑は好きだった。人面鳥身の姿で描かれることが多いが、浄鑑の空想のなかで、迦陵頻伽は翼の大きいウズラのような目立たない姿をしている。褐色の嘴を開いて啼いているが、その声はあまりにも美しすぎて、人である浄鑑の耳には捉えられない。

仏にあらざる仏像も、妙音鳥の幻も、単なる象徴でしかないが、彼にはごく親しいものたちだ。

——共命之鳥　是諸衆鳥　昼夜六時　出和雅音　其音演暢　五根五力　七菩提分

極楽浄土のありさまを、腹の底から湧き出る声で唱えながら、人間が仏と名付けたその捉えがたいものに、漠然と焦がれずにはいられない幸せな心地で、どこまでも平原を歩いていく。

香炉から立ちのぼる透明な煙が揺らめいて、いつからそうなったのか、その煙よりもさらに儚いひとつの気配が、浄鑑の背後にひっそりとうずくまっていた。

〈何者か〉

振り向きもせず心中でたずねた。振り向いてもきっと何もいない。そのまま読経を続けながら待ったが、応えはない。

〈何者か〉

もう一度たずねた。やはり応えない。

——舎利弗　汝勿謂此鳥　実是罪報所生　所以者何　彼仏国土　無三悪趣
〈自分が何者であるかを知らないのか〉

——何況有実　是諸衆鳥　皆是阿弥陀仏　欲令法音宣流　変化所作　舎利弗　彼仏国土

〈そうなのだな。それで、わたしに何の用がある〉

問いかけたまま、浄鑑はやがてそのもののことを忘れ、再び経文のリズムに引き込まれていった。舎利弗よ、舎利弗よ、と繰り返し愛弟子に呼びかけながら語る釈尊の言葉が、浄鑑自身に向けられたものであるように優しく胸に響く。

〈舎利弗よ、御身はどう思う。彼の仏をば、何ゆえに阿弥陀仏と申すのであろうか。舎利弗よ、彼の仏の輝きは、あらゆる時空を照射して限りなく、何ものにもさまたげられることがない。この故に、阿弥陀仏と申し上げるのである。舎利弗よ……。舎利弗よ……〉

やがて、ゆっくりと回向句を唱えて、磬の三打目を強く打ち鳴らした。背後の淡い気配が、まどろみから覚めたようにヒクッと身じろいだ。

浄鑑の胸に、奇妙な哀れみが湧き上がってくる。

――南無阿弥陀仏　南無阿弥陀仏　南無阿弥陀仏……

〈行くから、待っているがいい〉

称名を終えて、合掌礼拝の姿勢を解くと、納得したように気配は緩んで、本堂の冷えた空気のなかに拡散していった。

3

店舗のガラス戸も、住宅も、塀も、その塀越しに見える庭木も、道路の両側の何もかもが土埃と排気ガスを浴びて薄汚れていた。センターラインはなく、なんとか車同士がすれ違える程度の道幅だ。法定速度をそれほど超えずに走っている。

ここが何市の何町なのか、悠人にはわからなかった。関越自動車道に乗り、ずいぶん走ってから、どこかのインターで降りた。そのあと何度となく交差点を曲がった。一種の忘我状態に陥っていたのか、この道に出るまでの風景をろくに覚えていないのだった。

昨夜はほとんど眠れなかった。うとうとしかけてはハッと目が覚める、そんなことの繰り返しだった。夜の闇のなかから、あの音が常に悠人を見つめていた。いつのまにか彼はそれを、音ではなく声だと、少なくともコエと呼ぶ以外に呼びようのない何かだと感じ始めていた。

とっくに気付いていたことだが、両手でピッタリと耳を覆(おお)ってみても、その何かは、コエは、強まりもしなければ弱まりもしなかった。遠のいたり、すぐそばまでにじり寄ったりしながら、それはいつもそこにいた。ときには、生温かい息のように皮膚に触れてくる気さえして、悠人は何度も寝返りをうった。

何か大切なものを失(な)くしてしまったような苛立(いらだ)たしい悲しさを感じた。なぜかはわからないが、取り返しがつかないという思い。布団(ふとん)をはねのけて、寝静まった夜の街にわぁっと駆け出して行きたい衝動を、じっとこらえ続けた。

今朝、急な発熱と下痢で出勤できそうもない、と勤務先に連絡を入れた。そんなことをしたのははじめてだったから、電話に出た女子社員は心配そうな声で、ゆっくり休養するよう言ってくれた。

何も手につかなかった。ともかく外に出た。

これが幻聴であるなら、やはり精神科を受診すべきなのではないか。そんなことをとりとめなく考えながら駅への道を歩いていると、レンタカーの看板が目についた。ふらりと店に入って、たまたまそこにあったカローラを借りた。

乗り込んでシートベルトを締め、ギアを入れた途端、焦点がすっと定まるような感じがした。走り出してからはほとんどものを考えず、コエだけに心を澄ませていた。

呼び寄せられている。それはもうはっきりしていた。

一瞬恐怖が兆しかけたが、自分には、行かない、という選択肢が最初から与えられていない。そのことを、悠人はなぜか納得していた。この得体のしれないコエが、ほんとうはずっと昔から自分のそばにあったような気さえ、だんだんにしてくるのだった。長い間無視し続けてきて、今ようやくそれと気付いたような——。

家並の間を通りぬけると、視界が緩やかに開けた。

道路際のところどころにガソリンスタンドや、鉄錆にまみれた鉄工所が散在するだけで、あとは貧相な田畑や雑木林が入り混じった、田舎ともいえない田舎の風景だった。突風を受けて、樹木や、雑草や、ガソリンスタンドののぼり旗がいっせいになびいた。

もう、近くまで来ている。

前方左手の低い丘を背にして、外壁をピンクに塗ったラブホテルが見えた。寂れ果てた様子が遠目にもわかる。

ホテルに続く道の分岐点までくると、悠人はためらわずにハンドルを切った。

道はすぐにまた左右に分かれていた。今度はホテルの方にはとらずに、左手の、曲がりくねりながら丘の上に向かう未舗装の小径に入っていく。両側から覆いかぶさるように草木が茂っていた。路面には古いタイヤの跡がついていて、ところどころに昨夜まで降り続いた雨が溜（た）まっていた。

こらえきれずに、低いすすり泣きが漏れた。頭のなかのどこか奥まった場所に、例えば何かちっぽけな盲腸みたいなトゲがあって、悠人自身そんなものがあることさえ知らなかったそのトゲの先端に、コエの指先が柔らかく触れてくる。触れられている部分から、二十二歳の今日まで悠人が一度も味わったことのない種類の感情が溢（あふ）れ出てくるのだった。

車が揺れるたびに、灌木（かんぼく）の小枝が車体をこすった。ハンドルをしっかり握りなおし、かすむ目を瞬（まばた）いて道の前方を凝視する。これから自分の身に何か大きなことが起ころうとしている。けれども自分がそれを望んでいるのかどうか、悠人にはわからなかった。

4

登りきった丘の頂上には、フェンスをめぐらした五十メートル四方ほどの空き地があった。所有者を表示する看板の類（たぐい）は見あたらないが、どこかの修理工場の廃車置場に使われているらしい。

フェンスの途切れ目から内側に入ったところで、悠人は車を停めた。空いているのはそこだけで、あとは雨ざらしのまま放置された何百もの車体で埋め尽くされている。

ぬかるんだ地面に降り立ってドアを閉めると、大きく音が響いて空気が揺れた。応えるようにどこかでカラスが鳴いた。位置のはっきりしない太陽が、鈍い空から冷たい光線を降らせている。

ここにいる。

変形し塗装の剝げ落ちたこの金属の残骸の、幾つもの冷えきったエンジンや、動かないステアリングの間のどこかに潜んで、今か今かと悠人を待っている。

それがいったい何なのかということを、悠人はもう考えなかった。広く視野を捉えるときの散漫な目つきのまま、あたりをゆっくりと見回す。涙はとうに乾いている。恐怖も感じなかった。

少し向こうに赤いスポーツカーがあった。ヘッドライトの部分が大きく潰れ、ねじ曲がったボンネットがはねあがっている。その横には、タイヤもドアもない空っぽのセダンのボディが土にめりこんでいた。

コエに引き寄せられるままに、悠人はその二台の隙間に入り込んだ。泥と錆と、食べ物か動物の死骸の腐臭が鼻についた。衣服が触れると、車体から塗料片がぽろぽろと剝がれ落ちた。

やっとくぐり抜けて、わずかばかりの地面に足場を見つけ出したとたん、前触れもなくフツッとコエが途絶えた。頭のなかに穴が開いたような喪失感を覚えた。

まわりには、似たようなスクラップが幾重にも折り重なっているばかりだった。今見放されればお手上げだった。こんなふうに自分を巻き込み弄ぶ理不尽な何ものかへの怒りと、早くしなければ大変なことになるという強い焦りとが、入り乱れて彼を苛んだ。

あらためて周囲を見回すと、しかし、残骸が作り出すその迷路のどこをどうたどれば行き着けるかが、なぜか考えなくても悠人にはわかった。彼はただ、行き着きたい、という願望のままに動けばよかった。

吹きつける風が、ひん曲がったバンパーやエッジに裂かれて小さな叫びを上げた。早く、早く、と気が急いたが、通路が狭いせいで思うようには進めなかった。身体が前へと泳ぎ、足がもつれる。何度も四つん這いになりながら、夢中で歩き続けた。

赤錆だらけの大型車をよけたとき、人影が見えた。

雑草の生えた少しばかりの地面の真ん中に、黒い僧衣をまとった男がひとり、こちらに背を向けて立っていた。

では、自分を呼び寄せたのはこの男か——。

足音に気付いていないはずはないのに、男は振り向こうともしない。黒衣の袖だけが風を孕んで大きく舞い上がった。

悠人は男に声をかけることに、あるいは後ろからその肩に触れることに、理由のないためらいを覚えた。しかたなく、黙ったまま横に立った。すると男はようやく頭(こうべ)をめぐらせて、悠人と視線を合わせた。

四十か、あるいは五十に近いのか、どちらにしてもすでに若いとは言えない年齢に達した顔の自然な無表情が、どういうわけかひどく悠人を驚かせた。少しばかり白髪の混じった蓬髪(ほうはつ)、眉間(みけん)に刻まれた傷跡のような深い皺(しわ)、小さな目の鉄灰色の瞳(ひとみ)。男のその瞳が、自分の胸のなかのすべてを見透かすのではないかという畏(おそ)れを、悠人は感じた。

「ほう、まだ若いな」

男が言った。太い穏やかな声だった。

「あなたは……」

言いかけたが続かなかった。喉(のど)が干上がっている。

「あんたのところへも来たんだな」

僧形の男は前方に顎(あご)をしゃくった。悠人はなんとか唾液(だえき)を飲み下した。見ると、車体のスクラップの間に、白い大型冷蔵庫が一台放置されていた。相当に古いらしく、二枚のドアのうち下の小さい方は取れてなくなっている。少し傾いたまま、ウィンドウからススキの生え出た空っぽのボディに寄りかかって立っている姿は、まるで奇怪な前衛劇の舞台装置のようだった。

「あ――」

考えるより早く、悠人は足を踏み出していた。

「覚悟は、できているのか」

男の声が柔らかな鞭のように背中を打った。急に恐ろしさが込み上げて、その場にすくみあがった。だが冷蔵庫から目を逸らすことはできなかった。

「あなたは、誰ですか」

背を向けたまま男に訊いた。

「わたしは筒井浄鑑。この近くの寺に住んでいる」

男はそばに来て、悠人の肩に静かに手を置いた。

「いいから落ち着きなさい」

「僕は……、僕は……」

「あんたがたずねたから名乗ったまでだ。あんたは必要ない。あんたの名など知りたくもないわ」

彼はそう言って、再び顎で冷蔵庫を指し示した。

「つまり、あんたも誘い出されたわけだな、あれに」

悠人はもう一度唾(つば)を飲み込み、振り向いて、筒井浄鑑の目を見ながらゆっくり頷(うなず)いた。

「それでどうする」

「あのなかに、きっと……」

あのなかにきっと、とても大切なものが封じ込められている気がする。とても怖(おそ)ろしいものが封じ込められている気がする。あのなかに、自分自身が入っているような気がする。

浄鑑はしばらく黙って悠人の顔を眺めていた。それから冷蔵庫の方に向き直って、さらにまた何ごとかじっと思案を続ける様子だった。

長い時間が過ぎたあとで、僧の口から深々と吐息が漏れた。

「では、わたしが扉を開いてみることにしよう。あんたはここにいなさい。いいな」

「何が入っているか、知ってるんですか」

「いや」ゆっくり冷蔵庫に近づいていく。「しかし、このままあれには触れずに帰ろうかと、実は考えていたところだ。どうやらあと半日かそこらでケリが付きかけているようだしな。もしあんたが来なければ、そうしていたかもしれんよ」

浄鑑は扉の前に立つと、ためらいも見せずに取っ手をつかんだ。扉は音も立てず、意外なほど軽やかに開いた。

ぐにゃぐにゃした白いものが見えた。樹脂製のチューブの束か、いや、皮を剝がれた動物の肉か。そう思った。だが、それは子供だった。三歳くらいの素裸の女の子が、胎児のように手足を曲げて、冷蔵室の内部にぐったりと収まっていた。

死んでいるわけではないらしい。突然光を浴びたせいだろう、縮こまったまま、微かに肩をすくめるふうに見えた。しかし反応はそれだけだった。

悠人はその場を動かず、息を詰めて幼女を眺め続けた。

この子が自分を呼び寄せた。今はそれがごく自然なことのような気がする。

衣の袖をたくしあげた浄鑑が、庫内に両腕を差し入れて子供をすくい上げた。子供は濡れて汚れ、手足も首も浄鑑の腕から力なく垂れ下がった。その子がどのくらいの時間そこにいたのか、そんなにも病的にやせ細っているのが長く閉じ込められていたからなのかどうか、悠人には判断がつかなかった。

浄鑑はその場にうずくまって、子供の首を支えるように抱きなおした。脈を調べ、それから軽く身体を揺すった。

「もう大丈夫だ、しっかりしなさい」

小さな身体に痙攣が走って、子供は顔をしかめた。

安堵と恐怖と、何か得体の知れない激しい感情とが胸に入り乱れて、悠人はほとんど吐き気に近いものを感じた。

「よしよし、喉が渇いただろう、寒かっただろう、よくがんばったな」

浄鑑は低い声で絶えず語りかけながら、細い両脚をさすっている。やがて、垂れていた子供の両腕がゆっくり上がって、萎(しお)れた蔓(つる)のように浄鑑の首に巻きついた。

「あんたの着ているそれを、こっちにくれんか」

悠人は我に返り、急いでフリースのパーカーを脱いだ。浄鑑はそれを受け取って子供の身体をくるみこんだ。衣服は身に着けていないのに、子供は素足に薄汚れたズック靴を履いていた。

「車にスポーツドリンクがあります。早く連れて行って、飲ませましょう」

居ても立ってもいられない焦りに駆られて早口にそう言うと、悠人の声に反応してか、子供はわずかに首をもたげて彼の方を向いた。もつれた前髪の下の目が、いきなりぽっかりと開いた。蒼(あお)ざめやつれた小さな顔のなかで、その目だけが濡れ濡れと光っていて黒く、底知れない瞳は、目蓋(まぶた)が開いた瞬間からまっすぐ悠人を捉えていた。

その目に、悠人は吸い寄せられた。見つめ返していると、自分が自分ではない別の人間になっていくような不可解な感覚が湧(わ)き起こってくる。

子供の唇が薄く開いた。

「……う、う……、ひゅうう」

凍りついた声帯が震える。

「ううぅ……、ゆううぅ……ゆうぅぅぅと」

奇妙な鳥がきしきしと啼くような音が彼の名を呼んだ。

一種もの狂おしい渇望が、血流とともに悠人の全身を駆け巡った。子供の目と浄鑑の目、妙に似かよった二組の目が悠人を凝視している。錆びたスクラップの上の白茶けた空、風、雑草、ぬかるんだ地面。彼のまわりで、二人の視界以外の何もかもが、今にも粉々に砕けて飛び散るかと思えた。

悠人はふらりと足を踏み出した。この子に触れたい。どうしても触れたい。

しかし、差し伸べた手がもう少しで子供の頬に届きかけたそのとき、浄鑑が肩を割り込ませるような動きで素早く立ち上がった。

「あんたの車で、ともかくわたしの寺まで運ぼう。なに、ほんの十分ほどの距離だ」

5

車内の暖房を最強にして走り出した。

後部座席では、浄鑑が子供にスポーツドリンクを与えていた。口移しにごく少量ずつ流し込む液体を、子供は幾らでも飲むようだった。悠人は大きく揺らさないよう慎重にハンドルをさばきながら、子供の喉が弱々しく波打つのを、バックミラーのなかに何度も眺めた。

浄鑑の指示に従って角を曲がるうちに、路（みち）は竹混じりの雑木林に挟まれた上り坂になった。舗装の状態も悪く、上るほどに幅も狭くなる。

行く手左側のそっけないブロック塀のむこうに、本堂の古色を帯びた屋根瓦（やねがわら）が見えていた。これも時代がかった煤（すす）けた山門があって、扁額（へんがく）に寺号が墨書されているようだが、すぐには読み取れないほどに色褪（いろあ）せている。門扉（もんぴ）は閉じていたが、少し隔たったところに庫裏（くり）に通じるらしい木の門柱があり、こちらには元々扉が付いていなかった。悠人はそのすぐ近くまで車をつけた。

子供を抱いてすたすたと入っていく筒井浄鑑のあとについていくと、玄関の戸が内側から開いて、銀髪が美しい老婦人が驚き顔で出迎えた。

「まあ、どうしたの。いったい……」

「母さん、病人だ。すぐに休ませたいので布団（ふとん）を敷いてください。とりあえず湯冷ましを飲まして、様子を見ながら、薄い粥（かゆ）かなんか食べさせた方がいい。寒いところで、何日も飲まず食わずでいたようだから」

老婦人はそれ以上何もたずねず、悠人に目礼だけして小走りに奥へ消えた。

建物に足を踏み入れた悠人は、その場の空気が含むひんやりした静けさと、微かな沈香(じんこう)の香りを感じ取った。張り詰めていた気持ちが、自然に緩んだ。

磨きこまれた廊下を進んでいくと、前を歩く浄鑑の肩で子供のおかっぱ頭が揺れた。もつれた黒髪と小さい耳の上で、ガラス戸越しに落ちる庭木の影がちらちらと躍った。

子供は目を開いていた。漆黒の瞳が、まるで見つめることに飢えているとでもいうふうに、ひたと悠人に吸い付いて離れない。

急に場違いな幸福感が悠人の胸を充(み)たした。仄(ほの)かな香も木立も光も、自分と子供のまわりの何もかもが、このひとときの儚(はかな)さのうちにくっきりと際立(きわだ)ち充実している。それらがただそこに在ることが、奇跡のように思えた。

子供は、浄鑑の背中にだらりと垂らしていた片腕をそっと持ち上げた。悠人はその小さな手を自分の手のなかに包み込んだ。

ミハル——。

声にもせず、呼んだということを意識することもなく、頭に浮かんだ名前を呼んだ。

その名が喚起する歓びがあまりにも激しかったので、悠人は自分がこのまま空気のように消えてしまうのではないかという恐怖を抱いた。いや実際、彼はとうにかたちを失い、自分自身から解き放たれ、手と視線で子供とつながったまま、軽やかに、変幻自在に、宙を漂っているのだった。輝く陽光も沈香の香も遠くかき消え、融合の充足感だけがあたりにみなぎっている。彼の心は安らぎ、何か根源的な忘我ともいうべき心地よさを深々と呼吸した。この単純な感覚を知らずに、なぜ今日まで生きてこれたのだろう——。

「どうした、何か言ったか」

突然、浄鑑が振り向いて悠人を見た。

二度と離れない、無理に引き離せば血が噴き出るだろうとさえ思えた手と手は、そのはずみにあっけなくほどけ、悠人は元の廊下にぼんやり立ち尽くしていた。

「おい、ほんとうにどうしたんだ。ひどい顔色だが」

眉根を寄せ、怪訝そうに見つめてくる顔に、つくりものではないいたわりが浮かんでいる。

「別に……、何も……」

辛うじて応えはしたが、彼は自分が再び、自分自身という狭くて寒い牢獄のなかに引き戻されたのがわかった。昨日までの悠人にとって、そこはそれなりに居心地のいい部屋であり、決して牢獄などではなかったのだったが。

「さて、これからのことだが」

ざんばら髪を片手で掻きあげて、浄鑑が口を切った。汚れた衣帯をあらためて、洗いざらしたカバーのかかった座布団にどっかと胡坐をかいている。のっそりとやってきた大きな猫が、浄鑑の衣に背中を擦りつけるような格好で寝そべっていた。

子供は湯冷ましを飲み、浄鑑の母親がつくった粥を少し食べ、これも母親が浴用タオルを縫い合わせてつくった即席の寝間着を着せられて隣室で眠っていた。飢え渇いて衰弱しているほかは、これといった外傷も見あたらなかったが、浄鑑が親しくしている医師がもうすぐ来てくれることになっていた。

「工藤、悠人といいます」

唐突に名乗ったが、浄鑑は、そうか、と軽く受けて先を続けた。

「あんたもまさか警察に届けようとは思わんだろうな」ガブリと煎茶を飲む。

それまで、警察などという言葉が悠人の頭に浮かんだことはなかった。

「なんだ、びっくりしたような顔だな。普通ならこんなときは真っ先に救急車とパトカーを呼ぶだろうが。あの様子では少なくとも三日以上は、あそこに閉じ込められていたはずだ。これは、うやむやにはできない事件だ。そうだろう？」

確かにそのとおりだ。ミハルが誰とどこで暮らしていたのか、いったい何者が何の目的で、子供をあの冷蔵庫に封じ込めたのか。しかし、そんな現実の問題について考えようとしてもなぜか実感が湧かなかった。

「なら、届け出たらどうです」

投げやりな気持ちで言ってみた。

「そうかね」

喉を鳴らしている猫が、平たい頭でぐいぐいと浄鑑の膝を突いた。

「じゃああれか、あんたもわたしも、たまたま理由もなくあの廃車の山のなかの捨てられた冷蔵庫のところへ行って、何となくドアを開けてみたら、なかに女の子が閉じ込められていました、そう説明するわけだな」

「……」

「それともこうか、実は女の子が冷蔵庫のなかからテレパシーでわたしらを呼んだんです、とでも？」

ゆったりと猫の脇腹をさすりながら、浄鑑はおどけたように片眉を上げた。テレパシーという言葉に悠人は強い嫌悪を覚えた。

「ですが、どちらにしても、ミ……あ、あの子が、回復すれば、あったことを自分で全部話してしまうでしょう」

「そのことなら何とでもなるだろう。三つやそこらの子供が訳のわからん片言をしゃべったところでどうと言うことはあるまいよ。それより気になるのは……」

「……何ですか」

「おかしいとは思わんか。小さな子供が行方不明になっているんだぞ。それなのに何の騒ぎにもなっていない。報道もされなければ、このあたりを捜索している様子もない。かといって、報道協定が敷かれるような金目当ての誘拐事件とは、どうも思えない。あの子が服を着ていなかったことといい、この一件には、何かそうとう複雑な事情が絡(から)んでいそうだ」

　蒼白い裸の身体(からだ)の痩(や)せ細った手足を、悠人はあらためて思い出した。

「きっと、不幸なんだ」

「確かにそうだな。まともな家族がいるとは思えんな。何だか生まれてから一度も笑ったことがないような顔をしている。いやそれどころか、泣いたこともなければ、怒ったこともないような……」

「きっと、ずっと、あそこにいたんだ」

「どういう意味だ」

「そういう子なんです。きっと赤ん坊のときからずっと……あのなかに……、つまり、何か目には見えない冷蔵庫みたいなもののなかに……閉じ込められて……すごく狭くて、息苦しくて、……僕にはわかるんです、……だから、あの子はいつも不幸で、自分が不幸だってことすら感じられないくらい不幸で……」

言葉を選んでしゃべっているつもりなのに、どんどん支離滅裂になっていった。それなのに途中で止めることがどうしてもできない。黙り込んだ浄鑑が、実験動物を観察する病理学者のような目付きで悠人を眺めていた。

「あの子は、いつもひとりぼっちだった、僕が行くのを長い間待っていた。今だってそうだ、今だって……閉じこめられたまま凍えて、きっと僕を呼んでる、……あの子は……あの子を……僕は……だから」

あの子を自分のそばに置きたい、そのひと言が、浄鑑に強く見つめられるとどうしても口から出なかった。鈍色（にびいろ）の冬の海のような目をしたこの僧には、どんなに自然に振舞っていようと、どこか普通ではないところがあった。悠人ははじめからそれを感じていた。

「あんた、だいぶ応えたようだな。確かに、小さい子が酷（ひど）い目にあっているのを見るほど、応えることはないからな」

浄鑑は穏やかな声で言って、冷めた茶をひと口飲んだ。

「とりあえず、わたしにまかせてくれないか。あの子のことを少し調べてみたい。ここはわたしの地元で情報を得られそうなツテも多い。——と、そろそろ医者も現れる頃だ。そうだな、あんたさえよければ、次の土曜日にでももう一度来てくれないか」

6

救い出された幼女は、短時間眠っては目覚めるということを繰り返し、浄鑑の母千賀子がスプーンで口に入れる粥や裏ごしの卵を食べた。最初のうちはほんの二口三口を飲み下すのが精一杯だった。それでも顔に少しずつ赤みがもどってきた。

注射や点滴に頼るよりも、食べようとする意志があるならば根気よく口から食べさせた方がいい、というのが子供を診察した医師の意見だった。町野というその開業医は、浄鑑とは気心の知れた幼馴染だった。彼ならば、身元不明の子供であってもうまく処理してくれるだろうと浄鑑は踏んだのだった。

千賀子は付きっきりで子供の世話をした。

一夜明けた翌日の朝、手洗いに連れていくと、水様ではあるが一応の排便を見た。咀嚼する力もしっかりとしてきた様子だったので、白身魚と野菜で雑炊を作って与えたところ、けっこうな量を平らげて千賀子を喜ばせた。それから子供は深い眠りに落ち、こんどは何時間も目を覚まさなかった。

その日の檀家回りを済ませて昼前に帰った浄鑑は、母親からまだ濡れている靴を見せられた。子供の汚れた靴を洗おうとして、内側に名前が書かれているのに気付いたという。

受け取って目を近づけると、ずいぶん薄れてはいるが、平仮名で〈わにぶちよういち〉と読める。靴はバレエシューズに似たかたちの白いズックで、男女の区別なく学校の上履きなどに使いそうなものだった。底はすり減り、爪先は両方とも少し破れていた。合わせてみるまでもなく、履いていた子供の足よりは幾らかサイズも大きいようだ。

昼食の後、千賀子は子供の世話を浄鑑に頼んで買物に出かけた。バスで駅前のスーパーまで行って、子供の衣類や日用品を一揃い買い調えてくると言う母親が、浄鑑にはいつになくいそいそと華やいで見えた。

子供は薄い目蓋をぴったりと閉ざし、少し開いた口の端によだれを溜めて眠りこけていた。その顔は安らかで何の穢れもなかったが、見つめる浄鑑の胸には様々な思いが入り乱れた。

扉を開けなければよかった。工藤悠人を何とか説得して、あのまま立ち去ればよかった。今さらながらそんなことを考える。しかし、どれほど制止しても、結局あの青年は扉を開いただろう。それがわかっていたから、あえて浄鑑自身が実行したのだった。結果が同じなら決心のつかない自分が手を下す方がいい、その方が後になってからかえって悔やまない。さらにあのときの浄鑑には、悠人自身の手が直接この子に触れるのを、何としても阻止したいという強い気持ちがあった。

この幼い者。自分が何者であるかさえ知らない無心な存在。しかし、この子供の尋常ではない本能は、抜け目なくわきまえていたのだ。悠人なら自分を必ず救い出すと。浄鑑のように後先を考えて迷ったりはしないと。知っていて、命の瀬戸際（せとぎわ）の凄（すさ）まじい力で彼を引き寄せた。恐ろしいことだ。無心な者というのは、ためらいもせずに恐ろしいことをする。

ともかく遅かれ早かれ、どんなかたちでか、ことは起こると考えなければならない。いや、あるいはこの子と工藤悠人とが出会ったことで、すでにこの現実のどこかに微細な亀裂（きれつ）が生じてしまったのかもしれない。青年の名を囁（ささや）いた子供の、あの人のものとも思えない掠（かす）れ声が耳に残っている。

今後どんな厄災が降りかかってくるのか見当もつかないが、この子を逝（い）かせることができなかった以上は、どうしてもそれを未然に防がなければならない。

　そのとき、子供が眠ったまま身じろぎして、ほうっと吐息をついた。暗澹とした思いとは裏腹に、浄鑑の顔に微笑が広がった。それほどにその様子は愛くるしかった。彼は夜具を引っぱり上げて小さな肩をくるみなおしてやった。

　それにしても運の強い子だ。この寒空に裸では、普通なら飢えるより先に凍え死んでいたはずだ。皮肉なことに、この子を閉じ込めた冷蔵庫がこの子を守ったのだ。子供の体温を保ちながらも、必要な空気を供給するだけの隙間が古い冷蔵庫にあったのだろう。降り続いた雨もその隙間から沁みこんで、少しは喉を潤すことができたにちがいない。

　不吉なことを引き起こすかもしれないという理由で、懸命に眠り、食べ、排泄して、生き延びようとする目の前のこの生き物を、みすみす亡き者にしようなどとは、やはり思い上がった考えであったろうか。ひとつの命の重さは森羅万象の重量に匹敵すると、仏ものたもうているではないか。森羅万象にいったい何ほどの重量があるものかは知る由もないが――。

　なんにせよ、まずは子供の身元を確かめることだ。〈わにぶちよういち〉というのはこの子の兄の名だと考えるのが一応は順当だろう。そして、この子がどこか遠方から拉致されてきたのでないかぎり、そのめずらしい姓から身元は容易に知れるだろう。

7

翌日の午後、浄鑑は隣町の公団住宅の敷地内をしばらく歩き回った。ようやく目指す棟を見つけて、四階まで階段を上った。このアパートと、冷蔵庫が放置されていた廃車置場とは、徒歩で三十分ほどの距離だった。

チャイムを押すとすぐに女の声が応（こた）えた。

「近くの寺の住職をしている筒井浄鑑という者です。少々お尋ねしたいことがあって伺いました」

プラスティックのフレームに入ったネームプレートを見上げながら言った。鰐淵（わにぶち）という姓の下に、暁（あきら）、由紀子（ゆきこ）、加奈（かな）、洋一（よういち）と四つの名が並んでいる。加奈というのがあの子供の名前か。いや、そうではないだろう。

小学生、幼稚園児のいる檀家から名簿を借りて〈わにぶちよういち〉を探り当てるのは、結局のところそれほど難しいことではなかった。

「あ、宗教とかの勧誘だったら、今忙しいので」

いかにもうるさそうに女が応じる。

「そういうことではありません。突然で恐縮だが、お宅の子供さんたちのことで話したいことがあるのです」

インターフォンの向こうに訝しげな沈黙が生じた。

ややあってドアが開き、花柄のエプロンをつけた女が現れた。ぞんざいな厚化粧をしている。怯えた表情で浄鑑の全身をさっと撫でるように見た。浄鑑は衣ではなく平服を着ていた。

「洋一君のお母さんですね」

「洋一が何か。まだ学校から帰りませんが」

「心配されるようなことではありません。この加奈さんというのは、洋一君のお姉さんですか」

ネームプレートを指差す。書かれた名の順序からはそう読み取れる。

「そうですけど。いったい――」

「もうひとり妹さんがおられるのではありませんか。三歳ぐらいで、髪はおかっぱで」

女はあっと言うように口を開いたが声は出なかった。その口を手で覆い、ドアから顔を突き出して通路の左右に並ぶ戸口を窺うと、どうぞ、と浄鑑をなかに招き入れた。

狭苦しいダイニングキッチンの食卓に向き合ってすわり、浄鑑があらためて名と身分を告げた後も、鰐淵由紀子は用心深い表情で黙りこくっていた。

浄鑑は単刀直入に事実の概略だけを話して聞かせた。一昨日、近所の廃車置場に廃棄された冷蔵庫内から女児が助け出されて、その子が〈わにぶちよういち〉と記名のあるズック靴を履いていた、と。それから口を閉ざし、こんどは女が話し始めるのを待った。

誰が、どのような状況で子供を発見したか、子供の容態はどうか、というようなことを彼は話さなかったが、鰐淵由紀子も興味を感じないようだった。額に汗が滲（にじ）んでいる。ぽってりした肉付きなのにどことなく鼠（ねずみ）に似ている。弱々しい怯えと、小ずるい保身の色とが、白粉（おしろい）を塗り重ねたその顔を奪い合うように入れ替わった。

「ミハルちゃんです」

由紀子は瞬（まばた）いて、手の甲で鼻の下と額を拭（ぬぐ）った。

「ほう、ミハルという名か。鰐淵ミハルですか」

「ちがいます、ワタモトミハルです。洋一の履けなくなった靴をあげたんです。あの子が履いてたキュウキュウのよりはましだったから」

浄鑑が内ポケットから取り出した手帳を開いて手渡すと、由紀子は案外几帳面（きちょうめん）な字で「綿本（わたもと）ミハル」と書いた。

「気にはなってたんだけど、まさかそんなことするなんて。だって何てったたって父親なんだし。あの、警察とかはこのこと知ってるんですか。なぜお寺の人が来るんですか。あの子、死んじゃったわけじゃないでしょ。いったいどうなってるんですか。綿本さんはどこにいるんです。刑務所に連れてかれたんですか。ねえ、うちは関係ありませんよね。だって、うちは全然知らなかったんだし、隠してたとかそういうのじゃないし、お金だって、あのお金だって実費としても足りないくらいなんだし――」

女が甲高い声でたたみかけるようにしゃべるのを、浄鑑は辛抱強く聞いていた。やがて不足した空気を吸うために言葉を途切れさせた女に、穏やかに言った。

「すまんが、お茶を一杯もらえますか」

由紀子から聞き出したところによると、ミハルの父親は綿本浩次という三十九歳の現場作業員だった。綿本は、由紀子の夫、鰐淵暁の遠い縁戚にあたる。以前はちょっとした工務店を構えていて羽振りもよかったのだが、五年ほど前に妻を亡くしてから傍目にも異常なほどパチンコにのめりこみ、それが原因で仕事も立ち行かなくなった。ミハルは一人娘で、発育の遅れのためにそうは見えないが五歳になったところだという。

ひと月ばかり前の休日に、綿本浩次がミハルの手を引いてひょっこり現れ、しばらくこの子を預ってくれと言って一万円札の透けて見える封筒を差し出した。関西の方の割りのいい現場を紹介されたのだが、タコ部屋のようなところに寝泊りするので子供は連れていけないという。父親も娘も、垢じみて袖口の擦り切れた服を着ており、生活が行き詰っていることは容易に察しがついた。

鰐淵暁は大工で、綿本の工務店が繁盛していた頃には、縁戚ということもあって厚遇されていた。恩義を感じないわけではなかったが、四年ぶりに顔を見せて、いきなり子供を頼むと言われてもどうしていいかわからない。だが綿本浩次は、まちがいなく一週間後に迎えに来るからと、すがるような目で何度も頭を下げた。

押し切られるかたちでミハルを預ったものの、一週間が過ぎ、二週間が過ぎても綿本は迎えに来なかった。困り果てた鰐淵夫妻が、いよいよ警察にでも相談するしかないと思いはじめたころ、ミハルの父親はようやくやってきて深夜の非常識な時間にチャイムを鳴らした。

彼は強い酒の匂いをさせながら、悪びれた様子もなく京都名物と書かれた土産物の箱を差し出した。それからまた金の入った封筒をその箱の上に置いて、今後は毎月充分な金額を必ず送金するから、当分の間ミハルを預ってくれないかという。

鰐淵夫妻はあまりのことに唖然とした。寝込んだところを起こされて機嫌の悪かった暁が、声を荒らげて怒鳴りつけた。由紀子も湯のみ茶碗くらい投げつけてやりたい心境だった。二人の剣幕を見て取ると綿本は急に卑屈に腰を屈め、ミハルを急きたてるようにして早々に退散した。

由紀子がベランダに出て見下ろすと、寒そうに背をまるめた綿本が建物から出てくるのが見えた。綿本は、荷台に雑多な工具が積まれた軽トラックのドアを開いてミハルを乗せ、自分も運転席に乗り込んでどこかへ走り去った。それがちょうど一週間前だという。

「綿本浩次さんの、現在の居所はご存じないと？」

「それっきり連絡もないですから。ほんとにひどい話。あのときだって、久しぶりに会ったっていうのにミハルちゃんに声ひとつかけないんですよ、あの人。可愛くないのかしら。まあ、可愛かったらそんなことするわけないわよね。あの人がやったんでしょう？　自分の娘をそのへんに捨てられた冷蔵庫に閉じ込めるなんて、やだ、ぞっとする」

鰐淵由紀子は太い両腕を組み合わせて身を震わせた。

綿本浩次がその夜のうちに子供をあの場所に連れて行って閉じ込めたのだとしたら、丸四日と半日の間、あの子は冷蔵庫のなかにいたことになる。

「子供の方でも父親になついている様子はなかったわけですか」

由紀子は妙な表情をした。

「さあ、あの子は何だかよくわからないから。脳にちょっとした障害があるんだって綿本さんは言ってたけど。なにしろひと言もしゃべらないし、笑わないし、泣かないし……。

まあ、言うことはよく聞いて、ある意味手のかからない子なんですけどね」

「まったく口をきかないと」

「小さいときお医者さんに診せたら、別にどこも悪くないって言われたらしいんですけどねえ。あんな父親と一緒にいるからじゃないですか。やっぱり子供にはちゃんとした環境がいるでしょう。うちだってそりゃ余裕があれば引き取ってやってもいいんだけど、なにしろこの狭さだし、子供二人でもう何だかんだと掛かりが多くて」

由紀子は目を伏せて急に声を落とした。

「それに、ここだけの話、あの子、正直言ってちょっと気味が悪いのよね。……ああそうだ、それで、ミハルちゃん、具合はどうなんですか」

8

「せっかくの週末だというのに、ご苦労なことだな。まったく、あんたもわたしもとんだ騒動にまきこまれたもんだ。さ、冷めないうちに飲んでくれ」

工藤悠人はうなずいて、素直に湯呑み(ゆのみ)を口に運んだ。頬がこけ隈(くま)が浮き、目付きまでもが別人のように憔悴(しょうすい)しきっている。子供のことを思い詰めているのは明らかなのに、容態をたずねようとはせずに黙りこくっている。子供が今この家にいないことを、すでに感じ取っているのかもしれない。

浄鑑は努めて明るく言葉を続けた。

「しかし、子供というのはびっくりするほど回復が早いものだな。身体の方はもう何の心配もいらない。よく食べるし、よく眠る。少しふっくらして、顔色もよくなった。実は、もうここにはいないんだ。母と一緒に、遠くの親戚の家にしばらく行かせることにした。元気になったあの子を、あんたにも会わせたかったんだが――」

断じて会わせるわけにはいかない。数日のうちに面変わりした悠人を目にして、浄鑑の決意はさらに揺るぎないものになった。親戚の家というのは嘘だった。浄鑑の指示で、千賀子と子供は、湯の質が病後の身体にいいという海辺の温泉宿に一晩泊まりで出かけたのだった。

子供との接触が、悠人にとって、それ以前と以後とでは存在のかたちが根底から変わってしまうほどの、ほとんど宗教的体験といってもいいほどのものだったことが、浄鑑にも薄々わかっていた。一度そのような経験をした者は、生涯それに焦がれ続けるだろうということも。

だが悠人が焦がれれば焦がれるほど、用心して子供を遠ざけておかなければならない。

力と力を厳重に隔離しておかなければならない。

本人がはっきり意識しているかどうかは不明だが、子供だけでなく、悠人の内にもまたある種の力が潜んでいるのは疑いようがなかった。子供が働きかけ、この青年はそれに応えた。恐るべき力に感応するのは、やはり恐るべき力でしかない。

「あんたには嘘をつきたくないから、腹を割って話そう。しかしあの子の名前だけは言わないでおく。あんたは、知らない方がいい」

すでに嘘をついていたし、これからもっと多くの嘘をつくつもりだったが、浄鑑はそう言った。その上で、鰐淵由紀子から聞いたことのあらましを語って聞かせた。その間悠人は床に掛かった六字名号の軸をじっと眺めていた。物足りないほど簡素な字体で書かれた南無阿弥陀仏。

縁側の陽だまりには猫が横たわって、甘える隙を探るように二人の方を窺っていた。

「そういうわけで、あの子の父親が事件に関わっているのはどうやら間違いなさそうだが、具体的にどんな経緯があったのかは、今となっては知る由もない。診察した医者の話では、子供の身体にはっきりした性的虐待の痕跡はないそうだ。衣服を脱がせたのが父親だとしても、後で見つかったときに身元が割れないようにするためだったのかもしれない。靴だけ履いていたのは妙だが、あわてていて見逃した可能性もあるしな」

話し終えたあと、問いかけるように見つめていると、ややあって悠人は重い口を開いた。

「あの子に、たずねてみましたか」

「言い忘れていたが、あの子はどうやら口が利けないらしい」

それきり二人とも黙り込んだ。浄鑑は冷めた茶をすすった。気が張り詰めているからだろう、浄鑑には、山里の小寺を押し包む静けさの底に、静けさ自体が発する一筋の音が張り巡らされているのが聞こえた。

「あなたもあの子の……、コエを、聞いたんですね」唐突に悠人が言った。

「確かに。掠れた声であんたを呼んだな。妙なことだ。口の利けない子供が口を利くとは、しかも会ったこともないあんたの名前を、あらかじめ知っていたとは」

「そのことじゃなく、僕が言っているのは、あなたと僕をあの場所に引き寄せたコエのことです。声ではないけど……他になんと言えば……、やはりコエとしか……」

「そうか、あんたはあれを、声、と感じたわけだな。……うん、まあ、わたしのところにも来たことは来たな。しかし、あの子がほんとうに必要としたのは、あんただ」

悠人の表情からは何も読み取れなかった。相変わらず絶望しきった目をしている。

「あの子とあんたとの間には道がついてしまった。そう考えるべきだろう。今後はよほど気をつけて、あの子が二度と再びその道を通じてあんたを見つけ出さないようにしなければならない。そうしないと、何かよくないことが起きる」

「よくないこと？　なぜ、そう言い切れるんです？　あの子は……」

「あの子は普通ではない力を持っている。それは認めるな？　ひどく危険な力だ。現象のルールを破壊しかねない力だ。その力がもしまた働いたらどうなる。考えてもみなさい。そのせいでこの現実に少しでもひびが入れば、そこから、文字通り我々の想像を絶するものが漏れ出てくるかもしれないんだぞ。現実などというものは、あんたやわたしが思っているよりずっと危うい幻にすぎないんだ。少なくとも、古くから伝わる経典にはそう書かれている」

「そういうあなたの方はどうなんです。あなただってあの子に呼ばれたはずだ」

声にあからさまな敵意が含まれている。

「わたしか。わたしも充分用心するつもりだ。しかしわたしのは、あんたのいわゆる呼ばれるってやつとはちょっとちがう。そう、何かこう漠然とした気配を感じるとでもいうかな。なに、虫の知らせに毛が生えた程度のものだよ。日頃から死人との関わりの深い商売だから、知らず知らずのうちにその種の感覚が敏感になったとみえる。ほら、こんな畜生までが」日向(ひなた)で目を細めている猫に顎(あご)をしゃくる。「こいつも来おった」

浄鑑の視線を捉(とら)えた猫が、大儀そうに体を起こして部屋に入ってきた。日差しの熱を吸った毛並みが柔らかそうに膨らんでいる。

「勤行の途中に来るのよ。いつもそうだな。檀家のじいさんばあさんが、ただ別れを告げるためだけにやってくることが多い。だがこいつは、行ってみると下の道路の脇に虫の息で倒れていた。車に撥ねられたようだ。もう四年ほどになるが、そのときからもう結構なじじい猫でな。おおかたこのあたりの山中の野良猫だったんだろう」

腹を撫でさすってやると猫は大口をあけて欠伸をし、そのついでに首を捩じって浄鑑の手をちょっと舐めた。

「つまり、こういうことだ。わたしの場合は、あの子だけに特別な反応をしたわけではないんだ。それにこの寺とあの場所とは、歩いても行ける程度の距離だろう。猫といい、檀家の誰それといい、わたしのところに来るのはいつも近くの者ばかりだ。だが、あんたはちがう。あんたのは虫の知らせなどという生易しいものではない。あんたの居所はあの場所からずいぶん遠いにもかかわらず、瀕死のあの子は、あんたを見つけ出してもの凄い力で呼んだんだ。生きるか死ぬかの極限状況で、きっとあの子の何かが一気に目覚めたんだろう」

悠人は身体を強張らせたままピクリとも動かなかった。激しい感情を懸命に抑えつけているのが、浄鑑には見てとれた。

「あんたは選ばれたんだ」

まなじりに張りのある切れ長の目、滑らかな額。蒼ざめ憔悴していてもなお、その顔は若々しかった。

「選ばれたからには、二度とあの子に近付かんことだ。わかるな。現象が捻じ曲げられるようなことを絶対にひき起こしてはならない。今あるこの現実に、小さなひび割れひとつでも生じさせてはいけない」

浄鑑は腕を上げて、香の染み付いた部屋の空気や、ガラス越しに見える木立や、本堂や、青い空の全体を、漠然と指し示した。

常に監視を続けるためには、子供を自分の手元に置くしかないと、浄鑑はとうに腹をくくっていた。ただ、そのことを悠人に見破られてはならない。

「あの子は、信頼のおける里親に預けようと思っている。幸い、大切に育ててくれそうな家に、ちょっと心当たりがあってな。強い刺激にさらさないよう、のんびりと暮らさせるよう、重々頼んでおくつもりだ」

自然な声で話しながらも、語調と視線に相手にそれと悟られない気迫を込めた。

「北の方の、雪のたくさん降るところへ行くことになるが、がらりと環境を変える方があの子のためにもいいだろう。それにほれ、子供ってのは雪遊びが大好きだからな。——ともかく、あの子のことは、今後いっさい、あんたに知らせないことにする。いいな。これは何よりもあの子自身の幸せを考えた上でのことだ」

北国、雪、という具体的なイメージを与えておいた上で、無遠慮にぬけぬけと悠人の目の内を覗き込んだ。どことなく線の細いところのあるこの青年を欺くのは、難しいことではなかった。

悠人は両膝に手をついたまま唇を噛み、噛み締めてもなおその唇を震わせながら、長い間浄鑑を見つめ返していた。三分、五分と過ぎた。いつまでこうしていようとかまわなかった。青年が自分に太刀打ちできないことはわかっていた。浄鑑はひたと見つめたまま眉ひとつ動かさず、悠人がついに目を逸らす瞬間をじっと待った。

9

気持ちのどこかが麻痺したような状態から、悠人は長い間立ち直れなかった。

日に何度となく陥る短い放心のなかで、自分を見つめるミハルの目を見、自分を呼ぶミハルのコエを聞き、手と手が触れ合ったときのあの舞い上がるような歓びを反芻した。そうしているときだけ、彼は自分の運命を信じることができた。筒井浄鑑がどう言おうと、ミハルはいつかまた必ず自分を呼ぶと。

奇妙といえば奇妙だが、自分がなぜ、あの見ず知らずの子供にこんなにまでも惹きつけられるのか、この激しい感情の正体は何なのか、というような疑問は悠人の心に浮かばなかった。たとえ浮かんだとしても、月や太陽はなぜあるのか、なぜ人は死ぬのか、という類の問いと同じく、おぼろで捉えがたいまま意識を素通りしていった。ミハルは彼の月であり、太陽であり、死でもあり——、ともかくいったん知ってしまった以上は、それなしにはまともに生きられない何ものかだった。

毎朝目覚めて職場に向かい、毎夜疲れきってアパートの部屋に戻るという生活を元どおり続けてはいたが、仕事にも他のことにも身が入らなかった。上司や同僚が、困惑の面持ちで自分を見ているのがわかっても、それでどうという感情も湧かない。あのことの起こる以前の自分が、何を望み、何を悲しみ、何に喜びを見出していたか、おかしいほど思い出せないのだった。

俺は死んだんだ、と悠人は思った。あの子に出会った日に死んで、もう影みたいなものしか残っていない——。

昨日と今日の区別さえつかないまますると過ぎていく日々は、通勤電車の窓の外を掠め去る風景に似ていた。見慣れているのにこれといって意味を成さず、触れて確かめるともできない。

一年、二年とたつうちに、それでも悠人の頭の隅に、すべてが幻覚だったのではないかという疑いが芽生え始めた。ミハルはほんとうにいたのか。あの子はほんとうにミハルだったのか。ミハルなんて、自分で勝手にでっち上げたグロテスクな願望の固まりにすぎないのではないか。あの時自分はやっぱり一時的に精神の変調をきたしていて、あるはずのないものを見、感じるはずのないものを感じたのかもしれない。

忘れたい、幻覚であろうとなかろうと、記憶から消してしまいたい、彼はそう願った。そしてそれはある程度成功したかに見えた。ミハルのことを考えないでいる時間がだんだんに長くなっていった。

悠人は意固地な男になった。生真面目(きまじめ)であることと意固地であることの間にはもともとたいした距離はない。彼は不幸せであることがどこか心地よかった。たまに仕事ぶりを褒められるようなことでもあれば、何か魂胆があっておだてているにちがいないと考えたし、頬を赤らめた娘が、仕事の帰りにお茶でも、と誘えば、うだつの上がらない自分に同情しているのだと邪推した。

今では職場の誰もが、悠人のことをどこか非人間的な変わり者とみなしていた。彼は眠れず、得体の知れない淫夢(いんむ)に悩まされ、些細(ささい)なことが変に気にかかり、我ながら病的と思えるほど気分が浮いたり沈んだりした。

悠人はまた人の目を見てものを言うということが、どうしてもできなくなった。頑なに視線を合わそうとしない自分を、相手が不審そうに見ている。それを痛いほど感じて顔が歪む。喉からおかしな音が漏れそうで、唾も飲み込めない。

けれども悠人をほんとうに苦しめたのはそうした現実のあれこれではなかった。現実のあれこれの薄い層の下に、あのことの記憶が現実以上の現実味を帯びて息づいていた。たとえ悠人が完全に忘れ果てたとしても、記憶の方が彼を忘れない。彼が思わなくても、記憶はいつも彼を思っている。

自分はこんなことの全部にいつか耐え切れなくなって、何か取り返しのつかないことをしでかすにちがいない、彼は漠然とそんな思いを抱いた。

10

ミハルは、身体が完全に回復した後もまったく口をきかず、ひとりにしておくと何もせずにいつまでもじっとその場にすわりこんでいた。

千賀子は、折りあるごとに子供の身体をさすり、抱きしめ、いっしょに湯船に入れて古い子守唄を歌ってやった。

まさか千賀子を真似たわけでもあるまいが猫のクマも、前足で髪にじゃれついたり、柔らかく指を噛んだりと、物言わぬ子供になぜか始終まとわりついた。

半年ほどたったころ、ミハルはクマを撫でてやりながらはじめて薄く笑った。声は立てなかった。が、笑いは表情の乏しい顔にしばらくそのままとどまっていた。

夕食の後で、千賀子はそのことを浄鑑に報告した。その幻のような笑みが、御仏からの賜物のように思えてならなかったと言うと、浄鑑はやれやれといわんばかりの顔で、湯飲みを持って自室に引き上げてしまった。

ちょうどその頃から、子供は夜尿を繰り返すようになった。千賀子は夜中に起きて衣類を着替えさせ、厚いタオル地のシーツを毎日洗ったが、とくに心配はしなかった。オネショが、子供からの一種のメッセージのように、なぜか思えてならなかった。百回でも千回でも気のすむまでオネショをしなさいな。オシッコと一緒に溜まったものを全部、全部、出してしまおうね。毎晩寝かし付けてやりながら、本気で子供にそう囁きかけた。

ミハルの声を最初に聞いたのも千賀子だった。夜尿はまだ続いていて、取り込んだ嵩の高い洗濯物を座敷で畳んでいるときだった。縁側でミハルと遊んでいた猫が妙な鳴き方をするので見ると、猫ではなく、なんとミハルが鳴いているのだった。

本物の猫の方はだらりと伸びきって目を閉じている。その腹を撫でてやりながら、ネーウ、とミハルは鳴いた。千賀子は乾いてごわついたパジャマを取り落とした。

ネーウ、……ヤオーウ。

へんに動いたり騒いだりしてはいけないと思った。静かにしていないと何かが壊れてしまう。震える手で何ごともなかったかのように洗濯物を畳み続けた。畳み終えて、こらえきれずにミハルの方を見ると、ミハルも千賀子を見ていた。猫に視線を戻し、また千賀子を見て、クゥ……マ、と声を出した。それから、自分の声の余韻に聞き入るように首を傾(かし)げた。〈クマ〉は猫の名だった。

そのことがあってから、ミハルは少しずつ言葉を口にするようになった。はじめのうちは低く掠れ気味だった声は、すぐに子供特有の細く澄んだものに変わった。夜尿は止(や)んだ。さらに、ふた月もすると、口数こそ少ないものの、長い緘黙(かんもく)がまるで嘘(うそ)のように自然な受け答えができるまでになった。

ミハルは千賀子を〈カアサン〉、浄鑑を〈ジョウガン〉と呼んだ。当の二人が常日頃そう呼び合っているのを聞いていたらしい。

何がきっかけでそうなったのか、毎日の朝刊を食卓の浄鑑のところに持ってくるのがミハルの日課になった。門柱に取り付けたポストのところまで、石畳の径(みち)をゆっくり歩いていく小さい後姿が、縁側のガラス越しに見えた。クマがノソノソと後ろから付いていくこともあった。

折り込み広告で膨れ上がった新聞を慎重に取り出して抱きかかえ、真面目くさった顔付きで戻ってくる子供の姿を、浄鑑も千賀子も何度眺めても飽きない気がした。おかっぱの髪が朝日を浴びてきらめいている。

「ジョウガン」

短く呼んで、胡坐をかいている浄鑑の鼻先に朝刊を突きつける。それから自分の赤い座布団にすわって、千賀子が飯や味噌汁をよそってやる間、浄鑑が一面の見出しを拾い読むのを、確認するように上目遣いに見ている。

「ミハル、お味噌汁熱いからね。気をつけて」

千賀子は毎朝言わずにいられない。子供も律儀に千賀子を見てこっくりと頷く。胸のどこかにじかに触れてくるようなその視線が、千賀子をいたたまれない気持ちにした。子供が諦めるしかなかったたくさんのものを思わずにいられなかった。そのすべてを諦めた後での、ひとりの大人に対するこんなにも単純な信頼に、応えても応えても応えきれない気がした。まっすぐに見つめてくる子供の背後から、阿弥陀如来御自らが千賀子を見つめている、浄鑑がどう言おうと、そう思えてならない。

第2章　箱のなかの海

1

浄鑑（じょうがん）や千賀子の危惧（きぐ）をよそに、ミハルは小学校ではこれといって問題を起こさなかった。ただ、極端に口数が少なく受動的な性格であることは、担任になったどの教諭も申し合わせたように指摘した。ただ受動的なのではなく、独特に受動的なのだという。四年生のときの若い女性教諭は、千賀子との面談の席で少し考えてから、〈目立たないことが妙に目立つ子供〉という言い方をした。

とくに虐（いじ）められることはなかったが、いつも何となく孤立しているミハルは、高学年になっても幼く小柄で、身体（からだ）つきに少女らしい柔らかさがなかった。連れ立って帰る友達もなく、かといってそれを苦にする様子もなく、毎日ひとりで寺への坂道を上ってくる。

たずねてみたわけではないが、ミハルはあの事件にまつわることや、それ以前の、父親のことも含めた幼少期の記憶をすっかり失くしているようだった。過去をもたない子供は未来を思うこともなく、毎日毎日が今日であるような時間のなかで何も望まず、逆らわず、カアサンと、ジョウガンと、クマだけで充分満足しているように見えた。

悪いことばかりではない。浄鑑はときにはそう思うこともあった。

今もまた、茶をすすりながら、ミハルと母親が額を寄せ合う姿を眺めていると、浄鑑の気持ちは自然に和んでいった。千賀子は色柄の綺麗な千代紙で風船を折っていて、薄く口を開けたミハルが瞬きもせずその手元を見つめているのだった。

春の明るい午後で、境内のあちこちに山ツツジがぼうっと紫に咲いているのが部屋から見えた。図体の大きなクマが、子供の膝に全部はのりきらずに、まるで膝枕みたいな格好で肩から上を預けている。紙風船の方に気をとられている子供は、半分上の空で猫の喉をさすっている。気まぐれな老猫が前足を伸ばして、髪に結んだリボンにじゃれつくときだけ、困ったような顔で猫を見つめる。

片時も油断できない。それはもちろんそうだが、これから先、子供を過大なストレスにさらさないよう完全に守りとおすことができたら、もしかしたら、何ごとも起こらないまま生涯を過ごすということも可能なのではないか——。そんな楽観的な考えが、つい浄鑑の胸に浮かぶ。

折りあげた風船をフッと膨らませて千賀子が放ると、軽い音をたてて畳に落ちた。膝枕の猫が、横目でそれを見て耳を立てる。一拍おいて、子供の顔にパッと感嘆の色が広がる。けれども、おずおずと風船を拾いあげるミハルの様子には、まるで自分がほんとうはこのようなものに触れる権利がないと思っているような、自分が触れることで風船を汚してしまうのを恐れているようなところがあった。

千賀子がちらりと浄鑑を見た。それからミハルに向かって、

「ミハルも折ってごらんよ、さあ、カアサンと一緒に。教えてあげるから」

子供は少しためらう素振りを見せたが、目の前に差し出された千代紙の束から、やがて慎重な手付きで一枚を選び出した。

「ほう、その赤い模様のなら、きっと綺麗な風船ができるぞ」

そう言ってやると、あどけない笑くぼが浮かんだ。めったに笑わない子供が笑うと、見ている者までつい引き込まれそうになる。

浄鑑は折にふれ、工藤悠人と名乗ったあの長身の青年のことを思い出した。東京都内ということ以外正確な住所も知らない。どういう仕事についているのかも知らない。ただ彼

の一風変わった禁欲的な風貌が、妙な懐かしさを掻き立てるのだった。

悠人がいつか気立ての優しい女性と結ばれることを、浄鑑は祈らずにいられなかった。暖かい家庭を営み、妻や子供たちと平凡な幸せを分けあって暮らす青年を思い描くと、胸中の不安が少しはなだめられる気がした。

ミハルが、他の出来事同様、工藤悠人のことも忘れていればいいが、と浄鑑は思った。たとえ記憶からは抜け落ちても、悠人のことは、子供の身体のより深い暗がりに強く刻み込まれているにちがいないのではあったが。

願わくは悠人が二度と働きかけを受けないように、力と力が触れ合うことが決してないように。


学校が休みの日に、浄鑑はよく本堂の掃除をミハルに手伝わせた。

ある日曜日、内陣の畳を一緒に拭いているときに、ふいに尋ねられた。

「あれは誰？」

畳にぺたんと尻を落とした子供は、壇上に安置された金色の本尊を真っ直ぐ指差していた。

「あれは、人間が阿弥陀仏の姿を想像して拵えた像だ。阿弥陀様を拝むときに、何かシルシがあった方が便利だからな」

「アミダサマって誰？」

返答に詰まった。檀家の年寄りたちでもそんなストレートな尋ね方はしない。拭き掃除の手を止めて、浄鑑もその場にすわり込んだ。

「うむ、阿弥陀様については、実は何もわからないんだ。阿弥陀、という名前からして、名前がないと話にもならないというんで、人間が仮につけた名前なんだよ。阿弥陀様は目や耳のような人間の五官では捉えられないし、頭でも考えきれない。だからこそ、手を合わせて拝むんだ。もし人間に理解できるようなものなら、わざわざ拝むこともないだろう？　ミハルにはまだ難しいかもしれないが、無限とか、無とか、真理というようなものも同じだ。そういうものは、いわば阿弥陀様の別の名前なんだ。阿弥陀様はたくさんの仮の名と、たくさんの仮のかたちをもっておられる」

本尊を見つめながら聞いている子供の顔に、じわっと不安の色が広がった。浄鑑は急いであとを続けた。

「どんなに言葉であれこれ考えても、言葉は言葉の範囲を超えられないだろう。阿弥陀様は言葉なんかではとても表せないんだよ。そのかわり、何か自分が心から納得できるものを選んで、それを阿弥陀様のシルシだと思えばいいんだ。何でも自由に選んでいい。阿弥陀様のシルシでないものなどこの世にないからな。ほら、あの仏像もシルシだ。阿弥陀仏という名前も、大日如来や、観世音菩薩というような名前だって、みんな人間が考え出したシルシだ。他にも、光や、宇宙や、命や、死や、いろいろなものが象徴、つまりシルシとして利用される」

あのような経験をした子供に向かって、死という語を口にすることに多少のためらいはあったが、敢えて避けることはしなかった。自然の道理から顔を背けさせるのは、かえってよくない。

ミハルはどこまでも本尊の姿が気になるらしく、小首を傾げてまだ見ている。

「ジョウガンのシルシは、あれ？」

「あれもそうだ。かたちのあるものも、頭のなかで考えたことも、そうと思えばなんでもそうだ。だが、わたしにとってまだしも抵抗のないシルシとなると、うむ、むしろあそこにある像ではなくて――」

当の如来像からようやく目を転じて、ミハルは続きを期待するふうに浄鑑を見た。

「虚空、という言葉かな」

「コクウ」

「そう、コクウ。空っぽのような、満ち溢れているような、明るいような、暗いような、果てしない響きがあるだろう？」

　虚空が何かとそれ以上はたずねず、子供は上の空でこくりと首を振った。

「ミハルはどうだ、何かいいシルシが見つかりそうかな。まさか、クマだなんて言うんじゃないだろうな」

「海」

「海？　ほう、海がシルシか」

　やはりぼんやりした様子でうなずく。浄鑑はふと不吉なものを感じた。

「深くて真っ暗……海、どこまでも……どこまでも……ずうっと海、ずうっと真っ暗」

　舌足らずなその言葉よりも、子供の表情や目の暗さが浄鑑の胸をざわつかせた。

　閉鎖空間に閉じ込められていた数日間、この子は、自分にはとても太刀打ちできない膨大な闇の力に圧倒されただろう。無限の闇が、それこそ暗黒の海原のように小さな身体をのみこみ、ゆっくりと溺れさせていっただろう。幼い子供が、そんなかたちではじめて阿弥陀に触れたとは、なんと不幸なことか。

　浄鑑は、そばに寄っていって小さな肩に両手を置いた。

「ミハル、いいか、シルシは要するにただのシルシで、阿弥陀様ご自身ではないからな。仏像でも虚空でも光でも海でも、シルシそのものを拝んだり、反対に恐れたりしてはいけないよ。わかるな」

2

あの出来事から五年目の秋、悠人が二十七歳のときに一度、コエを捉えたことがあった。ミハルからきたのではない。それはすぐにわかった。触れてくる深さも、温度も、感触も、何もかもがちがう。それでもそれは紛れもなくコエだった。

胸が激しく騒いだ。

悠人はそのとき、取引先との打ち合わせの帰りの地下鉄に乗っていた。電車の車輪の音や、人声や、スピーカーから流れるアナウンスのなかで、それは一匹の蚊の羽音のようにひ弱で意味をなさなかった。ミハルのコエに触れられた経験がなければ、きっと気付きもしなかっただろう。

近くから来る。彼は吊り革につかまったまま、首を回らせた。斜め後ろ、ドアのすぐ脇の座席に小さな老人がすわっていた。背を丸めて自分の膝に目を落としていた老人は、悠人の視線を感じとったのか、顔を上げて怯えた視線を絡めてきた。

先に気付いたのは老人の方だった。しわに埋もれて萎縮した顔に、驚愕が走った。

老人の反応を見てはじめて、悠人の胸にも警鐘が鳴り響いた。あまりにも老いさらばえ痩せ細り、何よりもその姿全体から、往年の風格とは似ても似つかない卑屈なものが滲み出ているせいで、すぐには判別できなかった。だが、そこにいるのは他ならぬ工藤多摩雄、悠人の父の父、つまり祖父だった。

工藤多摩雄は何か言いかけるように震える唇を開いた。しかし悠人はその隙を与えず老人に背を向けると、できうるかぎりの拒絶の意志を後ろ姿に張りめぐらして、吊り革を握り直した。

ひと駅、ふた駅と電車が停まってはまた発車した。

多摩雄が今どこに住んでいるのか悠人は知らなかった。身動きできなかった。自分が先に降りれば多摩雄が追いかけてくるような気がした。

コエはやまなかった。特に悠人に向けられているというのではない。多摩雄は自分ではまったく気付かないまま、ただ微弱な信号を身体からまき散らしているにすぎなかった。しかし、たとえ蚊の羽音ほどのものではあっても、それが何らかの助けを求める悲鳴であることが悠人にはわかった。

よりにもよって自分の祖父にそれを感じるという事実が悠人を動転させた。いったいなぜなのか。

四つ目の駅で停車したとき、老人が立ち上がるのを横目で捉えた。一瞬迷ったが、悠人も閉まりかけたドアからホームに滑り出た。

人混み(ひとご)の間を行く多摩雄の後ろ姿はほんとうに小さかった。悠人の記憶にある恰幅(かっぷく)のいい身体の、半分ほどに縮んでしまっている。一歩一歩を踏み出すことに手一杯で、他のことなどかまってはいられないという、懸命な、ひどく覚束(おぼつか)ない歩き方だった。倒れ掛かってきそうなその歩き方、無惨(むざん)な老醜、清潔とはいえない衣服のせいで、人々は自然と老人の周囲に路(みち)を空けた。

改札口を抜け、階段を上り、老人の歩調に合わせて二十分も歩いただろうか。一方通行の狭い通りに直(じか)に玄関戸を連ねた家々が、両側にひしめいていた。祖父が一度も振り向かないことが、悠人の尾行を知っているからであるようにも思える。

やがて老人は身体の向きを変え、他の同じような路地と見分けがつきそうにもないひとつの埃(ほこり)っぽい路地へと曲がり込んでいった。

路地の入り口に立って様子を窺(うかが)った。屈(かが)めた背といい、醤油(しょうゆ)で煮しめたような上着の色といい、多摩雄の後ろ姿はガサガサと羽を鳴らして家具の隙間に逃げ込もうとするゴキブリそっくりだった。

路地の突き当たりに、二階建てのプレハブアパートの階段口が見えていた。多摩雄はペンキの剝げ落ちた手摺にすがりつくような恰好で、その階段を上っていった。悠人の位置からでは正確にはわからなかったが、二階の、手前から二番目か三番目のドアのなかに入ったようだった。最後までとうとう一度も振り返らなかった。

踵を返して歩き始める。

祖父が発散するコエとも言えないコエにつられて、ふらふらと付いてきてしまった自分が腹立たしかった。病苦か、生活苦か、ともかく何ごとかに難渋しているらしいが、知ったことではない。

祖父は母を死に追いやった。そのことを決して赦さない。父も赦さない。だが父はもう死んだ。悠人は震える唇を嚙み締めた。

母のことを考えるたびに込み上げてくる悲しみは、年月によって宥められるということがなかった。ひとつには母が不幸のうちに死んだからであり、ひとつには、結局母は自分を見捨てたという痛みが、心の奥でいつまでも疼いているからだった。

何もかも昔のことだ。父、波留雄が死んだのは十年以上も前、悠人が高専の二年になった春だった。製薬会社に勤務していた父は、悠人の知らない若い女と情死した。二人は、九十九里浜の海が見える場所に停めた父の車の後部座席に、もたれ合うようにすわっていたという。排気ガスを車内に引き込み、睡眠薬を混入した缶飲料を飲んで。

父の告別式のあの、哀悼の気配よりは軽蔑と驚きと好奇心とが濃く漂う空気のなかで、砂のような顔色をした母は、立ち上がろうとした弾みに喪服の裾を乱して転倒した。部屋の端にいた悠人が駆け寄るまでの数秒の間、母を助け起こそうと手を貸す者はなく、母にも起き上がろうとする意志がなく、呆気にとられた人々の視線を浴びて、白足袋を履いた脚が力なく畳を掻いていた。

「波留雄が会いにくる、毎晩夢枕に立つんだ」

　父の欠けた三人の家で祖父は口癖のようにそう言った。ごま塩の頭髪は見る間に真っ白になっていった。

「優子さん、あんたのところには来んだろう。そうだろうとも。あんた波留雄に何をした。え、あいつが心中なんぞするわけがないんだ。このご時世に誰がいったい心中なんぞ」

「警察のやつらに何がわかる！　いったい何を証拠に心中と決めつけるんだ。波留雄はなあ、騙されて睡眠薬を飲まされたんだ。女と一緒に眠り込まされて、知らぬまにガスを吸わされてあの世に送られたのよ」

「わしは波留雄から相談を受けとったんだ。優しいやつだった。相手の女と離れることはできないが、だからといって、優子に不満があるわけではない、優子と悠人には、別れても充分なことをしてやりたい、そう言っとった。それがなんで死ななきゃならん」

「悔しかったんか、優子さん。え、波留雄を盗られたくなかったんか。あんた、どうやって女を呼び出した。三人で腹を割って話し合おうとでも持ちかけたか」

「あんたがいつも医者からもらっとる睡眠薬のこと、警察には話したんだろうな」

何を言われても母は黙っていた。普段から控えめな、身体の弱い人だった。

息詰まるような日々が続いた。祖父が悲しみから立ち直って、以前の温厚さを取り戻してくれるのを、悠人はひたすら待った。しかし祖父の繰り言はやまず、それどころかだんだんと陰湿の度を深めていくようだった。

「病弱な女を女房にした男は淋しいもんよ。あんた、それ、わかっとったか。男の気持ちがわからんようでは、寝取られてもしかたがないわ。それを逆恨みしてどうする」

「自分の身を疲れさせずに埋め合わせる方法ぐらい、なんぼでもあるだろうに。女房ってのは、亭主をつなぎ止めておくためなら娼婦にだってなるもんだ」

父が死んで二ヶ月がたったある日、こらえきれなくなった悠人は多摩雄を殴った。年寄りは部屋の隅までふっとんで、顔を血で染め白目を剝いた。

次の日、母は、近所のスーパーで買物をした帰りの踏み切りで、遮断機をくぐって電車に跳び込んだ。

悠人が家を出たのは、母の葬儀の翌週のことだ。学業を続けるための金と生活費は、両親の保険金で充分まかなえた。祖父には、それきり一度も会わずにきた。

地下鉄の駅へと戻って行きながら、悠人はだんだん早足になり、最後には鞄を小脇に抱えて街路を走った。人々が振り返り、迷惑そうに身をよけた。早く電車に乗ってしまわないと、自分が祖父のところへ引き返してしまうような気がした。引き返してどうするのか。コエに応えて手を差し伸べようというのか、それとも老いさらばえた身体を、あのときと同じようにもう一度力いっぱい殴りつけようというのか。

住んでいた家の近所の濁った池に腰までつかって、幼い悠人にヤゴをとってくれた祖父の姿が、ちらっと頭に浮かんだ。

3

考えまいとしても、悠人は祖父のことが頭から離れなかった。

翌週に一度、さらに翌々週にもう一度、仕事の帰りにアパートのそばまで行った。路地の中ほどまで入り込んで様子を窺ったが、どちらのときも二階の一番手前の住居にだけ灯りが点っていて、あとはどの窓も暗かった。祖父が不在なのか、それとも八時にもならない時間にもう寝床に入っているのか、判断がつかなかった。

三度目のとき、やはり八時頃だったが、駅を出てすでに歩き慣れた路をたどるうちに冷たい小雨が降り始めた。

その夜は二階のどの窓にも灯りがなかった。いつもより濃い闇と雨とが悠人を大胆にした。路地の突き当たりまで進み、足音を立てないように鉄製の階段を上った。

手前から二番目の戸口に、工藤と黒いマジックで書かれた、蒲鉾板とはっきりわかる木切れが貼り付けてあった。筆跡だけは昔と同じ端然とした達筆だ。

悠人はその場に立ち、薄っぺらな合板のドアから漏れ出てくるコエに意識を開いた。

老いさらばえ、病んだ身体が垂れ流すコエには、粘々と糸を引くような不快な感触があった。それにもかかわらず頭の芯が微かな共鳴に震えた。部屋のなかで、顔を歪め手足を縮めて眠っている祖父の姿がありありと見える気がした。けれども悠人の口から滑り出たのは別の名だった。

ミハル――。

何年も前、はじめてこの名を呼んだときに胸に溢れかえったあの怖ろしいほどの歓び、自由、充足感、そんなものの欠片ひとつさえ、今は見つけ出せない。あるのはただ、職場の人間たちへのどろどろと煮詰まった憎悪、金で買った女の気怠いコロンの香り、一人の部屋で毎晩浴びるほど飲む安ウィスキーの味、無数の昨日と区別もつかない無数の今日

——。

悠人は目を閉じ、湿ったドアに片頬を当てた。

気持ちを集めてみても、どことも知れない北の街で、自分の知らない人間たちと暮らすミハルは、像さえ結ばなかった。屋根や通りを白く覆って降り積もる雪の、ぼんやりしたイメージだけが浮かんだ。

〈もう二度と会うこともないのか、ほんとうにそうなのか〉

雪に向かってたずねる。

〈それならなぜ俺を呼んだ。あのとき起こったことはいったい何だったんだ〉

降りしきる雪のなかに、黒い瞳を見開いた五歳の幼女のままのミハルが立っている。

〈どうしてこんな目にあわせる。このままで、お前は苦しみもせずに生きていけるのか。なあ、頼むよ、もう一度あのコエで俺を呼んでくれ。俺を……もう一度俺自身に戻してくれ〉

昂りをもてあまして、ささくれた戸板に爪を立てた。いぎたなく眠りこける老人のコエに嫌悪を覚えながらも、身体を強く押し付ける。

〈呼べよ、ミハル、さあ、今すぐ——〉

雨音に紛れそうな柔らかい声が言った。悠人はギョッとしてドアから飛び退いた。小首を傾げて、いやになれなれしく笑っている。ピンクのカーディガンを羽織った娘がすぐそばに立っていた。畳んで手に持った花柄の傘から、コンクリートの通路にしずくが滴り落ちている。

「何か聞こえる?」

「いや、……」

「おじいちゃん、なかでもう眠ってるんじゃないかな。あなた、何か用があるの?」

「そういう、わけじゃなくて……」

「チャイム壊れてるから、押してもだめなの。あたしが呼べば起きてくるかもしれないけど、かわりにやってみよっか」

舌足らずの喋りかたをする。〈あたし〉が〈あたひ〉に聞こえる。それでなくても、娘にはどことなく幼児じみた頼りない雰囲気があった。

「いや、いい」

そのまま顔も上げず、足早に階段の方に向かった。

そばをすり抜けるときに、女が本能的に身をすくめるような仕草をしたのが、なぜか悠人の怒りを燃え立たせた。一瞬目が眩んだ。口を引き結んで途中の踊り場まで下りたとき、上階の一番手前のドアに鍵が差し込まれる音が聞こえた。

階段の鉄柵の外に、激しさを増した雨が降りしきっていた。

悠人は、今下りたばかりの階段を一段とばしに駆け上った。ドアを開きかけていた娘がキョトンと顔を振り向け、ニッと笑う。その身体を力任せに部屋に押し込み、板敷きの床に手荒く押し倒した。

湿った髪のにおいがした。女は声を立てなかった。そのときにはもう、女が騒ぎもせず抵抗もしないだろうということがなぜか悠人にはわかっていた。奇妙な女だった。たいして怖がってもいない。虚を衝かれて驚いているだけだ。まるで男からこんな扱いを受けるのは慣れっこだといわんばかりに。人形みたいにされるままになりながら、大きく目を開いて悠人の顔を見つめている。

虚しさが、欲望よりも強く悠人を駆り立てた。せめて女が心底怯え、死に物狂いで抵抗すればいいのにと苛立ちながら、柔らかい身体を押さえつけ、抱きすくめ、がくがくと揺らした。

快感のない射精の後で、長く息を吐いて女の上にくずおれると、二度ともう手足に力が入らないような気がした。無様に尻を剝き出した彼自身や、女のもつれた髪や、千切れた肩紐や、節穴だらけの床板や、壁際に弾き飛ばされた安っぽいスリッパや、そこにあるすべてのものの上に、無色透明な絶望が厚く音もなく覆いかぶさってくる。

そのまま重なり合って、息だけをしていた。

「びっくりしたわ」

しばらくしてから女が小声で言った。

悠人が反応しないでいると、床に投げ出されていた白い腕がそっと持ちあがって、ためらいがちに彼の背を抱いた。

「だいじょうぶよ……、だいじょうぶだから……」

いったい何がだいじょうぶなのか、そのままゆっくりと背筋をさする。眠れ、眠れというふうに。実際、不思議な眠気が、娘の手の平から悠人の身体に流れ込んでくるようでもあった。おかしな感じだ。赦しを乞うてもいないのに、なぜこうもあっさりと赦されるのか。やっぱり変わった女だ。

「名前は」

女の肩に頬をつけたままたずねた。

「リツコ」

4

朝食の後で、飯粒をのせた皿を持ったミハルが庭に出ると、小鳥たちがやってくる。見慣れた光景だったから、浄鑑はとくに気にもしなかった。野鳥というのは案外人間を恐れないものだ、と妙に感心はしたが。

しかしある朝、子供が手にのった胸の赤い鳥を、指先でしきりと撫でているのを目にして、息をのんだ。

あらためて観察すると、あまり見かけない羽色のものも含めて、種々雑多な小鳥たちが庭に来ていて、地面に置いた皿のまわりや、庭木の枝や、それから子供の頭のてっぺんにまでとまっていた。しかも驚いたことに、すぐそばの庭石の上には、クマが長々と寝そべって前足の先を舐めているのだった。

警戒心よりも何かしら賛嘆に似たものが、そのとき浄鑑の胸に湧いた。そのまましばらくの間、ぼうっと見とれていた。

子供に、特異な力の片鱗ともいうべきものを感じるのははじめてだった。いやそれとも、小鳥たちが異常になつくからといって、すぐに力と関係づけるのは早計か。

判断はつかなかったが、どちらにしても問いただしたりはせず、黙って見守るのが得策と思えた。

そのことの他は、三人と一匹が暮らす寺に、季節の変化が際立つような穏やかな時が流れた。

ただ、ミハルが寺に来たときにすでにかなりの老齢だったクマは、今ではすっかり肉が落ちて、濁りを帯びた目も充分に見えてはいない様子だった。好物の小鳥を食わなくなったのもそのせいかもしれないと、浄鑑は思ったものだが、四月の菜種梅雨（なたねづゆ）のころから、皿に入れてやる餌（えさ）も少しずつ食べなくなった。

具合が悪そうに始終口をモグモグさせるので浄鑑が調べてみると、舌の表面を真っ白な苔（こけ）が覆い、牙（きば）も四本のうちの三本までが抜け落ちてしまっていた。

往診に来た獣医の見立てでは、腎（じん）、肝、心、すべての臓器が衰弱していて、ひと月はもたないだろうということだった。

ミハルはクマの頭を撫でながら獣医の診断を聞いていた。内容が理解できないはずはなかったが、表情に動きはない。そのことがかえって浄鑑を不安にした。

五月になると、クマはもう外には出なくなった。茶の間の北側の小部屋に浅い段ボール箱を置いてやると、そのなかに這（は）いこんで昼も夜もほとんど眠っているようになった。

「ミハル、クマはこんなに長生きして、ミハルにも可愛がってもらって、とっても幸せだって、きっとそう思ってるよ。ねえ、浄鑑」

「そうとも。ミハルは悲しいかもしれないが、これは生き物にはほんとうに自然なことだからな。動物は、人間よりもずっと深いところで、そのことをちゃんと納得しているんだ」

夕食の席で毎回そんな言葉が繰り返された。浄鑑も千賀子も、どのようにかして、あらかじめミハルに覚悟を固めさせておきたかった。

クマは日に日に痩せ細っていった。最後まで細々と食べていた白身魚のすり身にも、とうとう口をつけなくなった。昼間もカーテンを引いた薄暗い部屋にじっと横たわって、陽だまりの暖かさや、ヨモギやタンポポのにおいや、青く光る小さなトカゲたちのことを、少しずつ忘れていくように見えた。

ミハルは家にいる時間のほとんどを、猫のそばにぼんやりすわって過ごした。猫はときどき小さい声で鳴いて、そばに置いてある砂箱に行かせてくれるようミハルに甘えた。そっと抱き上げて、紙製の人工砂の上におろしてやると、腹の毛を濡らしながら水のような薄い尿を漏らした。

命が絶え果てるのに長い時間がかかった。

ミハルの表情から生気が失われていった。普段から口数の少ない子供はますますしゃべらなくなり、千賀子が毎日食卓に並べる好物のグラタンやフルーツサラダも、義務感から機械的に飲み込んでいるふうにしか見えなかった。

そしてまたいつもの会話が繰り返される。

「ミハルが元気をなくしていたんじゃ、クマは安心して逝けないぞ」

「ほんとにそうよ、いなくなるのはとっても寂しいけど、最後まで大切に看病して、気持ちよく見送ってあげよう、ね」

ミハルは上の空でうなずきながら、わずかに眉をひそめていた。その年齢の子供らしく、声をあげて泣きじゃくるのであればどんなにいいか、と浄鑑は思った。

「クマは、どこへ行くの」

まるで、あらかじめ答えを知っているかのような気のない声でたずねる。浄鑑とも千賀子とも目を合わさず、皿の上のフライをつついている。

「ただ、いなくなるんだよ」「クマは阿弥陀様のところへ行くのよ」

二人の大人が同時に答えたので、子供は戸惑ったようにまた眉根を寄せた。浄鑑は急いでとりなした。

「いなくなるのと、阿弥陀仏のところへ行くのとは同じことだからな」

首を傾げている子供の目に、なぜかひどく分別くさい光が宿った。それに触発されてか、浄鑑はつい念を押すように多弁になった。

「命のあるものは必ず死ぬし、かたちのあるものは必ず壊れる。とても自然なことだ。クマはもう大変な爺さんで、長く生きたから、そのときがきたんだ。人間でも動物でも、命が終わったあとは、生きているときよりもずっと阿弥陀仏に近いところへ行くんだよ」

子供は応えなかった。しばらくしてからようやく小さな声で言った。

「クマはここにいたがってる。アミダサマのところへは行きたくないって言ってる」

5

さらに日が過ぎると、猫は横たわったまま失禁するようになり、熟れすぎた果実のような尿の臭気が部屋にこもった。

ミハルは毎日息を切らせて学校から帰ると、ランドセルを投げ出してクマのかたわらにすわり込む。

「クマ――」

そんな状態になっても、ミハルが呼びかけながら顔を近付けると、猫は元気だったときと同じように前足を上げて、おかっぱの毛先にじゃれ付く真似事をして見せることもあった。

さらに肉が落ち、大量の毛が抜け、すでに猫ではないものに成り果てたようなクマは、小さなスポイトで口に滴らせてやる数滴の水だけで、一週間、また一週間と生き続けた。失くせるものをすべて失くした体は、しかし不思議なことに、ある時期からはもうそれ以上変化しなかった。ぼろ布のようにただ横たわって、ミハルが呼びかけてもほとんど反応がなかった。それでも生きている。

もう何日になるだろう。猫の食が細りはじめたのが四月のはじめで今はもう盛夏だ。

浄鑑は、ときどき母親が何か口ごもるような表情で自分を見ることに気付いていたが、敢えて問うことはしなかった。浄鑑自身の胸にも、容易に言葉にできない不安がわだかまっていた。

常にもまして怠りなく本堂の仏前を荘厳し、心を引き締めて朝夕の勤行を執り行ったが、読経のうちに忽然と顕れて浄鑑をいざなう、あのはるばると懐かしい地平を見出すことは絶えてなくなった。極楽の蓮華は咲かず、迦陵頻伽は啼かない。

そのころから、境内の樹木に大量の虫が湧き始めた。人肌に似た色の、節のある軟らかそうな幼虫が、葉という葉の陰にびっしりとはりついて、通りかかる者の肩や髪にほたほたと落ちた。敷石の上にも地面にも、踏みにじられて粘液のとび出た虫がこびりついていて、新たな足の置き場もなかった。千賀子が日に何度も、狂ったようにそれを掃いた。

ある夜床のなかで、夢とも現ともつかないものにうなされながら、浄鑑は微かな音を聞きつけた。

ふつふつふつふつふつふつふつふつふつふつふつ……。

そんなことはあるまいが、母がとろ火にかけたまま忘れた鍋が台所で煮立っているような、いやもっとずっと遠いところで誰かが低く経を読んでいるような——。だがそれは、庭に潜む無数の幼虫が小さな顎を開いて、途切れなく木の葉を食む音なのだった。

いったん気付くと、音とも言えないその音は昼間も浄鑑の耳に聞こえた。

ふつふつふつふつふつふつふつふつふつふつ……。

境内を押し包む空気は濃く重く澱んで、激しい夏の日差しも霞んで見える。そんなときには、まともにものを考えることさえ難しい気がした。

その日も、何をするでもなく自室の机に頬杖をついていると、廊下に足音がして千賀子が入ってきた。

「浄鑑」

めったにものに動じない母の顔に、今はまぎれもない恐怖の色が浮かんでいる。

「どうしました」

母親と息子は探るように互いを見つめ合った。先に目を逸らした千賀子が、力ない声をさらに潜めた。

「なんだか、……なんだか、おかしいと思わない。クマは……」

嚙み締めた歯の間からヒュッと息を吸って、浄鑑のそばに腰を落とした。

「あの子は大丈夫？　おまえ、もっとよくミハルを見てやって。わたしにはよくわからない。何がなんだか、どうしてやればいいのか、わからないんだよ。どうして猫は、……もう、あんなになってしまってるのに……浄鑑……どうして、死……」

「こんなときには普段なら気にもならないことが気になるんですよ。しかし、そういつまでもこれが続くはずはありませんからね。あまりあれこれ考えないで、日常のことを普通にしていれば心配はいりません。ミハルのことは、わたしが充分気をつけるようにしますから」

「今日も学校から帰ってから、ずっと猫のそばに付きっきりなんだよ。おやつも、いらないって」

「わかりました、ちょっと見てきましょう」

母をその場に残して座を立った。廊下に出ると、浄鑑の耳のなかであの音が膨れあがった。庭でも境内でも、数知れない虫に葉を食まれる木々が、風もないのに絶えず枝を震わせていた。

驚いたことに、ミハルはぐったりした猫の頭を抱え込むように膝にのせていた。嵩の低くなった見る影もない体を、指先だけでそっと撫でている。浄鑑の気配に気づいて顔をあげたが、すぐにまた視線を猫に戻す。

「クマの具合はどうだ」

近づいていってそばにすわった。

「ミハル、この間言ってたことはほんとうなのか。クマは阿弥陀様のところへ行くのをいやがっているのか」

たずねると、おかっぱ頭がうなずく。

「どうしていやなんだ？」

正視に堪えない眺めだった。すでに正体もない猫は、子供の膝からだらりと長く伸びていたが、それでもなお浄鑑には、まだらに毛の抜け落ちた体にも、薄く口を開いたままピクリとも動かない顔にも、どことなくうれしそうな気色が顕れているように思えた。

「海に溺れるのを怖がってる」

「海といっても、それはただのシルシで阿弥陀様ではないぞ。シルシを恐れることはないと言ったろう」

「海はほんとにあるよ」

「どこにあるんだ」

「ミハルが前にいたところ」

クッ、と浄鑑は詰まった。だがここで引き下がるわけにはいかない。

「どこにいたんだ」

「真っ暗なところ」

俯(うつむ)いた顔に深く前髪がかかって表情は読み取れない。息をすることしかできない猫を、これ以上はないと思える優しさで撫で続けている。力をかけすぎないように自分の手の重みを自分で懸命に支えている。

「……真っ暗な……ところ？」

「なんにも聞こえない……なんにもない……どこまでもどこまでも、ずうっと真っ暗が続いて海しかない……真っ暗な夢を見て眠りながら、ミハルもだんだん真っ暗になる」

浄鑑は生唾(なまつば)を飲んだ。冷蔵庫のことを言っている。あのなかで、闇(やみ)に抱かれて闇の夢を見たと言っている。生とも死ともつかない眠りを眠るうちに、この子の体内にこの子自身も知らない本能が激しく目覚めてしまった。

　思わず子供の頭に手を置いた。深い怖れと不憫さとが胸のなかでせめぎあう。シルシでも象徴でもない。この子にとって阿弥陀とは真っ暗な底なしの海そのものなのだ。だからただひたむきに、猫をそんなところへ行かせまいとしている。

「ミハルは一生懸命クマの看病をして、クマをとても可哀そうに思っているんだな。安心しなさい、クマはミハルが想像しているようなところへは行かないよ」

　幼い心身に焼きついてしまった無残な心象を、どうすれば祓ってやれるのか。死にゆくものを引き留めてはならないという道理を、どう理解させればいいのか。自分の身に何が起き、現に自分が何をしているのかさえ、おそらくは理解できずにいるこの子に。

「阿弥陀様はわからない、そのことを忘れてはいけないな。わからないと感じれば感じるほど阿弥陀様に近づく。わからないことと信じることは、ほとんど同じなんだ。死ねばクマは、わからないところへ行ってわからなくなる。怖いことなんか何もない。死ぬっていうのはほんとうにわからなくなることで、それをわたしたちは、阿弥陀様の慈悲に抱かれる、というふうに言うんだ。だいじょうぶ、きっとクマはそれを知っている。だから、ミハル、もうクマを……逝かせてやりなさい」

　子供は返事をしない。

浄鑑も黙して、痩せさらばえた猫のそばにしばらく並んですわっていた。

6

翌日の昼過ぎ、浄鑑は衣帯(えたい)を整えて猫のかたわらにすわった。

しばらくの間、ミハルがしていたように静かに撫でさすってやる。抜け落ちずに残った部分の毛はひどく柔らかかった。けれども異様に飛び出た肋骨(ろっこつ)がいやでも指先に触れた。猫は横倒しになったまま口を開き、小さな舌を力なく垂らしていた。すでに死相といえるものがはっきり顕れている。

「クマ」

届くはずがないと知りながら呼びかけた。

猫の呼吸は浅く間遠だった。遠い呼吸のたびに茶匙(ちゃさじ)一杯にも満たない空気が動く。茶匙一杯の空気が暗い猫の血をゆっくりと巡らせ、猫を世界に繫(つな)ぎ止めている。

「クマ、逝きたくないか。しかし、そうもいかんだろう」

日のあたる庭石の上でいかにも心地よさそうに寝そべっていた姿や、地を這(は)うトカゲを狙(ねら)っていた姿が胸に浮かんだ。何年も昔、車にはねられて血まみれのぼろ布みたいに道端に横たわっていた様子も。

「わたしが拾った命だ。え、どうだ、爺さん、わたしにくれるか」

阿弥陀経の、西方浄土の蓮華を描写する美しい箇所をゆっくり唱えた。

辛いな、爺さん。

両手を使う必要もなかった。左手には数珠を握りしめたままでいた。渇ききった口を覆って、茶匙一杯の空気を絶った。猫の尻尾がほんの少し震えた。浄鑑には猫が嬉しげに別れを告げているように思えた。


浄鑑は門口でミハルの帰りを待ち受け、短い言葉で猫の死を告げた。向き合って立ったまま、長すぎると思える時間、子供の虚ろな視線を受け止めていた。

手をつないで玄関をくぐり、猫を置いた仏間に行く。入念に清めた亡骸を、千賀子が抱かせてやった。猫はまだ柔らかかった。

「クマ」

あっけにとられたような様子だった。猫をしきりと揺すってみている。

「ミハル、クマはもう何の心配もないところへ行ったのよ。今頃はきっとすっかり楽になって仏様のところで跳び回ってるよ」

千賀子の言葉も届かないようだった。猫を揺するのをやめない。

「クマ」

「さあ、もうクマをそっとしといてあげようね。あとで、浄鑑にお弔いをしてもらってみんなで庭に埋めてあげよう。綺麗なお花を飾ろう。さ、浄鑑、クマを」

浄鑑はミハルの腕からそっと猫を取り上げた。

「クマ、クマ」

「燈籠のそばの梅の根元がいい、ね、ミハル。クマはあの枝に登るのが大好きだったから」

「クマ、クマ、クマ、クマ、クマ……」

猫を抱いていた腕が、そのまま猫のかたちの空を抱いている。

「ミハル！」

「クマ、クマ、クマ、クマ、クマクマクマクマクマクマ……」

息も継がずに長く細く声が続く。浄鑑の耳にそれは子供なりの奇妙な読経のようにも聞こえた。

だが千賀子がおろおろと肩を抱くと、ミハルはふっと黙り込んで白目を見せた。気を失った身体の奥でグボッと音がした。一瞬の後、吐瀉物が激しい勢いで子供の口から迸り出て、千賀子の胸を汚した。

7

一夜明けて朝、日の昇りきらないうちに浄鑑は庭に出た。千賀子に言われた梅の古木の根方は、錯綜(さくそう)した根が固く土を封じていて、シャベルの刃が立たなかった。幹から一メートルあまり離れた低い庭石の際(きわ)に位置を決めて掘り始める。

埋葬に、できればミハルも立ち会わせたかった。亡骸を土中に置き、ミハルにも土をかけさせ、花を手向(たむ)け、合掌し、そうした一連の儀式で、クマが死んだという事実をはっきりと認識させたかった。だがこの暑さだ。これ以上待つわけにはいかない。

黙々と掘り続けていると、汗のにおいに惹(ひ)かれるのか、数羽の蝶(ちょう)がしつこく顔のまわりを舞った。そう言えば、かたちもわからないほど食い荒らされたどの葉の陰にも、今朝は虫の姿が見当たらない。一夜のうちにいっせいに羽化したのでもあるまいが、かわりになぜか褐色の蝶が境内のあちこちを飛びまわっている。

足音がして、千賀子が覗(のぞ)き込んだ。

「おまえ、何もそんなに……深く掘らなくても」

積み上げた土の向こうから驚いたように言う。

気がつくと自分で掘った穴に肩まですっぽりはまりこんでいる。首にかけたタオルで汗を拭き、息を整えた。土を崩さないように注意していったん穴から出た。

千賀子は疲れた顔をしていた。亡骸を入れた木箱を胸に抱えている。

「ミハルはどうです」

贈答用の食品でも入っていたらしい箱を母から取り上げて、庭石の上に置いた。

「うなされて、あんまり苦しそうにクマを呼ぶもんだから、町野先生にもらったお薬を飲ませたんだよ。だから今は眠ってる。だけど、お薬も長くは効かないんだよ。すぐにまた……、可哀そうに」

「母さんも少しだけでも横になって。ひどい顔色だ、さあ。埋め戻すのに、まだ三十分ほどかかりますから。あとで、いっしょに香でも手向けてやりましょう」

浄鑑は再び穴に下りた。底の土を平らに均して猫の入った木箱を置くと、急にいわれのない不安がこみ上げてきた。

掘り返された黒土の上に、知らずに踏み潰したらしいさっきの蝶が落ちていた。土にまみれて、なおも羽ばたくような動きをゆるゆる繰り返している。鱗粉を散らして震えている蝶の腹が、その虫が幼虫だったときの形をそっくりそのまま留めていることに、浄鑑ははじめて気付いた。幼虫の薄い皮膚を膨らませていた同じ緑褐色の内容物が、今、潰れた蝶の腹からどろっと漏れ出て蝶を土に貼り付けている。

もっと掘らなければ。もっと深い穴が要るのではないか。日差しはすでに高く、本堂の屋根瓦や樹木の梢をじりじりと焼いている。


ミハルは眠りながら顔を歪め、幾度も寝返りをうち、寝汗をかき、切れぎれに執拗に猫の名を呼び続けた。

目覚めている時間は短かったが、その間は逆に、静まり返った放心状態で身動きもせず天井を見上げている。その目があまりいつまでも瞬かないので千賀子は不安になった。うわ言に猫を呼ぶ以外は口をきかないミハルが、寺に連れてこられたばかりのときの状態にもどっていくように思えて、気が気ではなかった。

診察した町野医師は、子供の身体にこれといった異常を発見できなかった。浄鑑の幼馴染でもあり、ミハルが寺に来た事情のあらましを知らされてもいる医師は困惑の面持ちで、心理的要因、ショック、というような言葉を並べ立てた。数日たっても様子が改善しないようなら専門医のいる病院に連れて行くようにと言い置いて、鎮静剤を処方してくれた。

それでも子供は、口に運んでやりさえすれば案外な量の食べ物を素直に食べ、身体を支えて起こしてやれば自力で手洗いに行った。そうして体力を蓄えてから、また眠りのなかへ猫を探しに戻っていく。

千賀子はどんなときにもそばにいて、昼となく夜となく身体をさすり、話しかけ、子守唄を歌い、添い寝し、何とかしてミハルの気持ちを猫から逸らそうと努めた。それでもミハルは猫を呼び続けた。

8

三日目の午後、汗みどろになって呻いていたミハルが、突然カッと目を開いた。

「カアサン、クマがいた」

はじめて口を利いた。落ち着いたしっかりした声だった。

「何を言うの、ミハル。悲しいけどクマはもういないんだよ。クマは死んでしまったんだから」

千賀子は宥めるように囁きかけて、額の汗を拭いてやった。

「そこにいるよ、ミハルを待ってる、ほら」

外には真夏の日差しが溢れかえっていたが、部屋の気温が急に下がったように思えた。子供の手がするりと上掛けから出て、千賀子の手首に絡んだ。するとそのとき、千賀子自身の目のなかに、不定形の、何色ともいえない不気味な色の、ゼラチン状の塊がうごめくのが見えた。手足も尾も耳もなくどろんとそこに溜まっているが、それは確かにクマだった。猫は、目蓋のない目で悲しそうに千賀子を見つめながら震えて、溶けかけた表面に細かな波を立てた。

子供に聞かせたくない一心で、千賀子は懸命に悲鳴を噛み殺した。

「クマ、クマ、おいで」

ミハルが呼んだ。

「そっちへ行っちゃだめ、そっちは暗いよ、さあ、ミハルと一緒に帰ろう」

「ミハル、クマは向こうに行きたいんだよ、もう戻りたくないんだよ。庭にお墓を作って、浄鑑が埋めてやったから、だから、もう……」

「おいで……、おいで、クマ」

「ミハル！」

そのときにはもう子供は摑んでいた手首を離し、再び目を閉じて深い寝息を漏らしていた。その顔に今は苦悶の色はなく、かわりにあの思わず誘い込まれるような無心な笑みが浮かんでいた。

しばらくは何も起きなかった。それなのに千賀子の腕や首筋に後から後から鳥肌が立った。

やがて建物の内部の空気が異様な唸り(うな)を発して震え始めるのがわかった。材の古い梁(はり)や柱が、ビキッ、ビキッ、と立て続けに軋(きし)んだ。

何かがやって来る。子供のところへ来る。それがはっきりと感じられた。何か正体もなく、逆らうこともできないおぞましいものが、猫の寝付いていた北の小部屋のあたりで、膨れ上がり、弾(はじ)け、溢れ出し……。

全身の毛穴から滲(にじ)み出る汗が、流れ落ちることもなくそのまま皮膚の表面に不快な膜をつくった。千賀子はいったん立ち上がって、開いていた部屋の障子をぴしゃりと閉じた。それからまた眠り続ける子供の枕元(まくらもと)に戻ると、胸の内に一心に名号を唱え、ただひたすら浄鑑の帰りを待った。


玄関の戸を引き開けた浄鑑は、すぐさま異変を感じた。屋内の空気が沸き返って、味ともにおいともつかない胸の悪くなるようなものがこもっている。

厳しい表情で式台に上がり、母親の寝間の障子を開けた。

「大丈夫ですか！　母さん、ミハルも」

家鳴りがしていた。柱も天井も畳も小箪笥も、すべてのものが低い振動音を発している。縁先に吊るした風鈴が震えて、リ、リ、リ、リ、リ、リ……、と微かに鳴り続けるのが聞こえた。

「浄鑑、……ね、猫が」

「そのままそこにいてください。ミハルを絶対に部屋から出さないで」

北の小部屋か。そこにある何かが庫裏全体の空気をかき乱している。

浄鑑は身体を押し戻そうとする気圧に逆らいながら摺り足で廊下を進み、いったん仏間に入った。常と変わらず背筋をのばして仏前に座し、灯明を点じ、香をくべる。身についた合掌礼拝の所作が、条件反射のように一時の虚心をもたらすと、つと立って五具足の左の燭台から燃えている蠟燭を取った。

小部屋の障子を開くと、敷居の向こうには床も壁も天井もなかった。ただ闇が立ち込めている。最初は何も見えなかったが、やがて蠟燭の光がぼんやりと照らし出す宙空に、のたうつような、脈打つような、闇が闇自体を愛撫してとぐろを巻くような、隠微な動きが浮かび上がった。腐った果実に似た、猫の尿の臭気が鼻につく。

かまわず一歩踏み込んだ。足裏に何も触れず一瞬墜落感を味わったが、そのまま身体が浮いた。

　浄鑑を待ち受けていたといわんばかりに、そのとき闇の肉にわずかな裂け目が開いて、ねらねらした粘液が大量に溢れ出てきた。濁った緑褐色に薄赤い筋の混じるそれは、庭で繁殖した虫の、潰れた腹からとび出ていたものに驚くほど似ていた。後から後から、きりもなく吹きこぼれて裂け目のまわりに盛り上がり、ひとつのかたちになり損ねては崩れ落ち、別のかたちになろうとしてはまた崩れる。

　視界の端に仄(ほの)かな光があった。右手に灯明を握り締めている。そのことにあらためて気付いた。

　幻影を見ている、自分にそう言い聞かせた。子供のうわ言に母が感応し、母の恐怖が自分に感染し、このすべてを自分自身でつくり出している。

　そう思う目の前で、空間の裂け目は徐々に広がって、粘液の塊が、生まれ出るためのかたちを見つけ出そうと執拗に膨らんだり縮んだりしている。

　それ以上見ないですむように、浄鑑は灯明を顔の前に掲げた。

　空いている左手を水平に差し出して、揺らめき立つ金色の炎の切っ先に手の平を触れた。火傷(やけど)の痛みが突き抜ける瞬間に、闇もろとも息を吸い、腹の底から声を絞り出して十字名号を三度繰り返し唱えた。

帰命尽十方無碍光如来。帰命尽十方無碍光如来。帰命尽十方無碍光如来。

そのまま流れるような動作で、灯心を握り締めて火を消した。

光も無く、闇もまた無し。一切悉く不生不滅。実相は空にして、空はすなわち阿弥陀仏なれば——。

うねり狂っていた動きが緩慢になり、空中に充溢していた力が弛んだ。闇はまだ立ち込めていたが、足の下に確かな畳の感触があった。そのときだった。

〈ク——マ——〉

脳天を突き抜けるような声が走った。しまった！　浄鑑は思わず目を閉じた。

〈呼ぶな、ミハル！〉

だが、もう遅い。猫が生き続けることのほか何も望まない子供の、甲高いコエが再び宙を飛んだ。

〈ク——マ——〉

浄鑑の手から蠟燭が落ちた。

畳に当たったとたん、消したはずの灯心から青白い火炎が高々と吹き上がり、その一瞬、何か四つん這いのものがさっと身のかたわらを擦りぬけて行ったような気がした。

気を取り直したときには、部屋は静まり返っていた。畳の真ん中あたりに溜まった緑褐色の粘液が、盛んに泡立ちながらもすうっと薄らいで消えていった。

踵を返し母の部屋へ急いだ。廊下を走った。

障子を開けると、子供の夜具の上に突っ伏している母の背中が見えた。身体全体を盾にしてミハルを覆い隠している。

「母さん！」

千賀子は苦悶の形相を浮かべて気を失っていた。着ているブラウスの背が、泡立つ粘液にぐっしょりと濡れて肌にへばりついている。浄鑑は服の襟首を摑み、薄い肌着もろとも力任せに布を引き裂いた。

剝き出しになった母の背中一面に、濁った膿瘍が広がっていた。が、驚いて眺めるうちに、まるで肌の内側に吸い込まれるように素早く薄れ、消えていった。

「しっかりして、母さん、……母さん」

肩を揺すると、だが千賀子は薄く目を開いた。身体の下に子供をかき抱いたまま、浄鑑が今までに見たこともないような奇妙な表情を浮かべて、薄く笑った。

ミハルは何も知らぬげな顔で、安らかな寝息を立てていた。

9

持続したのはほんの二、三秒に過ぎなかった。あっと息をのんだときにはもう消えていた。だが間違いない。コエを聞いた。あっけなく消えたが、間違いなくミハルのコエだった。

悠人は椅子(いす)の上で身動きできなかった。呆然(ぼうぜん)とした空白の後に、驚きと失望とがほとんど同時にきた。急いで目を閉じて、消えてしまったコエの痕跡(こんせき)を捜し求めたが、頭の芯(しん)がすっぽり抜け落ちたような感覚が残っているだけだった。

インスタントコーヒーを淹(い)れたカップを運んできた律子(りつこ)が、悠人の様子に驚いて立ちすくんだ。

「どうしたの、悠ちゃん、……泣いてるの？」

彼は止めていた息を吐いて、手の甲で乱暴に頰を拭(ぬぐ)った。

何年も前のあのひ弱な耳鳴りとはまるでちがう。突風のように強く鮮やかなコエだった。前触れもなく襲いかかり、しかし悠人を呼ぶのではなく、ただ素通りしていった一陣の突風。それでもコエは、彼が普段は意識しないまま胸に抱きかかえている、殺伐とした、淋(さび)

しいと感じることさえも拒む孤独の固い核に触れていった。

気持ちが激しく乱れた。何があったのか。ミハルは無事なのか。なぜ俺を呼ばない。そのための俺なのに。俺はどうすればいいんだ——。

カタン、とマグカップが目の前に置かれる。

粗大ゴミ置き場から拾ってきたという丸テーブルの、傷だらけの天板。律子の白い荒れた手。

いったい俺は、なぜここにいるのだろう。週末ごとに、この見知らぬ女の粗末な部屋に通ってきて酒を飲み、ひと晩に何度も、ときには真昼間にも、女を組み敷く。女の手料理を食べ、女の愚かさをあざ笑い、女の体温に包まれて眠る。もう一年近く続けているそうしたことの全部が、急に現実離れしたこけおどしのように思えた。

「ねえ、悠ちゃん、ほんとにどうしたの、だいじょうぶ？」

唇の端に微かな怯えを漂わせた律子が、悠人の目をはばかるように、もうひとつの縁の欠けた方のカップをそっと自分の前に置いた。

いきなり、鋭い炸裂音が響いた。柔らかい肉に食い込む拳の感触。

なんとも場違いな幻影を、悠人は見た。女の身体があっけなく倒れ、喪服の裾があられもなく割れる。白足袋を履いた足。畳に這いつくばった母親が、髪を振り乱し蒼ざめた顔で、ぼんやり悠人を見上げている。

だが目の前の壁際に、壊れた人形みたいにくずおれているのは母ではなく律子だ。床にぶちまけられたコーヒーのなかに、真っ二つに割れたマグカップが転がっている。

悠人は荒い息をつき、握りしめたままの右手をわなわなと震わせた。なぜ女を殴ったのか、自分が理解できない。口答えひとつせず、悠人の為すがままになる女だった。少し頭の足りないいらしい女だった。

壁に寄りかかった律子は、膜がかかったような目で悠人を眺めていた。鼻血か、それとも口のなかが切れたか、顔の下半分を濡らす血が、Tシャツの胸にも滴り落ちている。

すぐにも走りよって助け起こしてやりたいという気持ちは、しかし、込み上げてくる凶暴な憎悪にたちまちかき消されてしまった。自分を置き去りにして、ひとりでさっさと逝ってしまった母。どこか遠い場所で暮らし、自分を呼ぶことも、たぶん思い出すこともしないミハル。

血管を流れる血の音がごうごうと頭に響いた。律子をもっと痛めつけてやりたい。この無抵抗な女を、思いのままに苛んで喚き声を上げさせたい。自分をコントロールできなくなっていくのを感じた。どうすればいい。このままでは、きっと律子を殺してしまう。

両方の拳を、めり込まんばかりにこめかみに押しあてた。そのまま ものも言わず部屋から走り出た。

「待って、悠ちゃん、行かないで！」

女の叫びを封じ込めて、薄っぺらなドアが背後で音高く閉まる。

金属製の階段に足音を響かせながら一気に下まで駆け下りると、ちょうど敷地内に入ってきた小さな人影にぶつかりそうになった。実際に触れたわけではないのに、相手はよろけて尻餅をついた。

悠人が先に気付いた。

多摩雄の方はしばらくもがいていたが、ようやく顔を上げて、起き上がるのに手を貸そうともせずに突っ立っている相手を睨んだ。顎が外れたように、カクンと口が開く。

「ゆ、……ゆう……」

老人の身体が小刻みに震えはじめた。汗と垢の強いにおいがした。しわに埋もれた顔に、褐色のシミが点々と散らばり、耳の大きさだけがいやに目だつ。

毎週末に律子の部屋に通っている以上、これに似たことがいつかは起きる。それは予想していた。唾を吐きかけてそのまま行き過ぎようとした。そのつもりだった。

けれどもそのとき、老人の汚れた体臭からふと遊離してか弱いコエが立ち昇り、悠人の混乱した頭に隙間風のように吹き込んできた。

〈た――す――け――て――〉

目ヤニの溜まった多摩雄の目から涙の粒がこぼれ落ちた。

そうしようと思ったわけではないのに、手が動いた。悠人は、老人を助け起こすために痩せさらばえた腕を掴もうとした。すると老人は追いつめられたニワトリみたいな声を上げ、攻撃から身を守ろうと懸命に後退った。

第3章　爪剥がしの夏

1

ミハルが回復すると、浄鑑の寺に元どおりの平穏な暮らしがもどってきた。少なくともうわべはそう見えた。

学校に通えるようになっても、子供は猫のことをひと言も口にしなかった。まるで、クマという猫などはじめから存在しなかったかのような、妙にあっけらかんとした様子で、浄鑑はそのことにかえって不安を抱いた。

長い間、小鳥たちに餌をやるのも忘れていたミハルだが、気が向いた朝にはまた、皿を手にして庭に出るようになった。

いつも側に控えていたクマがいないことに、何かを感じているのかいないのか。今ではかわりに千賀子が庭石に腰かけて、にぎやかな小鳥に囲まれて幸せそうなミハルを眺めていた。

猫の死を忘れ果てたような子供の様子を、千賀子は格別不自然に思うのではないらしく、以前にも増して惜しみない愛情を子供に注いだ。

ミハルが学校から帰ってくる時刻が近づくと、千賀子は毎日何をするでもなく庭をうろつき、生垣の外の坂道を上ってくる足音に耳を澄ませては、門口のほうを窺(うかが)った。眩(まぶ)しい熱気のなかで、時間が止まったかのような夏の午後が静まり返っている。

「こんなに暑いのに、何だってそんなに歩き回っているんです？　座敷で茶を飲みながら待っても同じでしょうに」

浄鑑は縁先から見かねて声をかけた。

息子を見返す千賀子の目は日差しの下で黒々と翳(かげ)り、一瞬他人を見るような冷ややかな色がそこに浮かんだ。

「だってね、何だか、落ち着かないんだよ。どうしてかねえ」

曖昧(あいまい)に言って、どこか途方に暮れたように笑う。

ただいま、とミハルが庭に入ってくると、千賀子は走りよってそばにしゃがみこみ、ランドセルごと小さな身体(からだ)を胸にかき抱く。ミハルもまた、それが当然といわんばかりに千賀子の汗ばんだ首に腕を巻きつけ、くっつきあったまま二人でしばらくゆらゆら身を揺らせている。

「ミハル、暑かっただろう。早く家に入って、カアサンに冷たいお茶でももらいなさい」

なぜかそれをやめさせたくて、浄鑑はどうしてもまた声をかけずにいられない。

学校が夏休みに入ってからは、二人は文字通り片時も離れずに日々を過ごした。食事の支度をする千賀子のかたわらで、ミハルが宿題の絵日記を描く。寝転がって本を読んでいるミハルの横で、千賀子が繕い物をする。千賀子は、子供が手洗いに行って姿が見えないだけでも、そわそわと立ったりすわったりする始末だった。

体格の華奢（きゃしゃ）な子供の発育を考えてか、毎夕の食卓に並ぶ料理も、肉や魚を主にした脂（あぶら）っこいものが増えた。寺が属する宗派は肉食（にくじき）を禁じていないとはいえ、もともと菜食に白身魚や卵を加えた程度のものしか口にしなかった千賀子が、肉汁にまみれたステーキや、脂ののった刺身を嬉々（きき）として口に運ぶようになった。奥歯が何本か欠けているせいで、口のなかのものを時間をかけてゆっくりと嚙（か）み、その間じゅう、潤（うる）んだ目でミハルを見つめている。ミハルが気付いて見返すたびに、二人の間にまるで恋人同士のような秘密めかした微笑が交わされた。

そうかと思うと、檀家（だんか）回りから帰った浄鑑のそばに千賀子が寄ってきて、衣の袖（そで）をつと摑んだこともあった。

「あの子を甘やかしちゃいけない、わかってるんだよ、浄鑑、かえってミハルのためにならないって。だけど、どうしようもないんだ。あの日向くさい子供のにおいを嗅ぐと、何かの発作みたいに込み上げてくる――」

辛そうに喉元を押さえた千賀子は、何とも言い表せないような悩ましい表情を浮かべた。血色のよい頰に銀色の髪の一筋がはらりとかかって、奇妙なほど若やいで見える。汗の浮いた襟首のあたりから、艶めいた体臭が微かに漂ってくる気さえする。

「どうして、こんなに可愛いんだろう。何だかあんまり愛おしすぎる気がする。あんまり愛おしすぎて、ときどき恐ろしくてしかたがないんだよ」

「いろいろなことがありましたからね、前にもましてミハルを大切に思うのも、まあ、当然の流れでしょう」

自分の言いぐさがいかにも安易な慰めに聞こえた。かと言って、それ以外のどんな言葉を口にすればいいのか、浄鑑には見当もつかなかった。

ぎらぎらと照りつける雨のない日々が続いた。檀家のあの家この家で、寝たきりの年寄りたちが持ちこたえられずに次々と息を引き取り、浄鑑は、盆の法要と葬式とに息をつく暇さえない数日を過ごした。

　庫裏の方にも、入れかわり立ちかわり人がやってきて、千賀子はその対応に追われた。〈お経さんのお迎え〉と称して経箱を先に受け取りにきたり、法事の後の膳を届けにきたり、そうした昔ながらの風習が今も続いている土地柄だった。

　ある夕方、本堂での勤行を終えた浄鑑が庫裏に戻ると、台所の方から人声が聞こえた。千賀子と親しい檀家の女たちは、些細な用であればたいてい勝手口にまわる。声の主はどうやらノエという少し耳の遠い老婆のようだった。千賀子の尖った声も混じって、どうも言い争っているように聞こえたので、浄鑑はその足で台所に入っていった。

「どうしたんです？」

　熱気と濃い揚げ油のにおいとがこもっていた。二人の老女ははたりと口をつぐんで浄鑑を見た。一拍おいて、千賀子が鷲掴みにしていたノエの手首を離した。

　ミハルは食卓の椅子に座って、指先を濡らしながら熱心に葡萄の粒を剝いていた。

「ご院住さん……」

　ノエは、何か言いたそうに唇をわななかせた。しょぼついた目がみるみる涙ぐむ。が、千賀子に睨みつけられると黙って頭を下げ、そのまま覚束ない足取りで戸口から出て行ってしまった。

「どうかしましたか、ノエさんは、いったい……」

「お前が手をつけなかったからって、つまらないお茶菓子をわざわざ届けにきたんだよ。だけど、まったく油断も隙もあったもんじゃない」

「え？」

千賀子は調理台の端に置いた皿を指差した。揚げた細切り肉が盛られている。

「もっとたくさんあったのに、盗んだんだよ、あの人」

聞いてみると、中華風の炒め物を作るつもりで牛肉を空揚げにしておいたところ、まだ熱いその肉の半分ほどをノエが掠め取ったのだと言う。それも、ミハルにお絞りを渡してやろうとした千賀子が、ちょっと目を離した隙に。

「まさか」

「だって、ほんとなんだから。何となくいけ好かない婆さんだって、前から思っていたんだ」

「むやみに人を疑うものじゃありませんよ。それも、子供の前で」

言いながらミハルを見やると、葡萄の粒のかたちに片頰を膨らませて、悲しそうにこちらを眺めていた。

「ほんとうのことなんだから、隠してもしかたないじゃないか」

「だって、あり得ないことでしょう。第一、そんな油まみれの肉を、ノエさんはいったいどこへ隠したっていうんです。帰るときは手ぶらだったじゃないですか」

「お前、気が付かなかったの。あの人のポケットのところに、油がべったり滲み出てただろう」

　ノエが白っぽい綿の簡単服を着ていたこと以外、浄鑑は覚えていなかった。

「それに、私が気付いたとき、あの婆さん、もぐもぐ何か噛んでたんだよ。頬張れるだけ食って、あとはポケットに突っ込んだんだ」

　浄鑑は突然、立っていることも困難なほどの疲労を覚えた。顔を伏せ、自分の白足袋の爪先を眺めて息を吐いた。

「ミハルはどうだ、何か気が付いたか」

　子供に問い質すべきではない、そう思いながらもたずねてしまう。ミハルは口を少し開けて、ぼんやりと首を振った。何も見なかったということなのか、ノエが盗みなど働いていないということなのか、判断がつかない。

「もういい！　この子にかまうんじゃない」

　千賀子のものとも思えないだみ声が、厳しく浄鑑を咎めた。

「お前、母親の私の言葉が信用できないって言うんだね。お前この頃、私を避けているだろう。ちゃんとわかってるんだよ、お前が腹の底で何を考えてるのか」

言い募りながら千賀子はじりじりと浄鑑に詰め寄った。

「母さん、落ち着いて、いったいどうしたっていうんです」

浄鑑は母の肩に手を置いた。僧侶よりはむしろ、耕したり漁ったりする者にふさわしい節の太い大きな手だ。

「早く死んじまえばいい、そう思ってるんだろう、え、そうなんだろう、お前、私のこと
……」

「いい加減にしてください！」

「老いぼれた母親なんか邪魔なんだろう。私が死ねば、ミハルはお前だけのものになる。それが望みなんだろう。だけど、そうはいかないからね」

息子の手を振り払い、一歩跳び退る。上目遣いに睨めつけてくるその目に、剝き出しの怒りが燃えている。

「この子のそばで、このまま三十年でも五十年でも、お前より長く生きてやる。ミハルは、私がついていなけりゃだめなんだから」

浄鑑が、すぐには言葉も思いつけないまま立ちすくんでいると、子供の声がした。

「カアサン、ブドウ、なくなった」

一瞬で千賀子はミハルのそばに立っていた。

「ああ、きれいに食べたこと」

笑みに膨らんだいつもの声にもどっている。

「ミハルは葡萄が好きだねえ。もうすぐ晩御飯なんだけど、じゃあ、あと少しだけ出してあげようか。果物は別腹だものね」

相好(そうごう)を崩しておかっぱ頭を撫(な)で、いそいそと冷蔵庫のドアを開く。新しい葡萄をテーブルに置くと、千賀子は自分も椅子にすわり、ミハルをとろんと見つめた。

「さあ、母さんにもひと粒おくれ。ミハルは上手に葡萄を剝くからねえ」

子供は器用な手つきで一心に薄い皮を剝(は)いだ。汁の滴(したた)る粒をつまんで、あーん、と開いて待ち受ける千賀子の口に入れてやりながら、キャッキャッと笑う。

「ああ、おいしい！」

胸を押さえて大げさに喜んでみせてから、千賀子はふと目を上げて浄鑑を見た。

「お前どうしたの、そんなところで。こっちに座って、一緒に葡萄でもあおがりよ」

2

日ごろから親しくしているある家で、浄鑑が不穏な噂を聞き込んだのは、それから十日ほどたった頃だった。

ノエ婆さんが、長年可愛がっていた自分の犬に手ひどく嚙まれたという。

「なんでも昨日、散歩に連れ出して土手の道を歩いている途中に、急に牙を剝き出して襲いかかってきたそうで。たまたま通りかかった顔見知りの男が、棒っきれで犬を殴りつけて、何とか追い払ったという話だったけど」

読経の後で、檀家の主婦がお茶を出してくれながらそんな話をした。白兵衛というその犬なら浄鑑も頭くらい撫でたことがあった。柴犬に似ているがやや大型の雑種犬だ。

「それで、ノエさんの具合はどうなんです」

「はあ、腿の肉がばっくり裂けていたのを、登与子さんが車で医者に運んで縫ってもらったとか」

登与子というのは、同居しているノエの息子の嫁だった。

「飼い犬に嚙まれるなんて、ノエさんも悔しかろうねえ、ご院住さん。やっぱり、畜生は畜生だね」

ノエの家は町の北側のはずれにあって、寺からも近かった。浄鑑は、その日の帰りがけにノエを見舞った。

いつも玄関脇に繫がれていて、見知らぬ者には吠え、顔見知りには尻尾を振って愛嬌を振りまいた白兵衛の姿はなく、空っぽの犬小屋だけが取り残されていた。

床に横たわったノエは、まだショックから立ち直れないのか、虚ろな目を天井に向けたまま、浄鑑の呼びかけにもただコクコクと首を頷かせるだけだった。枕の上のその頭がいやに小さい。自分の耳が遠いせいで声の大きい、話好きな老女だったのに、短期間ですっかり様子が変わっていた。

茶菓を運んできた登与子が枕元に膝をつき、気遣わしげに間をとりもとうとする。

「おばあちゃん、ほら、ご院住さんが心配して、せっかく来てくだすったんだから、元気出して」

「で、医者の見立てでは、傷の方は心配ないと?」

「はい、歳をくってる分、くっつくのに時間がかかるかもしれないけど、そんでもあと十日もすれば糸を抜けるそうで。ね、おばあちゃん、これぐらいのことですんで、よかったと思わないと」

登与子は空いた盆を脇に置くと、姑の額にかかったほつれ毛をそっと払った。ついでに夏がけ布団の具合を直しながら、「おばあちゃん、寒くない？」とたずねる。部屋は空調がきいて程よい温度だった。ノエはぼんやりと頷いた。

浄鑑を送って門口に出た登与子に、犬小屋を目で示しながらたずねた。

「それで、白兵衛はどうなりました」

「それが」

言いよどんで、敷地の端、貝塚伊吹の生垣の際をチラッと見やる。そこに、四隅を石くれで押さえたピクニック用のビニールシートが、何ものかを覆ってこんもり膨らんでいた。

「昨日おばあちゃんを嚙んだあと、行方知れずになっていたのが、今朝になってひょっこり帰ってきて……。それで、主人がひどく怒って……、手斧を持ち出して」

「犬を始末したと？」

うなずく登与子の顔が心なしか蒼ざめている。

「なんせ、今朝のことで、あれあのまんまに。夜、主人が帰ってきたら、一緒に山にでも埋めてやろうかと……」

「なるほど。飼い主に大怪我をさせたとなれば、これもやむをえない。犬も哀れだが」

浄鑑は、人のよさそうな嫁を慰めるように言った。

「しかしまあ、畜生といえども後生だ。ひとつ念仏でも唱えてやりましょう」

「あ、ご院住さん！」

登与子が制止するのも意に介さず、つかつかと歩み寄って色鮮やかなシートを剝いだ。

犬は原形をとどめていなかった。異様にねじくれた真っ赤な塊が、そのところどころから汚れた臓腑をはみ出させて、そこに転がっていた。浄鑑は耐えきれず目を背けた。

「主人は、あの、おばあちゃんのこととなると……目の色が変わるから……」

いつのまにか登与子がかたわらに来ていて、昼の陽射しに陰もなく照らしだされた屍を、放心したように見つめていた。


庫裏の門をくぐり、玄関の引き戸に手をかけたとき、浄鑑はふといわれのない気後れを感じた。が、あえて勢いよく戸を開けて敷居をまたぐと、戸外の眩しさに慣れた目に、家のなかはどんよりと暗んで見えた。

「ご苦労さま、暑かったろう」

声がして、奥の台所から千賀子がひょいと顔を覗かせた。摺り足でこちらに歩いて来ながら、眉間がくつろぎ、口元が緩み、最後に目の色が和らいで、浄鑑の前に立ったときには母親はいつもと変わらない自然な笑みを浮かべていた。

布袍だけ脱いだ浄鑑が、茶の間の座布団に腰を落ち着けると、千賀子は扇風機の向きを調節しておいてから、台所に立っていった。

入れかわりにミハルが台所から出てきて、浄鑑の肩に手を置いた。

「ジョウガン」

「うん、ミハル」

子供は少し身を捩るようにもじもじしてから、脇に抱えた大判の写真集の表紙を浄鑑に見せた。

「なんだ、そんなものを見つけたのか」

浄鑑の部屋の本棚から持ち出したものだ。無断でそんなことをしたのを、きまり悪く思っているらしい。

「さっきから、えらく熱心に見入っているもんだから、食べかけてたアイスがすっかり溶けてしまったんだよ。ね、ミハル」

熱いお絞りと、冷やし麦茶を運んできた千賀子が笑うと、子供は舌を出して、口のまわりについた甘いアイスクリームをぺろりと舐めた。

それからすわり込んで座机の上に写真集を置き、ページをめくり始めた。切りそろえた髪が、頭の動きに合わせてさらさらと揺れる。

「これ……」

細っこい指がさし示したのは、粗末な縵衣の袈裟から骨ばった右肩をつきだした摩訶迦旃延の乾漆立像だった。

「ジョウガンと同じ顔」

浄鑑はその修行僧のひそめられた眉や、薄く開いた口からのぞく歯の列を眺めた。怯えとも法悦とも怒りともとれる表情、何かしら信じられない光景に目が釘付けになっているような顔だ。

「そうか、ふうん、わたしはこんな顔をしているのか」

釈迦の十大弟子のひとりに自分を重ね合わせるなど笑止というほかないが、一方で、華やぎのある舎利弗でも、神秘の漂う羅睺羅でもなく、十人ちゅう論議第一と謳われながらどこかパッとしない迦旃延に似ていると指摘されたことが、我ながらうなずける気がしないでもなかった。

頬を紅潮させたミハルは、子供独特の一途さで、さらにページをくっていった。後ろの方をひっくり返したり、また前に戻ったりしていたが、しばらくたってから手を止めたページには、広く世に知られたあの興福寺の阿修羅像が、涼やかな眉をひそめて合掌していた。憤怒の渦巻く異界で血みどろの戦いを繰り広げる魔神にしては、ほっそりと中性的なその姿を、子供は瞬きもせずに眺め続けている。

この子は阿修羅に工藤悠人を見ている、浄鑑はふいにそう思った。確かにそうだ。この像の面差し以上に、あの青年を思い出させるものがあるだろうか。

「それは、誰なんだ？」さりげなくたずねた。

子供は首を傾げ、なおも見つめていたが、やがて頼りなげに応じた。

「知らない。……夢に、出てくる顔」

その夢の心地よさを思い出すのか、黒々と深みを増した瞳に、ものに焦がれるうっとりした色が浮かんでいる。口を薄く開いて、もっと何か言おうかどうしようかと迷っている気配だ。

けれどもやがて、ミハルはパタンとそのページを閉じた。

「カアサンもいる」

今度は、すでに見つけ出してあったらしいページをすぐに開いて言った。身構えていた浄鑑は拍子抜けがした。

「なるほど、これをごらんなさい。ミハルの目に、母さんはこんなふうに映るらしい」

ミハルが選び出したのは、面立ちの柔らかさが聖母マリアにも通じると言われる、中宮寺の弥勒菩薩像だった。

千賀子は膝でにじり寄ってきてページを覗き込んだ。

「なんだかこのごろ目がかすんで、ものがちゃんと見えやしないよ」

二度、三度と強く瞬きながら言う。

「それはいけない、一度眼科できちんと検査をしてもらった方がいい」

「どれが似てるって、これかい？」

「そう、弥勒菩薩といえば、はるかな未来に現れて衆生を救うといわれている仏だ。そんなありがたい、光明そのもののような方に似ているとは、母さんも……」

「たかが写真じゃないか、こんなものっ」

切り捨てるような言葉つきだった。千賀子自身、ぎょっとしたように目を剝いている。

「いいじゃありませんか。写真は写真、像は像。わかっていて、それでも心を動かされるのが人だ」

穏やかに言って、浄鑑はコップの麦茶をひと口飲んだ。

千賀子の顔の左半分がピクリピクリと痙攣し始めていた。息子の目からそれをかばうように庭の方を向いていたが、治まらないとわかると、いきなり手を上げて両側からぎゅっと頬を挟み込んだ。そのまま顔全体を覆ってしまう。

「そうだね、そうだね、ああ、浄鑑、私、……悪かった……私、赦しておくれね。歳をとると自分で言う気もないことを言ってしまったりするんだよ」指の間から怯えた掠れ声を漏らす。「尊い仏様に似てるなんて言われたもんだから、きっとびっくりしたんだよ、だって、私、似てないよ、似てないよ」

「なに、気にすることはありませんよ。それより、気分でも悪いのではないですか、母さん、……母さん？」

千賀子は顔から手を離したが、その手がまるで自分の服をむしり取ろうとするようなおかしな動きを始めた。襟首や胸元の布地をヒステリックに引っぱっている。

ほんの一瞬だけ、浄鑑は母がふざけているのかと思った。口が左側に、眼球は逆に寄れるだけ右に寄って、ひどく滑稽な顔をしている。おまけに歪んだ口がもぐもぐと動いて、舌を噛んだり吸ったりしながら、ちゅっ、ちゅっ、と音をたてた。身体全体が、すわったまま小躍りするように弾んだ。

「似てるよ、カアサンはミロクに似てるよ」

鈴を振るような声がした。浄鑑が行動を起こすより早く、膝立ちになったミハルが、千賀子の頭のてっぺんに手を置いていた。千賀子はというと、まるで何事もなかったかのように笑み崩れて、おとなしく頭を差し出している。

「ほんと？　ほんとに似てるのかい？　それならうれしいねえ」

潤んだ目を細めて言うと、鼻を近づけてフンフンと子供のにおいを嗅いだ。ミハルはミハルで、そんな老女の頭をいつまでも撫で続けた。

母に何が起きたのか、浄鑑は釈然としなかった。何かの発作のようにも見えたが、どちらにせよ、持続したのはミハルの手が触れるまでのほんの数秒だった。

「それで、どうなんだ、この写真のなかに、ミハルに似ている像もあるのかな？」

声高にたずねた。子供が母にそんな触れ方をするのを、ともかくやめさせたかった。

ミハルは千賀子から離れてすわりなおした。黙りこくっている。

横合いから千賀子が手をのばし、音を立てて写真集を閉じた。

「どんな仏様だってミハルにはかなわないよ。ミハルは一番綺麗だからね――」歌うように言って、小さい身体を抱きしめる。「ミハルは弥勒様よりも綺麗、カアサンのミハルは阿弥陀様より眩しく輝いてる」

そのときになって浄鑑は、さっきから異様なにおいが立ち込めていることに気付いた。

「何か焦げてませんか」

返事も待たずに座布団から立って、台所のガスコンロのところへ行くと、とろ火にかけた小鍋のなかで、何かの出し汁が煮詰まってさかんに粘った泡を立てていた。急いで火を止める。

茶褐色の濃い液体がなおも鈍く泡立つのを見つめていると、浄鑑の脳裏に、血みどろの塊になって陽に炙られていた犬の姿が浮かび上がった。

「おや、しまった、素麺のつゆをかけたままころりと忘れていた」

後ろから覗き込んだ千賀子はそう言うと、菜箸の先で鍋の底から真っ黒に煮縮まった干し海老をつまみあげ、冷ましもせずに口に入れてコリコリと食べた。

3

改札口の端の方に立っている律子の姿が見えた。いつからそういう習慣になったのか、悠人が来る金曜の夜には必ずそこで待っている。

流動する人群れのなかに、ひとりだけ動かず突っ立っている女の姿を目にするたびに、心地よい安心感を悠人は覚えるのだったが、自分で意識するより早く、それはたちまちサディスティックな傲慢さへと変質してしまう。汚らわしい売春婦め、何でも言いなりになる馬鹿な女め、フン、女房気取りでいい気になりやがって。

「悠ちゃん！」

「大きい声で、人の名前を呼ぶんじゃない」

「ごめん……なさい」

地下の通路には得体の知れない騒音と饐えたにおいがこもっている。うれしそうな笑みを満面に湛えてしげしげと顔を見つめてくる女を、抱き寄せて頬ずりしたいような、ひと思いにひねり殺してやりたいような。

「あれか、お前は犬か？　忠犬ハチ公か？」

「え」

女をただ何時間も待たせてやりたいというだけの理由で、わざと最終電車で来たこともあった。それでも女は、ほんの五分待っただけといわんばかりの笑顔で、悠人に手を振る。金曜日に行かなければ土曜日に、土曜日にも行かなければ日曜日に、やっぱり律子は待っているのだった。

律子は娼婦だった。いやむしろ、互いに名前も顔も知らない数人の男たちが、共同で囲っている愛人、と言った方がいい。彼らが気まぐれに与える金だけが、律子の生活を支えている。女は悠人に対して、そのことをとくに隠そうともしなかった。いつの間にか彼らの一人が疎遠になったと思うと、またいつの間にか新しい男がメンバーに加わる。ちょうど悠人が弾みでそうなったように。何年もの間、律子はそんなふうに暮らしてきたのだった。

階段を上りきると、地上には地上の騒音とにおいと、熱気に蒸れた夜が充満していた。

「ねえ、今夜は炊き込みご飯たくさん拵えたの。あと卵のお吸い物も。おじいちゃんも呼んで、いっしょに食べようか。さっき見たら部屋にいるみたいだったし」

しゃべりながら腕を絡めてくるのを、めんどうなのでそのまま黙認する。

「この間、とうとう上がりこんで、おじいちゃんの押入れ開けてね、ためこんでた洗濯物全部洗ってあげたの。シーツやタオルなんか、何回すすいでも水が真っ黒になるのよ。もっと早くやってあげればよかった」

「あいつ、喜んでたか？」

「ううん、すごく怒ってた。えと、なんだっけ、人権リンジュウ？　だって言って、顔真っ赤にして。だけど、次の日また、乾かした服と下着もって押しかけてね、部屋と風呂場のお掃除するから、その間散歩にでも行ってらっしゃいって言ったら、黙ってぷいと出て行ったわ」

　アパートの階段下まで来て、組んでいた腕をほどこうとすると、律子はわざとらしく笑って抵抗した。普段はそんなふざけ方をする女ではなかった。カッと頭に血が上って、考えるより早く、手の甲で頬を打った。

　しゃがみこむ女をその場に残して、二階の通路まで上がった。

手摺りごしに見下ろすと、縮まった女の背は発育不良の子供みたいに小さかった。悠人は急に、胸苦しいような愛おしさを覚えた。

「おい……、来いよ、ハチ公」

こちらを見上げた律子の顔には、あっけないほど晴れやかな表情が浮かんでいた。身軽に立ち上がり、カンカンと足音を響かせながら階段を上ってくる。

しばらくしてから、悠人は隣室に多摩雄の様子を見に行った。律子が調えた一人分の夕食の盆を手にしていた。汚い年寄りと同じテーブルで食事など、まっぴらだった。

「悠人か」

痰の絡んだ声で言ってドアを開いた老人は、露骨な食欲を恥じるような目で盆の上の食べ物をチラッと見た。

はじめてこの部屋に足を踏み入れたときには、ぼろ布のような衣類や、コンビニ弁当の空容器や、雑多な塵芥があたり一面足の踏み場もないほど、敷きっぱなしの汚れきった布団の上にまでまき散らされていた。私塾の教師を辞めてからも、東洋史や老荘の書物を身の回りから離さなかった祖父を知っているだけに、あまりの光景に声も出なかった。

その頃に比べれば、ともかくここも、ずいぶん人間らしい棲家になったものだ。部屋の隅に段ボール箱が二つ置かれていて、一方には畳まれた衣類が重なりあい、もう一方には汚れ物が投げ入れられている。きっと律子が、そうするよう言い聞かせたのだろう。多摩雄自身も、擦り切れてはいるがこざっぱりとしたアンダーシャツを身に着け、気のせいか頬のあたりに少し肉がついてきたようでもあった。

悠人は盆を卓袱台の上に置いた。卓袱台と言っても、ビール瓶用のプラケースにベニヤ板をのせただけのものだ。

多摩雄は箸を取って食べ始めた。

「もう、痛うて痛うて、膝も、腰も、頸も、痛うて痛うて」

歯のない口で噛みながら、呪文のようにつぶやく。

老人が吸い物の椀に口をつけようと前屈みになると、緩んだシャツの襟首から、あばらの浮いた胸にまだらに広がる薄黄色い爛れが見えた。悠人は祖父の後ろに回りこんで、シャツの裾をめくりあげた。背中の皮膚も、広い範囲が掻き潰した汗疹の水疱に覆われていた。

「汚ねえなぁ。買ってきてやった薬、塗ってるのか？　あんた、またあっちこっち掻きむしってるんじゃないのか」

「痒うて痒うて、痛うて痛うて……」

多摩雄が何か悪性の病にかかっているのはまちがいない、と悠人は思っていた。土気色の顔、黄疸の兆候の表れた白目、痩せさらばえた身体を間断なく襲う原因不明の痛み、そして何よりもこのにおい。何度入浴させても、肌着を取り替えても、どうしても取れない執拗な腐臭。

悠人は段ボール箱を探って洗濯済みのシャツを一枚取り出した。多摩雄が食べ終わるのを待って、着ているシャツを脱ぐよう命じた。

「なんでな。ゆうべ、ちゃんと替えたのに」

言いながらも多摩雄は、シャツを脱ぐためにのろのろと腕を持ち上げようとし、痛みに呻いて顔をしかめた。悠人は手を伸ばして、祖父がシャツから頭を引き抜くのを手伝った。まばらな白髪を逆立ててうなだれた裸の祖父は、見るも哀れな有様だった。

胸と背、ステテコをずり下げて尻の方にも、湿疹用の売薬を塗りのばしてやった。患部に触れる指先から、耐えられない嫌悪感が這い登ってくる。

新しいシャツを着せ、汚れ物の入った段ボール箱と、食べ終えた盆をなんとか両手に持って部屋を出ようとすると、多摩雄の視線がすがりついてきた。

「ゆ、悠人」

「何？」わかっていて聞く。

「煙草銭も、のうなってしもうた」

いったん荷物を置き、ポケットから財布を取り出すと、老人が唾を飲み込む音が聞こえた。五千円札を一枚渡す。単純な喜びに顔をくしゃくしゃにする祖父を眺めながら、次の一週間をこの金だけでどうやって暮らすのか、悠人は不思議に思った。しかし考えてみれば、自分と再会する前の祖父が、最低限必要な生活費をどこでどのように手に入れていたのか、そちらの方がもっと不思議だった。

「そうなの、ごめんなさい」

ドアを開けた途端、律子の声が聞こえた。電話で話している。

「だから週末はずっと……、ううん、そういうわけじゃないけど」

週末ごとに悠人が律子を独占していることを、他の男たちがどう思っているのかは知らないが、どこかからこうしてときどき電話がかかってくるのだった。

「あっ、テッちゃん、ちょっと今、あれだから……、うん、……うん、わかった、じゃあまた」

〈テッちゃん〉のほかにも、〈ジロちゃん〉、〈矢部さん〉などという呼び名を、悠人は耳にしたことがあった。

電話を置いた律子は、とくに悪びれた様子もなくそばに来て、悠人に微笑みかけた。

「おじいちゃん、どうだった、機嫌よかった？　あ、それあたしがやるから」

汚れ物の箱を悠人から取り上げ、洗濯機の置かれたベランダに出す。

悠人は椅子にすわり、自分でコップにビールを注いだ。テッちゃん、ジロちゃん、矢部さん、それに、悠ちゃんか。

律子の〈ビジネス〉に口出しする気は毛頭ないと思いながらも、なぜか今日は、怒りを抑えつけることができない。一気にビールを呷ると、乱暴に椅子を引いて立ち上がった。

「俺、帰るわ」

「なんで？　急にどうしたの。だってさっき来たばかりじゃない。今、お吸い物あっためてるから、ご飯だけでも一緒に――」

「来週から当分来ないから。悪かったな、お前の都合無視して押しかけて。ほら、金。今日はまだやらせてもらってないけど、先週の分」

金額も確かめず、数枚の紙幣をつかみ出して投げた。

「悠ちゃん！　何言ってるの。こんなお金いらない」

「今までだって、受け取ってたじゃないか」

「こんなくれ方するんなら、いらない」

「じゃあそれで、隣のじいさんに酒でも買ってやってくれ」

「待ってよ」

「汚い手で触るな！」

律子を突き飛ばし、靴を履くのももどかしく外に出て、階段を駆け下りた。

駅への路を早足で歩いたが、半分くらい来たところで、背後から、悠ちゃん！　と叫ぶ声が聞こえた。振り向きもせず走り出して、そのまま地下に下り、自動改札機を通り抜けた。


都心の盛り場に出た。朝まで飲み歩くつもりで、コンビニで現金を引き出し、とりあえず目に付いた店に入った。日本語のアクセントの怪しい若い娘たちの、甘い香水と薄っぺらな媚態に溺れ込んでいく一方で、だが悠人の胸の底には、何か汚泥のようなものが、ますます苦くますます黒く溜まっていくのだった。

二軒、三軒と店を変え、最後の店の、すでに吐瀉物のにおいのこもっているトイレで激しく吐いた。その店を出てしばらく歩き回ったが、自分でそうするつもりもないまま、足が自然に地下鉄の階段を下りた。

発車しかけていた終電かそのひとつ前かに飛び乗った。ドアのすぐ内側に立ち、電車が走っている間ずっと、何もない真っ暗な地下道の壁を見つめ続けていた。

胃袋も空っぽ、気持ちも空っぽ、ほんとうに自分が自分なのかさえもうわからなかった。

律子はいた。何時間か前に悠人を待っていたその場所に、今は立ってはいず、しゃがみこんで俯いていた。

俺はこのことを確かめるためにここに戻って来たのだ、と悠人は思った。だが律子の姿を実際に目にした途端、このまま踵を返してこの女の前から永久に消え去りたいという衝動が、強く胸に湧き上がった。そうしなければ自分はきっと女を不幸にする。

人の流れのなかで足を止め躊躇するその一瞬に、けれども女の方が顔を上げた。

「悠ちゃん！」

駆け寄ってくる。裸足だった。裸足で追ってきてそのまま待っていたらしい。そのほうが目立たないからしゃがんでいたのだ。

「なんだ、いたのかよ、……ハチ公」

さりげない声を出そうとして失敗する。

「悠ちゃん、ごめんなさい。どこかから電話かかってきても、もう出ないから」おずおずと手を伸ばして、悠人に触れようとする。「ほかの……誰とも、もう、会わないから」

忙しげに行き交う男や女が、好奇心も露わな視線を投げかけてくる。

かまわず悠人は律子の手を摑んだ。すると、こうして差し伸べられたもうひとつの小さな手を、同じように自分の手のなかに捉えた何年も前の記憶が、思いがけない鮮やかさで胸に湧き上がって、泣きたいような気持ちになった。もう一人の自分がどこかで眠っていて、今のこの自分を夢に見ているような、そんな気がした。

「ガラスの欠片でも踏んだら、足切るぞ、ほら」

屈んで背を向ける。ためらう律子をさらに促すと、首に腕をまわしてそっと体重をかけてきた。おぶって歩き始めると、人々が道をあけた。

「悠ちゃん」

「あん?」

「あたし今、すごく幸せ」

「安い幸せだな、おんぶくらいで」

「重い?」

「お前みたいなチビ、軽いよ」

「ねえ、あたしも、悠ちゃんをおんぶしてみたい」

「無理だろ、そんなの」

「無理でもおんぶしたいんだもの。あーあ、悠ちゃんが小っちゃい子供だったらいいのになあ。そしたらあたし、悠ちゃんのお母さんになって、毎日好きなだけ抱っこしたりおんぶしたり、悠ちゃんが逃げ出したくなるくらい可愛がって育てるの」

4

九月になっても酷暑は去らなかった。

浄鑑は、毎日の朝と夕べに本堂の内陣に座して、呼吸そのもののように身についた経文を繰り返し唱えながら、自分の心から少しも雑念が去っていかないことに焦りを覚えた。極楽浄土の光景を描写する言葉の羅列が口から滑り出ていくばかりで、須弥壇上の宮殿に宿るものの気配に耳をそばだててみても、あるのはただ、かたちをなさない不安、記憶とも予感ともつかないものの、あやふやな揺らぎばかりだった。

日中の酷暑を早くも予想させるある息苦しい早朝、読経の途中に、背後に降り立ったあるかなきかの気配を捉えた。別れを告げながら、泣くように、悶えるように震えている。

ときとして起こるこうした現象について、いわゆる虫の知らせと単純に理解して、それ以上深く考えることを浄鑑はしなかった。自分の属する宗派の、加持祈禱、呪術卜占の類からはじまって、あらゆる超常的現象を無視する端正な宗教観を、彼は良しとしていた。

〈ノエさんか〉

経文を途切らせずにたずねる。犬に噛まれた傷がどうにか癒えはじめた頃から、腰に床ずれができて苦しんでいた老婆を、浄鑑は先週も見舞ったばかりだった。

〈そうか。まさか、こんなに早いとは――。名残り惜しいことだな〉

認知されて安心したのか、気配は香の煙の中に儚く消えていった。

報せが寺に来たのは、それから三十分ほど後だった。

ノエの家の仏間にも、他の死者たちの家ですでに何度か嗅いだことのある微かな臭気が漂っていた。膿んだ褥瘡と消毒薬の臭い。

嫁の登与子が白布を取ると、低い枕の上に、寝付いてひと月の間にひどく人間離れのしたものになった老婆の黒ずんだ顔があった。

骨にまで達する褥瘡で命を縮めた年寄りが、この夏だけで何人いただろうか。少しの雨も降らないのに、空気中にたえず過剰な水分が澱んでいて、肌に粘っこくまつわりついてくるこの暑すぎる夏。死者のかたわらで枕経を手向けながら、浄鑑は内心指折り数えるような心地で、逝った者たちの顔を次々と思い浮かべた。

ノエの家を辞した後、いつものように、その日が月命日にあたる数軒の家を回った。どこの家でもすでにノエの死を知っていて、長い付き合いのあった年寄りたちのなかには、故人の思い出話をしながら涙ぐむ者もあった。

けれども、ある家で浄鑑は意外な話を耳にした。

読経の後で、出された冷茶を飲んでいる彼に、その家の五十がらみの主婦が膝ひとつすり寄るふうに顔を近づけ、片手で口を囲って、

「んで、ごいんさんは、ノエさんの足、見なさったんかね」

とたずねたのだった。なぜそんなことを聞かれるのか、わからなかった。

「いや、しかし、噛まれた傷は縫合もうまくいって治りかけていたそうですよ」

「そうでなくて、ほれ、足の爪さ、爪」

「爪？」

「あれ、ごいんさん、知らないんかね、この話」

女の小さい目が小狡そうに瞬いた。浄鑑は、久しい以前から自分がこの女に漠然とした嫌悪を抱いていたことに気付いた。ごいんさん、と馴れ馴れしく崩して呼ばれることも好かない。

「あそこの嫁さんがねえ、ノエさんの足の爪切ってやるのはいいんだけどねえ、切って、切って、また切って、どんどん深爪になってねえ、しまいに、根っこから引き抜いてしもうたと。何枚も引き抜いてしもうたと」

あまりのことに言葉が出なかった。ノエの夏布団を直してやる登与子の、柔和な面差しが浮かんだ。

「勤めから帰った息子に、ノエさんが泣きながらなんか言うんだけど、入れ歯外してるし、急に頭ボケてきてるしで、何言ってるかわかんなかったんだと。それをいいことに、嫁さん、毎日爪つんでやってたんだと」

「馬鹿ばかしい。いったいどこから聞いた話だ」

強い調子で言い返したが、主婦は怯む気色もなかった。

「みんな言うてますもん。ごいんさんの耳に入らんだけで。嫁さん、あの犬をえらく可愛がっていたって。嫁さんの気持ちが通じて、犬が姑さん噛んだんだろうって。そんで、その犬を旦那に叩き殺されたもんだから、仇討ちに姑さんの爪――」

「いい加減にしなさい。これ以上そんなデタラメが広まるようなら、わたしにも考えがある」

返事も待たず座を立った。白衣の下の背中を汗が伝い落ちる。

外に出て、日差しの激しさのなかに立ったとき、またしても登与子の顔が目のなかに浮かんだ。おばあちゃんのこととなると主人は目の色が変わる、そんなことをつぶやきながら、変わり果てた犬の屍をぼんやり眺めていた顔。

寺に帰ってくると、庫裏の門口で千賀子が数人の女たちと額をつき合わせて立ち話をしているのが見えた。めずらしいこともあるものだと思った。坊守としてのわきまえからだろう、母は普段からいわゆる世間話の類に首を突っ込むことをひどく嫌っていた。

近付いてくる浄鑑に気付くと、女たちはサッと円陣を解いた。皆一様にぎこちない笑みを浮かべ、口々に、お暑いなかご苦労さまです、ご院住さんお帰りなさいまし、などと小腰を屈めながら、浄鑑の脇をそそくさと掠め過ぎていく。

「どうかしたんですか」

先に立って庭に入りながら、母にたずねた。

「いやな世の中だよ、ほんとに」

そう言いながら、千賀子はむしろそれが悦ばしいことであるかのように薄く微笑んだ。

「お前も知ってるだろう、川口さんのところの養子さん」

「ああ、あのどこだったかの市の消防署に勤めている人ですか、三郎さんという」

川口家や親戚筋の年忌法要で、浄鑑はその見るからに実直そうな男と何度か顔を合わせたことがあった。

「そう、その人がね、消防署をクビになったたって」

「また、どうして。確か救急車に乗務していると聞いたが」

「それがね、浄鑑、先月のことらしいけど、通報を受けて流産しかかっている女の人を病院に運ぶ途中でね、仲間の目を盗んで、その人のスカートのなかを何枚も写真に撮ったんだって。ほら、今は携帯電話で簡単に盗み撮りできるらしいじゃないか」

　何かがおかしい。何もかもがおかしい。

浄鑑の脳裡に〈感染〉、〈蔓延〉、という類の言葉がしきりに明滅した。だがいったい、何が何に感染し、どのようなものが蔓延しつつあるのか。

「まったくねえ、相手は痛がってうんうん唸ってる産婦なんだよ。救急隊員までがそんなじゃ、安心して救急車も呼べやしない。おやお前、どうしたんだい、ぼんやりして。暑さにあたったかねえ。こんなとこに立ってると、ほんとに気分が悪くなる。さ、早くなかに入ろう。冷たいものでも、お飲ぉ……みぃぃぃ」

　空気と一緒に言葉尻を飲み込むと、千賀子は唇を内側に巻き込み、口をもぐつかせた。そのまま口が左に、眼球が右にぐうっと吊り上がり、顔が真ん中から捻じれたようになる。雀みたいにちゅっ、ちゅっ、と舌を吸いながら、両手は着ているブラウスをむしり取るような動きをさかんに繰り返している。仏像の写真集を眺めていた、あのときの様子にそっくりだった。奇妙な動作は、始まったときと同じように突然治まった。ほんの数秒のことで、これも前回と同じだった。

「だいじょうぶですか！」

千賀子は何度か瞬きし、奇妙に苛立った表情で息子を見つめた。

「なんだい、お前ったら、おおげさな」肩を摑んでいる浄鑑の手を振りほどく。「胃のあたりが、ちょっとムズムズしただけだよ」

勢いよく玄関の戸を引き開け、息子を先に通してから自分も敷居をまたいだ。が、すぐに切羽詰ったような声をあげた。

「ああ！　いけない」

式台の上の、客用のスリッパをかけたラックのそばに、檀家の誰かが送ってきたらしい〈お経さん〉の箱が、紫の風呂敷に包まれたまま無造作に置かれていた。経箱や仏具を直接床に、しかも履物のそばに置きっぱなしにするなど、日頃の千賀子には考えられないことだった。

「私ったらどうかしてる。いただいたお料理のほうを先に台所に運んで、お経様をほったらかしに……」

自分の履物を揃えることもせずに式台に上がった千賀子は、経箱を大切そうに胸に抱き取った。

「もったいないことを。ばちがあたる、ねえ、浄鑑」

「ばちなど、あたりません。お経も数珠もただの道具、所詮は人間の弱い心の拠り所でしかないんだから」

外の陽射しの下で奇異に感じるほど若やいでいた千賀子の顔は、薄暗い家のなかでは肌のたるんだただの老婆にしか見えなかった。こけた頰に濃い疲労の色が滲んでいる。

黙って廊下を行く母の後に続いて、浄鑑も仏間に入った。

間口一間以上はあろうかという時代物の仏壇の前に正座した千賀子は、経箱を経卓の上に置き、しばらく宮殿の内部にじっと耳を澄ますように動かなかった。金色の瓔珞の陰に、如来の絵姿が淡く浮かんで見える。

やがて名号を唱えながら、物慣れた美しい仕草で静かに合掌礼拝し、そのあと、これもごく自然な恭しい手つきで経箱を壇下の収納庫に収める。そうした動作をする母親の横顔が、以前と少しも変わらない気丈さと優しさを湛えているのが、浄鑑にも見て取れた。

悪く考えすぎてはいけない、と浄鑑は我が身に言い聞かせた。母は単に、この暑さにやられて体調を崩し気味なのかもしれない。偶然の成り行きや些細な出来事を深読みしすぎて、いたずらに自らの不安を煽り立てても何にもならない。

5

「優子さんには、悪いことをしたと思ってる」

背中をこちらに向けたまま多摩雄が言った。

突然母親の名を出されて、悠人の手が止まった。瘡ぶたを掻き潰してしまうせいで少しも良くならない湿疹に軟膏を塗ってやりながら、ぼんやりミハルのことを考えていた。突風のようなコエが掠め過ぎていってからもう二ヶ月がたった。あんなことが、次にまたいつ起こるのだろうか。

「昔の話なんかするな」

「わしが悪かった。優子さんが何も知らんのをいいことに、優子さんひとりを悪者にして、自分の気持ちの整理をつけたかったんだ」

「言うな！」

振り向きかけた多摩雄の顔に、持っていた軟膏のチューブを投げつけた。老人はアッと叫んで、頰を押さえた。

「悠人、待て、話を聞け。お前も身に覚えがあるだろう」

「何のことだ、何を言ってる」

「お前、なんで毎週毎週、律儀にわしのところへ現れる。隣の娘のところへ通って来るのはわかるが、何もそのたびにこのジジイの顔を見に来ることはあるまい、え、来たところで、金をせびられるのが関の山だろ」

老人は、かたわらに脱ぎ捨てられていたシャツを拾い上げた。難儀しながら頭から引き被り、汚らしい裸体を覆い隠した。

「あんたが病気だから、それに部屋んなか汚くしてても困るから、見に来てやってるんじゃないか」

「身の回りの世話なら、あの娘が毎日してくれるわ。律子といったか、ほんとうに優しい娘だ。あの子を見ていると、つい優子さんのことを思い出してなあ。面差しがどことなく似ているせいかの」

悠人は唐突に立ち上がった。卓袱台の上の、食べ散らかした食器類を重ねた盆を取り上げ、戸口に向かう。

「お前、わしに、呼ばれて、来るんだろう——？」

〈呼ばれて〉という語を、湿っただみ声でゆっくり引き伸ばして言う。

「呼ばれるから、何べんでも来てしまうんだろう？　なあ、悠人」

悠人はすでに履物に足を入れていたが、ドアの内側で身体の向きを変え、祖父の顔を食い入るように見つめた。この男のそばにいると、胸の悪くなるような嫌悪感とは裏腹に、ある快さを感じるのは否定できない。

「あんた、俺を、呼んでる――のか」

「呼ぼうとして呼んでいるわけではない。だが、もう一年も前になるか、お前と地下鉄のなかで出くわしたとき以来、自分でも知らぬ間に漏らしてしまっているのかもしれん、と思うようになった。それでなくては、なんでこの広い都会で、孫と同じ車両に都合よく乗り合わせたりする」

「偶然っていうのは、そんなもんだろう」

「そうかもしれん。けどお前、そのあとわしにつきまとって離れなかったろうが。隣の娘にまで、ついでに手を付けおって」

「な、何を――」

「まあ聞け、悠人。わしのことなどどうでもいい。波留雄のことを話しておきたいんだ。波留雄は、お前の父親はな、持て余すほどの、まあその、ミミというか、それを持っていた。実際そのせいで、ああして身を滅ぼしたのよ。わしが死ぬ前に、そうしたことを全部お前に言うといてやらんとな。なぜかというように、どうやらお前もそういうミミになってしまったようだからな。それも、わしみたいな者が自分でも知らずに漏らすものまで聞き取るほどの、たいしたミミにな」

悠人は呆けたような顔つきのまま、まだ持っていた盆をその場に置き、靴を脱いだ。卓袱台をはさんで、祖父の前にすわった。

「痛ましいことだ」

多摩雄は、悠人を見つめながら潤んだ目をしょぼつかせた。


部屋に戻った悠人の表情から何かを感じ取ったらしい。律子がサッと顔を曇らせた。

「大丈夫？　おじいちゃんに何か——」

普段から、妙なところで勘の働く女だった。ねえ、どうしたの、と寄ってくるのを振り払うと、壁際まですっ飛んでドンと背中をぶつけた。

「くそジジイめ、くたばっちまえ！」

悠人はツカツカと冷蔵庫に歩み寄り、取り出した缶ビールを喉を鳴らして飲んだ。ふうっと息を吐いて腕で口を拭うと、壁にもたれたままぼんやりこっちを見ていた律子と目が合った。

「こっちに来いよ」

「悠ちゃん――」

「いいから、来いって」

「でも今、枝豆茹でてる途中だし」

悠人はガスレンジのところへ行って火を止めた。ズボンの前を開けて椅子に腰かけ、下半身だけ剝ぎ取った律子を腿の上に跨らせた。テーブルに並べた食器類がカタカタ鳴るのを聞きながら、鍋のなかでふやけていく枝豆のことをチラッと思ったりした。

いったん身体を離して立ち上がると、今度は尻をかかげるようなかたちに、女の胸と腹をテーブルに押しつけた。茶碗や皿がなぎ落とされて割れ、小鉢に盛りつけられていた茄子の漬物が床に散乱した。

苦しくないはずはないのに、女は従順だった。何を考えているのか、何も考えていないのか、あまりにも手応えがなくて薄気味悪いほどだった。物を買っても釣銭の計算も覚束ないこの女に、自分の胸の内の怒りや疎外感や悲しみを全部見透かされている、どうしてかそんな気がしてくる。

果てた後、椅子に腰を落としてジッパーも上げないまま荒い息をついていると、柔らかい手が頬に触れた。

「悠ちゃん、だいじょうぶだから、……ね」

そう言えば、この女はよく、だいじょうぶ、という言葉を口にする。いったい何がだいじょうぶなのかは知らないが、最初に犯したあのときにもそう言われたっけ。

気安く慰められれば腹立たしくもなるが、律子の〈だいじょうぶ〉に、いっときにせよ不安をなだめる妙な作用があることは認めざるをえなかった。頭で考えることをしない女の体温がそのまま言葉になって、悠人の肌から染み込んでくるからかもしれない。

律子はスカートをはくと、冷えた麦茶をコップに注いで悠人に手渡し、自分も飲んだ。それから箒と塵取りを持ち出して、床に散らばった物を片付け始めた。

「あーあ、せっかくおいしそうな色に漬かってたのに、この茄子」

俺がどんなことをしても赦すんだな。こうやって他の男たちもみんな赦してきたのか。こいつがどこまで俺を赦すか、確かめる方法はあるだろうか。ああ、こんな女、いっそいなくなってしまえばいいのに。矛盾する思いが、切れぎれに悠人の頭に浮かんだ。

子供ができたと律子に知らされたのは、それから一ヶ月もたたない時だった。

6

彼岸が近づく頃、寺の近辺で二人の自殺者がでた。

ひとりは寺の肝煎を代々務める家の娘で、浄鑑も千賀子も幼い時分から可愛がってきた中学生だった。朝いつもどおり家を出たまま行方知れずになって二日目に、山林のなかで縊死しているのが見つかった。遺書はなかったが、自宅から持ち出した電気コードを使用していることや、他に外傷がないことなどから、警察は自殺という判断を下した。

もうひとりは県道沿いでガソリンスタンドを経営する四十代の男で、スタンドにも現れず、電話も通じないことに不審を感じた従業員が、自宅を訪れて発見した。こちらも縊死、状況からやはり自殺。

何十年も自殺者など出ていない土地柄だったから、人々はたちまち色めきたった。

二人が同じ日の午前と午後に相次いで命を絶ったこと、しかもどちらも縊死だったこと、スタンド経営者がいまだに独身だったことなどから、ありとあらゆる種類の憶測が乱れ飛んだ。誰が言い出したのか、死んだ少女の胎内にはもう一人の死者の子が宿っていた、という噂がまことしやかに囁かれた。

男の方が隣町の真言宗の寺で葬儀を営む一方で、少女の葬儀は、司法解剖に付された亡骸がもどるのを待って浄鑑の寺の本堂で執り行われた。

糸切り歯を見せて屈託なく笑う遺影と向かい合って、浄鑑は、一語一語の語義を意識しながらゆっくりと正信念仏偈を唱えた。焼香する人々の衣擦れの音に混じって、時おり父親の押し殺した嗚咽が聞こえた。母親の方は泣くこともせず、髪をほつれさせて呆けたように脇にすわっていた。

読経が進み、どうやらクラスメイトたちが焼香を始めたと思われるあたりで、七条袈裟の背中に感じる空気が、いやにあっけらかんと乾いたものになった。

明朗活発な少女は、学校では生徒会長に推されるほどの人気者だと聞いていた。それなのに今、次々と進み出る級友たちが、香をくべ、合掌し、礼拝するというひと続きの作法を、一種事務処理的な無造作さで、表情ひとつ変えずに行っているという気がしてならない。振り向いて見ることはもろちんできなかったが、浄鑑は言いようのない奇異の思いを抱いた。

警察による型どおりの調査はその後も行われたが、少女が学校でいじめの対象になっていたとか、スタンド経営者が極度の経営難に苦しんでいたというような単純な動機はまったく見つからなかった。少女は妊娠などしておらず、二人の間になんらかの接触があったという証拠もなかった。

しかし、そうしたことが明らかにされてもなお、人々はいっかな口を閉じようとはしなかった。男が少女を部屋に連れ込んで何度となく弄んだ、あるいは少女が首を括った現場は実は二人が逢瀬を繰り返した場所だった。あの家でもこの家でも、老人会でも法事の席でも、誰も彼も臆面もなくそんな話をしたがった。

うだるような暑熱はいつまでも衰えなかった。境内や家々の庭では枯れた草木の葉が褐色に縮れ上がり、かと思うとある一角には、春に咲くべき赤や桃色の躑躅がみずみずしく狂い咲いていた。

汗ばんだ衣に身を包んで知りつくした道を毎日歩き回る浄鑑は、町と寺を覆う空気に、微かな褥瘡の腐臭にも似たものが含まれているのを感じた。人々の心に巣食う得体の知れない悪意が、暗く甘い臭気を放っているのだった。

勤めを終えて寺に戻りつく頃には、いつもぐったりと疲れきって、嫌な予感ばかりが胸に渦巻いた。けれどもそんなときに、先に帰っていたミハルが玄関に出てきて、ジョウガン、と笑いかけでもすると、彼の心は文字通り暗雲が晴れるように和んだ。訪れる先々の家で身に浴びたどろどろした毒気を、ミハルの底抜けの邪気のなさがあっさり洗い流してくれるような気がした。

悩みの大もとともいえる子供に慰められるというのも皮肉なことだが、当の子供が一緒にいれば、千賀子も比較的落ち着いている。それもまた浄鑑にはありがたかった。

その日も遅くなり、この時刻ならもう帰っているだろう、と期待しながら坂を上ってきたのだったが、近くまで来ると、勝手口の方から夢中になってしゃべりちらしている女たちの声が聞こえた。

「あれかねえ、やっぱり、男の方から一方的っていうわけじゃあ……」

「うちの人なんかもそう言うんですよ。ほら、あの娘、自分じゃカマトトぶってるつもりでも、女のにおいがもう、プンプンしてましたから」

「じゃあ、あの話も、案外ほんとうかもしれないねえ」

「あの話って何です？　坊守さん、ねえ、ねえ、まだ何かあるんですか」

「お寺なんてものは、あっちこっちからいろいろ聞くもんだから」

「そうでしょうとも。でもあたしたち、絶対ほかには漏らしませんから」

行ってやめさせなければ、と思った。だが浄鑑は、門柱の外に立ったまま生垣越しに母親の姿を眺め続けた。そんなはずはない、死んだ少女をあれほど可愛がっていた母だ、今に何かひと言でも優しい言葉を口にするはずだ、と苦しい期待にすがって。

「なんだかね、そのスケベ男、スタンドで仕事するときに着る制服の胸ポケットにね、お守りだって言って相手の娘のちっちゃなパンティーをいつも入れていたらしいよ」

「へぇー、そんなことを、へぇー」

「話してくれた人は、しょっちゅうその男のスタンドでガソリンを入れてたんだけどね、一度なんか、フリルのいっぱいついたのを大事そうにポケットから引っ張り出して、顔に押し当ててるのを見たんだと」

千賀子は嬉しくてたまらないというふうにクッ、クッ、と喉を鳴らした。

同じ頃のある日、浄鑑が昼前に外から帰ってくると、真夏と変わらない油照りの下、帽子もかぶらない千賀子が必死の形相で庭を掘り返していた。猫を埋めたその場所だった。まだ固まり切らない柔らかい土が、掘り下げられた穴のまわりに積み上げられていた。

「いったい、何をしているんです！」

厳しい声でたずねたが、返事もしない。汗のしずくがひっきりなしに滴り落ち、乱れた銀髪も、着ている木綿の服も、ぐっしょり濡れて肌に貼りついている。

浄鑑は穴に屈み込み、猛然と掘り続ける母の手からシャベルをもぎ取った。

「どうしたんですか、なぜこんなことを」

千賀子はびっくりしたように浄鑑を見た。

「クマがどうなったか見たいんだよぉ。ほんとうに死んだかどうか、この目で確かめたいんだよぉ」

半泣きの声で言って唇をわななかせる。

「馬鹿な。そんなことをして、なんになるんです。さ、早くそこから出て」

差し出された手から身をよじって逃げながら、老女は懸命に何ごとか訴えようとした。けれども言葉が出ず、焦れて地団太を踏んだと思うと、いきなり天を仰いでヒイーッと金切り声を上げた。それからは掘り返した土を手当たりしだい摑みとって、息子の顔に投げつけ始めた。

幼児じみた錯乱に、浄鑑は、母親なりののっぴきならないものを感じ取った。狭い穴のなかに素早く下りて、暴れている身体を屈強な腕に抱え上げた。

「わかった、わかったから、母さん。どうしてもというなら、わたしが代わりに掘りましょう」

そばの庭石に千賀子をすわらせ、袂からハンカチを取り出して、汗と土にまみれたその顔を拭った。

輪袈裟を外し、布袍を脱いで、どちらも梅の枝にかけた。

再び穴に下りて、手早く掘り始める。

望みどおり猫の死を確認させれば、あるいは憑き物が落ちるということもあるかもしれない。

憑き物——。

たまたま頭に浮かんだその言葉にゾクリと鳩尾が冷えた。同時に、あのときのことが生々しい悪夢のように甦ってくる。死んだ猫を呼ぶ突き抜けるような声。瞬間、かたわらをかすめ去ったかに見えた黒い影の塊。子供を庇ったまま失神していた母。べっとりと粘液に濡れた背中。肌に吸われて見る間に消えていった膿瘍。

猫か、魔か。死の側から呼び出された何かが、呼び出したミハルにではなく、身代わりに母にとり憑いたのか。いったいそんなことがあり得るだろうか。そのせいで母の心は裂け、人間の心の奥底に固く封じられているべき暗い禍々しいものが、母の優しさや、知性や、折り目正しさを押しのけて現れ出てきたというのか。

洋の東西を問わず、書物のなかに類似の例が多く記されていることは知っている。だからといって、まさか――。

容赦なく照りつける日差しと、土から立ち昇る熱気に包み込まれて、湯のような汗がしとどに白衣を濡らした。

いけない、ものごとに無理に意味を見出そうとしてはいけない。浄鑑は奥歯を嚙み締めた。意味などしょせんは人間の浅知恵、自分を手なずけるための玩具に過ぎない。そう思って眺めれば、なんでもない天井の木目も鬼の顔に見えようというもの。

喉の奥で低く名号を唱え、土を掘ることに集中しようと努めた。けれども、愚かしい妄想は、後から後からとどめようもなく湧き上がってくるのだった。

あのときに、もし逃れ出たものがあるとすれば、そのものが元どおりあちら側に戻るまでは、開いた通路はおそらく完全に閉じるということはあるまい。毛筋ほどでも裂け目が生じたままなら、あちら側のものが絶えずじわじわとこちら側に滲み出てくる。こうしている今も、得体の知れない瘴気が、この町の人々の神経を少しずつ狂わせていく——。

馬鹿な、何を血迷っている。何のために日ごろから経典を読み、阿弥陀仏一仏への信を一期としてきたのか。あちら側だのこちら側だの、万々が一そんなものがあったとしても、どちらの側も所詮は阿弥陀のうちだ。

しかし——、しかしそういうふうに考えれば、少なくとも辻褄だけは合う。そうなのか。現象も裂け、母の心も裂け、そしてこのすべてがミハルの仕業なのか。

汗が流れ込む目のなかに、小鳥たちに囲まれて庭に立っていた今朝の子供の姿がまざまざと浮かんだ。朝日にきらめく髪、囀りたてている一羽一羽にこともなげに触れる手。何も考えていず、しかもそのことに満ち足りている。頬には淡い笑窪の影を宿して。

あらゆるものが歪んでいくというのに、あの子だけはなんの穢れも知らない。まるで台風の目の無風に守られているようだ。浄鑑はふいに、子供のその穢れのなさ、穢れようのなさ、穢れることのできなさを、空恐ろしいものに感じた。無垢の底知れなさが、あの忌むべき力の底知れなさに等しいように思えた。

熱気の激しさが、ともすると眩暈を誘った。手を止めるとかえって倒れこみそうだったので、休まず掘り続けた。何か、古代の巫女についての埒もない連想が頭をよぎった。彼女らもまた、神通力を保持するために生涯純潔を通したという。無垢ゆえの力か、力ゆえの無垢か――。身体を動かし続けながらも、浄鑑の意識はとりとめもなく拡散していく。無垢は力。力は秩序の破壊。秩序の破壊は――罪。だが待て、だとすると、どうなる？あの子が無垢であるそのことが、そのままあの子の罪ということになりはしないか。

愚かしい空論を払いのけるために、頭を強くひと振りした。するとまた子供の姿が浮かんだ。指にとまらせた小鳥を近々とのぞきこんで、自分もなにやら小雀めいた表情になっている少し寄り目の顔、粒々した歯の列を見せて欠伸をしている起き抜けの顔、何か褒められて頬にポッと血の上った顔、鼻の頭に汗を浮かべて熱心に仏具を磨いている顔。共に暮らした年月に、浄鑑の記憶に焼きついた数え切れないミハルの顔が次から次へと浮かんでくる。

幼女のままでいるしかないあの子。愛する者を暗い死の海に溺れさせたくないと、それだけを望んでいる。およそ欲望と名のつくものに無縁な子供の心が、その欲望たったひとつを、狂おしいまでに抱いているのが哀れだった。

如来よ、弥陀よ、やはり救い出さなければよかった。軽々しく冷蔵庫の扉を開けたりせずに、あの愛しい者をあのまま逝かせればよかった。

突き立てたシャベルの先に、そのとき手応えがあった。薄い蓋板を少し壊してしまったようだった。浄鑑はようやく現実に引き戻された。注意深く掘り進むにつれて、見覚えのある木箱が現れ出てくる。

染みの浮いた箱を持ち上げると、思ったより軽かった。独特の臭気は土のにおいと交じり合い、耐えられないというほどではなかった。素手で蓋をあけ、くるんであった布を開いて、まず自分でなかのものをあらためた。

躊躇する気持ちがやはり湧いた。しかし結局、彼は箱を抱いて穴から出ると、木陰に腰掛けている母に、すべての生き物がいずれはそのようになるものになった猫の姿を見せた。

千賀子は、胸元に箱を引きつけて食い入るように眺めていたが、やがて唇が震えて細い囁きが漏れた。

「可哀そうに、おお、おお、可哀そうに——立派な毛皮も——綺麗な眼も——おおお」

涙の粒がぽたりぽたりと箱のなかに落ちた。抱いた赤子を揺するみたいに箱を揺する。

「よしよし、おお、よしよし、えらいね、とってもいい子にしてるんだね——」

浄鑑はいたたまれなくなった。

「さあ、ミハルが帰ってくる前に、それを元どおりに戻しておかないと」

頃合いを見て取り上げようとすると、千賀子は頰ずりせんばかりに木箱に顔を寄せた。解(ほど)けた髪がだらりと垂れ下がったので、はっきり見えたわけではないが、そのとき母が箱のなかのものを舐(な)めるか齧(かじ)りとるかしたように、浄鑑には思えた。

それ以上は逆らわず、息子に木箱を手わたした千賀子は、突然興味を失った様子で背を向け、ふらふらと庫裏(くり)の方へ歩き去った。

7

「堕(お)ろせ」と言いそびれたのは、律子が、どうせそう言われるものと頭から思い込んでいる顔つきで、しょんぼりと妊娠を告げたからだった。金曜の夜、駅からアパートへの路(みち)を並んで歩いているときだった。

女のしけた面(つら)にうんざりして、つい投げやりに「産むのか」と訊(き)いてしまったのだ。律子は「えっ」とこちらを向いた。その目が心底驚いたように丸く見開かれていた。

「ど、どうしようかな」

突然の希望が、青く儚(はかな)いオーロラみたいに律子の顔に閃(ひらめ)いた。戸惑いを隠して、わざとどうでもよさそうに応える。まるで、あからさまに喜んだりしたら摑みかけた幸せが素早く逃げ去ってしまうとでもいうように。腕につかまった女の身体が震えているのが、悠人に伝わった。

「絶対できないと思ってた。カッコだけ避妊はしてたけど、でもそんなの、してもしなくても、あたしになんか赤ちゃんできるわけないって」

アパートに着くまで、律子はひとりで喋り続けた。

「悠ちゃん、ああ、悠ちゃん、きっとあのときだね、ほら、悠ちゃんがおんぶしてくれた日、あのときに赤ちゃんできたんだ。あたしみたいな馬鹿でも、ちゃんと赤ちゃんできるんだ。あのときあたし、悠ちゃんにおんぶしてもらいながら、ほんとに思ったんだもの。悠ちゃんが、小さい子供だったらいいなって。言ったでしょ、ねえ。そしたら毎日、抱っこしたりおんぶしたりして可愛がれるのにって。悠ちゃんのお母さんになりたいっていう気持ちが、神様に届いたんだ。だからお腹に、悠ちゃんの赤ちゃんができたんだ」

自分が父親になるなど、冗談にも考えられないことだった。

舞い上がっている女をどう扱っていいものか困り果てて、路面を睨みながら黙り込んで歩いた。自分以外の男の子ではないか、誰かと隠れて会っているのではないかと無理に考えてみる。そう思えればよほど気が楽なのに、腕につかまって喋りまくる女を見ていると、そんな疑いはたちまち萎(しぼ)んでしまう。

　悠人は突然、息をするのも面倒くさい気分に襲われて、すべてがどうでもよくなった。どうしても産みたいのなら、勝手に産めばいい。あくまでも〈律子の子〉として、多少の経済的援助くらいはしてやってもいい、だが、それだけのことだ。

「悠ちゃん、どうしたの」律子が囁いた。

　そのとき悠人は、父親のことを考えていた。というより、父親の顔が思い出せなくて苛々(いらいら)していた。全体の輪郭が浮かんでこない。目付きだけは覚えている。妻や息子の上には決して焦点を結ばない目、見る価値のないものは見たくもないと言わんばかりに、いつも細められていた冷ややかな目だ。

「赤ちゃんのこと、気にしてる？　だからそんなに優しいの？」

　そんなことを言われて、悠人は女を組み敷いたまま身体が萎(な)えていくのを感じた。確かに、この柔らかい腹のなかに何かがいると思うと、女のそういう生理そのものに嫌悪(けんお)を覚えずにはいられない。

　頭が醒(さ)めきって、女を抱いているというより、化学の実験か何かをしているような気分になった。女の様子を観察しながら、計量スプーンで量るように、一杯、また一杯とその身体に疼きを注ぎ足していく。

「悠ちゃん」

「……」

「悠ちゃん」

「……」

「悠ちゃん、悠ちゃん、悠ちゃん、悠ちゃん、……悠ちゃん……ああ……」

歪み赤らんだ律子の顔を眺めながら、この顔をもっと歪ませ、どこまでも醜くしてやりたいとだけ悠人は思った。もっと、もっと、もっと……。

そんなふうにして、どれほどの時間が過ぎただろう。

疲れきった律子が、肩に頬をつけたまま寝息を立て始めると、たいていは自分の方が先に眠り込む悠人は取り残されて目が冴えてきた。

とりとめない思いが後から後から浮かんだ。

もしこの女と、この女の赤ん坊と、自分と、三人で暮らしたらどうなるだろう。面白半分に空想してみる。夜毎のつましい晩酌、中身のないマンネリの会話、ぬるま湯のようなれ合い、正月の御節料理、動物園に、遊園地に、年に一度の家族旅行。フン、冗談じゃない、きっと退屈すぎて頭がおかしくなる——。

を感じた。

それなのに、心のどこかで、悠人はそんな平凡な暮らしに、チクリと痛いような憧れ

乱暴に寝返りをうつ。こんなことをしていてはいけない、と強く思った。

二度目のコエが通り抜けていってから、コエは必ずまた来て、今度こそ自分を呼ぶという確信が、彼のなかで強まりつつあった。

俺はほんとうは、こんなふうに女の体温にぬくぬくと浸っていてはいけないんだ。俺は不幸でいなければだめなんだ。いつかまた呼ばれるためには、そのことだけを待って不幸でいなければならない、もう一度激しく救われるために激しく不幸でいなければならない——。

父も、こんな気持ちを抱いただろうか。母や自分との人並みの暮らしを、一度でも、捨てがたいと思ったことがあっただろうか。

ますます冴えわたる頭に、多摩雄のしわがれ声が甦ってくる。あの日、父について聞かされたことのひとつひとつを、もう何十回目かにまた、思い返さずにいられない。

お前、あれはいったい何だと思う。

べつに、秘密でもなんでもない。そうだろ。皆、薄々は気付いているんだ、人と人のつ

ながりに、あれが大きい働きをするということにな。ただ、捉えることも名付けることもできん働きだから、あれについて話したり考えたりする人間が多くはおらんというだけのことだ。

しかしな悠人、ほんとに恐ろしいのは、そんなふうに捉えることも名付けることもできず、話したり考えたりすることもできんような力なのかもしれんぞ。そういう力は、知らず知らずのうちに人を支配するわけだからな。

そう、渡り鳥が海を渡ったり、鮭が産まれた川に戻ってきたり、放牧されている何百頭もの牛や羊がみな同じ方向に頭を向けていたり、案外そんなこととも関わりがあるのかもしれんな。

お前の父親が心中した相手は、これといって目立たん女だった。ナミという名だ。

波留雄は、まだ片言しかしゃべれん頃からミミの利く子供でな。わしの父親、つまりお前の曽祖父さんに言わせれば、その、ミミが破れていた。

波留雄の小学校の級友らは、あいつが動物と話ができると、なんでかしら信じ込んでいてな、家に遊びに来るときにはよく、飼っている犬や猫や、果ては小鳥や金魚まで持ってきたもんだ。

ミミが破れた人間は恐ろしい目にあう、とお前の曽祖父さんはいつも言うとった。

なんでも曽祖父さんの父親というのは、生まれつき目の見えん人だったが、そのことではなんの不自由もせずに暮らしていたらしい。見えるものしか見えん目明きの者らに同情していたそうだ。

その父親が妻子を棄てて(す)どこかの山奥にこもってしまった。母親に頼まれた曽祖父さんが山に連れ戻しに行くと、掘っ立て小屋のなかで、父親が誰か若い男と真昼間からまぐわっていた。

曽祖父さんのミミが破れたのはそのときからだ。父親の相手がつまり、曽祖父さんの言う、ノドの裂けた男でな。まぐわいながら、その裂けたノドから凄(すさ)まじいコエを漏らしたもんで、覗(のぞ)き見している曽祖父さんのミミまで突き破ったんだと。

若者も父親も、一年もせんうちに流行(はや)り病でコロリと逝ったらしいがな。

外回りの仕事で、ごちゃごちゃとビルの立ち並んでいる路を歩いてたときに呼ばれたと、波留雄は言うとった。いきなり来たと。強すぎて、包囲されてるみたいで、上からという以外、どことはっきり突き止めることもできんかったそうだ。近くの建物に手当たり次第に飛び込んで、何百段も階段を駆け上って、さんざん捜しまわったと言うとった。

ようやく見つけ出したとき、ナミはビルの屋上の手摺(てす)りを乗り越えたところだった。

連れていかれた精神病院から、夫の目を盗んで逃げてきたんだ。

波留雄が近づいていくと、手摺りの向こうから、まるで待っていたみたいに振り向いて——、あとはもう、あの力が、どうしようもなく二人をつかまえた。ノドの裂けた人間に、波留雄はそのときはじめて会ったんだ。

わしは反対したんだ。あいつから相談を持ちかけられもし、女に引き合わされもしたが、どうにも承服できなかった。あいつには、お前や優子さんのそばで平和な一生を送らせたかった。優子さんなら、なんとかあいつを引き止めておけると思った。

止められんのよ、もう、どんなことをしても。べつに色恋だけではないぞ。肉親でも、友人でも、師弟でも、それどころか動物と人間との間にさえ、力が働いてしまうんだ。

たいていは、ひと目惚れだの虫が好くだのですむことなんだが、お前たちのような者はそうはいかない。しかも呼び合ってひとつになれば、必ずと言っていいほどよくないことが起きる。民話であれ史実であれ、そうした例は枚挙にいとまがないわ。

——波留雄らがなんで心中などしたのか、わしにもようはわからん。会って一年ほどたった頃にナミが子を産んだことが、関係しているのかもしれん。おそらくは、波留雄の子でなく夫の子だったたか、何かそんなことではないのかな。

第4章　震えて死ぬ蛾

1

三時ごろ、作業ズボンにシャツという姿で境内の草取りをしていた浄鑑は、男がひとり庫裏の門から中を窺っているのに気付いた。

一時をしのぐ食べ物や金を求めて放浪者が寺にやってくることがときどきあった。そういえば最近、大きな紙袋を提げたり、手押し車を押したりしながらぼんやり歩いている男女が、町なかに急に増えたようだ。

ともかく、男の身なりからそういう人々の一人であろうと判断した浄鑑は、作業を中断して、首にかけたタオルで汗を拭きながら、境内と庫裏の庭とを隔てる低い生垣の枝折戸を開けた。

「どうされました、何かご用かな」

言い終わったときには男の姿は消えていた。後を追って門から出ると、そそくさと走り去る後姿が見えた。

必要があればまたやってくるだろうと考え、そのときはそれで忘れた。

翌日もまた、同じような時刻に草取りの続きをしていた。そのときは千賀子も一緒で、大きな麦藁帽子に軍手をはめて、抜いた雑草を掃き集めたり、夏の間に弱ってしまった苔の手当てをしたりと、休みなく動きまわっていた。

ミハルの帰りを気にしてしきりと門口の方を窺うことを除けば、段取りよく働く今日の母は以前と変わったところもなく、浄鑑を不安に陥れる不穏な影も感じられなかった。

「あんまり暑すぎて、もう秋はこないのかと思ったけど、そんなことはないねえ、浄鑑」

小さな箒で石畳の隙間に挟まった塵芥を掃き出しながら、おっとりと言う。

十月も中旬になるとさしもの酷暑も衰えはじめ、天気予報によると、今週末頃にはまとまった降雨も期待できるという。

「ほんとに、何ごとも、阿弥陀様のお計らいに間違いはないねえ」

「確かに。こうして仕事をしていても、暑いには暑いが、ずいぶん身体が楽だ」

「もうそろそろミハルも帰ってくる頃だから、今日はこの辺でおいて、一緒にお茶に

——」

途切れた言葉を訝しんで浄鑑が顔を上げると、千賀子は門口に顔を向けたまま、凍りついたように突っ立っていた。そちらを見ると、案の定、昨日の男がまたうろちょろとなかを探っている。

「また、来たのか。母さん、心配はいりません。幾らか包んで渡してやりましょう。あと、そう、何か適当な食べ物を用意——」

千賀子は屈みこんで、足元から那智黒の玉砂利をひとつ拾い上げた。なぜそんなことをするのか、浄鑑には見当もつかなかった。が、次の瞬間その石が鋭く空を切って飛んだ。生垣を越えて、男の手前一メートルほどの木犀の幹にカツンと当たる。

男も浄鑑も虚を衝かれて息をのんだ。その隙を逃さず二つ目の石が飛んだ。今度は狙いを過たず、顔の真ん中を直撃する。グワッ、と叫びが上がった。

「何だ、何をするんです！」

浄鑑は母親に取りすがった。小さな石とはいえこれだけの距離を、しかも正確に的を捉えて投げる力量に舌を巻く思いだった。早くも次の玉砂利を握って身構えている千賀子の身体は力が漲って硬かった。肩を揺すって浄鑑を跳ね飛ばす拍子に、その頭から麦藁帽子が脱げ落ちた。男はとっくに逃げ去って影も形もなかったが、銀髪を振り乱した千賀子は、門柱の間の無人の空間をめがけて、無駄の無い素早い動作で最後の石を投げた。

「いったい、――どうしたっていうんですか。相手は罪のないホームレスじゃありませんか。なぜ、こんなことを」

千賀子はキッと浄鑑を睨みすえた。日差しを受けて茶色っぽく見える瞳のなかに、獰猛な憎しみが燃え盛っている。浄鑑は我知らず一歩後ろに下がった。サンダル履きの足が、母の帽子を踏みつけたのがわかった。

「お前、わからないのかい。あの男、ミハルを取り戻しにきたんだ。ミハルの父親だよ」

2

公団住宅の古い棟の間を歩きながら、浄鑑の表情は冴えなかった。

なぜ母は、ふらりと寺に現れたあの男をミハルの父親だと決め付けるのか、と怪しみながら、自分もまた気持ちのどこかで、そうに違いないと思い始めているのだった。

やがてある棟の入り口をくぐり、考えに耽りながら階段を上っていく。六年前と同じドアの前まできて、鰐淵家の家族四人の名が並ぶネームプレートを見上げながら、インターフォンのボタンを押した。

「お寺の方に電話しなくちゃと思ってたんですよ、ほんとに。それが、下の子が風邪で熱を出したりで、なんだかバタバタと忙しくて。やっと今日から学校に行ってくれてホッとしたところで」

ひとまわり太り、いっそう赤茶けた色に髪を染めた鰐淵由紀子は、客の前に湯呑みを置きながらくどくどと言い訳を並べ立てた。

やはり、そうか。浄鑑は手にした白檀の念珠を握りしめた。興奮して息を荒らげている。

「いきなりやって来たんですよ。っていうより、あたしが買物から帰って来たら、汚らしいなりをしたあの人が、ドアのところに幽霊みたいに立ってたんです。もう、びっくり。六年間、まるっきり連絡よこさなかったくせに、ほんとに何考えてんだか。でもまさか、お寺にまで行ったりするとは――」

由紀子が語る綿本の人相風体は、寺に現れた男によく似ていた。浄鑑は、さらに詳しく話を聞き出した。

ミハルの父親綿本浩次が戸口に立っていたのは、ちょうど一週間前の金曜日だったと言う。汗臭いひどいにおいに辟易しながらも、気が動転していたこともあり、つい部屋に上げた。

麦茶を出すと一気に飲んでしまい、ビールはないかと訊く。その厚かましさに煮えくり返る思いだったが、同時に綿本と二人きりで部屋にいることが恐ろしくもあったので、言われたとおり冷蔵庫から缶ビールを取り出した。綿本はそれもほとんどひと息に飲み干した。空いた缶をテーブルに置いて、無精ひげを生やした顔で人懐っこく笑いかけてくる。

そのときになって、目の前の男が残忍な犯罪者だという事実が、由紀子の意識にようやく浮上してきた。恐怖がさらに膨れ上がった。綿本は実の娘を殺そうとしたのだ。警察に通報すべきではないか、少なくともこんなふうにのん気に向かい合っている場合ではない。

「実は、ミハルが死んじまってね」

間合いを計ったように綿本がぼそりと言った。

「へ？　そ、そう、それは、たいへんだったわね」

干上がった喉から、取ってつけたような言葉が漏れた。もし綿本を警察に突き出したら、綿本が認めたと偽ってミハルの養子縁組の手続に手を貸した自分たちも、罪に問われるにちがいないと思った。

綿本はさっきまでの馴々しい表情とは打って変わった上目遣いで、由紀子を窺っていた。

「それからこっち、何だかろくなことがなくてよ。なあ、由紀子さん、悪いんだけど――」

その先は聞かなくてもわかった。この男はそのために、夫の暁のいない昼間を狙ってやってきたのだ。

「悪いんだけど、あの子の香典だと思って幾らか都合してもらえんかな。なに、ほんの少しでいいんだ」

少しというのが具体的にどれくらいなのかと、おどおど思案していると、幸いなことにチャイムが鳴り響いた。ただいまぁ、と洋一の声。飛び立つように席を立っていって、玄関ドアのロックを外してやる。

洋一がのっそり部屋に入ってくると、綿本は、やあ、と言ったきり押し黙った。六年の間にすっかり面変わりし、大人顔負けの体格になった少年を呆然と見つめ、それから慌てて視線を逸らした。

洋一の方は、綿本を完全に無視して冷蔵庫を開けた。コーラのボトルを取り出すと、大儀そうな足取りで襖の向こうに消えた。

形勢が逆転したのが、綿本にも由紀子にもわかった。

「誰の香典だって？　よくも抜けぬけとそんなことが言えるね。あんたがあの子に何をしたか、こっちはみんなわかってるんだから」

綿本の目が大きく見開かれた。だがその表情がふいに弛緩し、まるでヤドカリが殻に引っ込むような微かな身じろぎに肩をすぼめたかと思うと、男はそのまま椅子の上でまったく動かなくなった。

「ミハルちゃん、もうちょっとで死ぬところだったんだよ。もっとも、最初からそれがあんたの狙いだったんだろうけどさ。そうなんだろ、え、一人っきりの実の娘を。あんたなんか親じゃない、人間じゃない。警察沙汰にならなかっただけでも、ありがたいと思いなさいよ」

由紀子が嵩にかかって言い募った。綿本は石のように黙りこくっていた。

「あの子は今、優しい人たちに引き取られて幸せに暮らしてるのよ。だからもう、あんたなんかの出る幕はない。自分のしたことをちょっとでも後悔してるんなら、どっか遠いところへ行ってひっそり暮らすことね。二度と絶対このあたりをうろつかないようにするのが、せめてあの子のためでしょう」

綿本は最後までひと言も口をきかなかった。しばらくしてから話の途中で前触れもなく立ち上がり、そそくさと戸口の方に向かった。

擦り切れた靴を引っかけて出ていく男の手に、由紀子は財布から抜き取った三枚の千円札を握らせた。

「それではミハルの父親に、寺の所在地は教えなかったわけですね」

浄鑑は由紀子の目を見据えてたずねた。

「とんでもない！　あの子が誰に引き取られたかも言ってないのに、どうしてお寺の住所なんか」

心外だという顔つきで、厚化粧の頬を膨らます。嘘ではなさそうだった。

しかし考えてみれば、綿本が自分の戸籍を調べる気にさえなれば、そこからたどってミハルが誰の養子になったかは簡単にわかることだった。

同じ頃、千賀子は本堂の外縁を囲む古びた欄干に寄りかかって、境内に繁る銀杏や楠の老樹をぼんやり眺めていた。外縁の拭き掃除を終えたところだった。しばらく手を抜いていたのでモップがすぐに真っ黒になって、何度もバケツの水を取り替えなければならなかったが、そうして身体を動かしている間は、比較的落ち着いた気分でいられた。

けれども今また、目の奥、額の裏側あたりに、朦朧と濃い蚊柱のようなものが立ち上がろうとしていた。木々の葉にチカチカと散乱する光のせいでいっそう、視界の真ん中あたりが暗んで見える。

あの男に石を投げたのはまちがいだった。見境を失くしたのがいけなかった。あの男がそんなことであきらめるはずがないのに。きっと、また来る。ほとぼりが冷めたころに、また現れるに決まっている。あの男、ああ、どうしよう。なんであんなことをしてしまったのか。よりにもよって石を投げつけるなんて。わかっていたのに。そんなことであきらめる男ではない。まちがいだった。見境を失くして、石なんか。すぐにまた来るのは——。どうしたのだろう、さっきから何回も何回も同じことを考えている。考えの堂々巡りが止まらない。誰かがスプーンで頭の中身をぐるぐるかき回しているみたいだ。

何か喚き散らしたい気分が高まってくるが、口を押さえてどうにかこらえた。鳩尾が苦しかった。身も世もない心細さに紛れてこのまま消えてしまいそうだった。

——と、一瞬ほんとうに消えていたようなおかしな感じがした。欄干に置いていたはずの両手が、着ているニットの胸のあたりを鷲摑みにし、服地が伸びきってしまうほど引っ張っている。口のなかで舌が突っ張り、よだれが顎を濡らしている。

手の甲で顎を拭って、あたりをきょろきょろと見回した。いったい何だろう、いやだ、いやだ。このごろこんな時間の途切れが頻繁に起こる。何度かは息子に見られてしまった。

ミハルに会いたい。会いたくて我慢できない。もうすぐ帰ってくるのに我慢できない。冷蔵庫のなかの、唐揚げ用に下拵えした鶏肉と卵サラダのことをしばらく考える。可愛いミハル。

あの男を絶対にミハルに会わせてはいけない。それだけははっきりしている。

でも、あいつは、きっとまたやって来る。石なんかぶつけてもなんにもならない。可愛い、可愛い、可愛いミハル。ああ、どうすればいいのか。あいつを来させないために、何をすればいいのか。鶏肉を揚げている間に、もう一品、何か手のかからないものを拵えてもいいかもしれない。具の多いスープとか、ハムのソテーとか。石を投げたのは得策ではなかった。今度姿を見せたら、あの男に笑いかけ、欲しがるものを与え、それから、そうだ、こちらがどう考えているかを、嚙み砕いて説明してやらなければ。あの男にいったいどう言えばいいのだろう。南無阿弥陀仏。鶏肉の皮のブツブツ。あいつにも、他の誰にも、ミハルは渡さない。そうだ、ハムなんかよりプリンの方がきっと喜ぶ。如来様、慈悲深いお方。お助けください。哀れな年寄りを見捨てないで。ああ、ここはなんて暗いんだろう——。

3

礼を言って鰐淵由紀子の元を辞した後、浄鑑は四十分程の道のりを再び歩いて寺の近くまで戻った。道々思案を巡らしたが、綿本の意図がはっきりしない以上は、対策の立てようとてない。

夕方までに、月忌の勤行のために何軒かの檀家を回った。どこの家でも、その家の年寄りなり主婦なりが妙に口数が少なく、浄鑑と目が合うのを避けて俯いている。よく知っている人々の見慣れた顔が、どこか変だと思えるようになったのはいつの頃からだろう。

事実の欠片くらいは含まれているのか、それともまったくのでっち上げなのか判然としない噂話が、彼らの間を飛び交っているのは知っていた。

いまだに色褪せない例の二人の自殺者の中傷にはじまって、ノエの爪を剝がした嫁が、怒った夫に体毛をすっかり剃り上げられてしまったという話。その夫が実は先から隣家の出戻り娘とできていて、最近娘の腹が膨らみ始めているという話。どこそこの辻の角に、毎夕露出狂の痴漢が出るという話、ある家の連れ合いを亡くしたばかりの若妻が、どこの者とも知れないその痴漢に金を渡して、家に誘い込むのを見たという話。その痴漢以外にも、何人もの余所者や浮浪者が町に入り込んできていて、なかの一人が悪霊を祓うと称して怪しげな儀式をとりおこない、それをまた何人もの住人が信じ込んで、高額の御祓い料をふんだくられたという話――。

浄鑑がその日の最後の家を出たときは、四時を少し過ぎていた。

歩きはじめてすぐ、青く晴れ上がった空からバラバラッと雨が落ちてきた。だが急ぎ足になって角を曲がる頃には、その雨もやみ、衣の肩にわずかな湿り気だけが残った。低い笑い声が聞こえた。道路脇の、とり残した大根の葉が腐りかけている畑で、中学の制服を着た少年が四人、退屈そうにフットボールの真似事をしていた。上履きか運動着が入っているような布袋をボール代わりに蹴っている。白い袋が畑の黒土に汚れ放題なのも、気にならないらしい。

さらに角を曲がって、寺に続く坂道を上がりかけたとき、ひ弱な風のそよぎのようにそれが追いすがってきた。

〈うん？　わたしに用かな――〉

気のせいか。

浄鑑はいっとき思案げに首を傾げていたが、やがて路を戻りはじめた。

中学生たちはさっきと同じように、だらけた様子で戯れていた。

道路際に立って、少年たち一人一人の動きを観察した。僧衣をまとった浄鑑に気付いていないはずはないのだが、どの少年も無表情にゲームを続けていた。弾まない袋を誰かが特別高く蹴り上げたときだけ、精彩のない笑い声が上がった。それ以外に、四人はひと言も言葉も交わさなかった。

何とはなしに異様な眺めだった。

一団の雨滴がまた肩に降りかかったが、陽射しは翳りもせず、湿った畑土の饐えたにおいだけが上がってきた。

「君たち、それじゃあ、袋もズボンも台無しじゃないか」

声をかけてみたが、何の反応もなかった。ますます泥まみれになっていく布袋を、ただ機械的に足から足へ蹴り回している。

「畑のなかでそんなことをするのはよくないな。もうやめて、帰りなさい」

再び無反応。わざと無視している、という気配さえもない。底なしの捉えどころのなさに、不快感が込みあげてくる。自殺した少女の告別式で、コーヒーに砂糖でも入れるような気軽さで焼香をしていたクラスメイトたちを思い出した。

とそのとき、浄鑑の頭のなかに鋭い警報が鳴り響いた。真っ黒に汚れた袋の一部に、薄赤い色が滲んでいる。路より低い畑に、一歩踏み込んで目を凝らした。

「おい、いい加減にしろと言っているのが聞こえないか！」

少年たちはピタリと動きを止めた。いっせいに浄鑑のほうを振り仰ぐ四つの顔が、どれも同じに見える。

「袋のなかに、何が入っている」

ちょうど爪先で布袋を受けとめたところだった少年が、スニーカーを履いた足を何気なく上げて、真上から袋を踏み潰した。それほど硬くはない物が砕ける音がした。平らになった袋の縁が、みるみる赤黒い色に染まった。

少年たちは一瞬で陣を解いた。打って変わった敏捷な身ごなしで道路に跳び上がり、振り向きもせずに走り去っていく。

しばらくしてから、浄鑑は衣の袖をからげてしゃがみこむと、息絶えたものを、袋ごとそっと持ち上げた。

4

「悠ちゃん、今日もおじいちゃんのところへ行ってあげないの？」多摩雄の部屋から夕飯の盆を下げてきた律子が訊いた。「おじいちゃん、待ってるみたいよ」

四畳半に寝転がっていた悠人は、水割りのコップを振って氷をカラカラ鳴らした。

「あいつがそう言ったのか」

「はっきりは言わないけどわかるの。ねえ、今ならまだ起きてるから、ちょっとだけ、覗いてきてあげれば？」

例の話を聞かされてから、一度も祖父に会っていなかった。もうひと月以上になる。

「悠ちゃん？」

「うるさい。お前、あいつのことになるとやけにしつこいな」

毎週決まったように同じことを言う律子に、むかっ腹が立った。

「だって、他に楽しみのない人なんだから」

「ハチ公が面倒見てやってるんだから、充分楽しいさ」

「そうかなぁ。でもねえ、おじいちゃんったら、いつもすごく懐かしそうな顔して、悠ちゃんの子供の頃のことやなんか話すんだよ」

流しに立って食器を洗いながら、律子はクフッと喉を膨らませて笑った。

「悠ちゃん、小学生のとき友達の家に遊びに行って、こぉんな大きなガマガエル一匹貰ったんだってね。覚えてる?」泡のついた両手を上げてガマの大きさを示す。「それで、早くおじいちゃんに見せようと思って、バケツに入れてもらって、自転車に積んで、大急ぎで家に帰ったんでしょう?」

よく覚えている。夏休みになったばかりの日曜日で、友達の陽気な父親が、板ガラスで蓋をしたバケツをしっかりと荷台に括りつけてくれた。ガマはほんとうに素晴らしく大きかった。醜いイボも、生臭いにおいも、悠人をわくわくさせた。こんな貴重なものを気前よくくれる友達や友達の父親が、ひどく気高い人間に思えた。

懸命に自転車を漕ぎながら、このカエルに何を食べさせ、どんな棲み処を作ってやればいいか考えた。ともかく祖父に相談しよう。祖父は塾の先生だから何でも知っている。

「おじいちゃん！」と玄関に駆け込んだ。「早く、早く、早く来て！」

笑いながら出てきた多摩雄が、サンダルをつっかけ、どれどれ、と荷台のバケツを覗き込んだ。その横にすり寄って、悠人も一緒になかを覗くと、少し曇ったガラスを透して、いやに平らになったガマガエルが見えた。動かない目玉が、白い膜がかかったように濁っていた。

「――それなのに、そのガマガエル、暑さにあたって死んじゃってて、悠ちゃん、ショックで病気になっちゃったんだってね」

板ガラス越しにギラギラ差し込む太陽の、逃げ場のない熱が溜まっていく。バケツの底に這いつくばった悠人の身体から、ひっきりなしに脂汗が滴り落ちた。まず動けなくなり、それから水掻きが開ききったまま、四肢がぐったりと伸びた。白濁した眼が、何の像も結ばなくなってからも、悠人の意識はただ一途に、冷たい水の表面をどこまでも泳いでいく夢を見続けようと足掻いた――。

うなされて目覚めるたびに、母と祖父が顔を覗き込んでいた。母の手が額に触れたり、祖父が何ごとか話しかけてきたりするのを感じながら、また目蓋を閉じ、するとまた眠りのなかでガマガエルになって、広い水面を自由に泳ぐことを夢見ながら、繰り返し繰り返し死ぬのだった。

あの頃はまだ、父と母の間にこれといった問題もなかったはずなのに、悠人の記憶からいつも父だけが抜け落ちている。まるで母が母で、祖父が父だったような気さえするのだ。

「そんなところで寝ると風邪引くよ。さ、どいて、お布団敷いちゃうから」

悠人は、おっくうな身体を持て余しながら起き上がった。

台所の椅子に腰かけて、押入れから夜具を引き出す律子をぼんやり眺めていると、あの腹に子がいるということを急にまた思い出した。普段は忘れているのに、何かの拍子にこうして意識に上り、そのたびに後悔が込み上げてくる。なぜあのときひと思いに堕ろさせてしまわなかったのか。もし、赤ん坊の〈ミミが破れて〉いたり〈ノドが裂けて〉いたりしたら、どういうことになるのか。

枕を並べている律子の腹が膨らみ始めていないかどうか、ひそかに確かめてみる。もう手遅れなのか、それとも今からでも堕胎は可能なのか、と悠人は考えた。

5

救いの手というのは、思いがけない方向から差し伸べられるものだ。

律子の部屋から直接出勤した月曜日、悠人はめずらしく残業をして八時にオフィスビルを出た。

どこかで夕食を済ますつもりで、とりあえず駅の方向に歩いた。尾行されていると気付いたのは、行きつけの焼き鳥屋のある裏路地を、何度目かに曲がったときだった。振り返ると、地味な背広を着た五十がらみの男が、あわてるでもなくこちらに向かって会釈した。

かまわず店に入って、店員の威勢のいい声を聞きながら、カウンターの端にすわった。間をおかず引き戸が開いてまた声が上がり、さっきの男が入ってくるのが見えた。狭くてやかましい店だった。男は悠人から離れた場所にすわり、悠人が飲み食いしている間、自分も少しばかりの串を皿に並べてひっそりビールを飲んでいた。

無視しようとしてもやはり気になって、落ち着かず不快な気分だった。さっさと切り上げて、勘定を払おうとしたとき、男がそばにきて「ここは私が」と言うなり、店員の手に素早く一万円札を摑ませた。

「なんだよ、あんた！」

殴りつけてやろうかと悠人は拳を握りしめたが、男の身辺に漂う一種独特の雰囲気が、戦意を不発のまま萎えさせてしまった。昔、毛のふさふさした茶色の犬を飼っていたことがあった。間近に見る男の顔は、鼻面だけ黒いその犬が、悪さをして叱られるときに見せる恥ずかしそうな表情を悠人に思い出させた。

「失礼しました。サカシタテツヤと申します。あなたは、工藤悠人さんでしょう」

もらった釣銭の札を札入れに、硬貨を小銭入れに、丁寧にしまい込みながら男が言った。

「少し時間をいただいて、折り入ってお話ししたいことがあるのですが。不躾は承知しております。ただ、森律子さんのことで、どうしてもお願いしたいことが……」

律子の名が出たとたん、このサカシタテツヤが、つまりあの〈テッちゃん〉なのだ、ということが悠人にはピンときた。

喫茶店の隅の席に落ち着くと、サカシタはあらためて非礼を詫び、名刺を差し出した。阪下哲也。肩書きは、悠人も知っている一部上場の建材関係の会社の経理部長だった。

その必要がないと思ったので、悠人は相手に自分の名刺を与えなかったが、そんなことは気にもしていない様子で、阪下は話し始めた。きちんと撫で付けられた髪、あるかなきかの微笑が常にただよっている口元。声はあくまでも穏やかで、まるで自分の人生にとって大切なすべてのものを、とうに諦めた人のように精彩がなかった。

だが阪下が語ったのは、諦め、というようなものからは程遠い、律子への想いだった。

「あなたのことは、律子さんから聞きました。名前や勤務先を聞いたというのではなく、ただ、好きな人ができたのでもう会えない、と。八月頃でしたか。ですが、急にそんなことを言われても納得できなくて——。電話をかけてもとりあってくれないし、直接部屋に押しかけたこともありましたが、門前払いでした。途方にくれて、しかしそのままにはしておけなくて——、新しい恋人というのがどこの誰なのか、調べてくれるよう興信所に頼みました」

男にしては長いまつ毛に囲まれた阪下の目が揺れて、髭の剃り跡の目立つ顔に、恥じ入った犬の表情がまた浮かんだ。悠人の犬は、ガミーという名だった。ガマガエルを死なせてしばらくしてから、多摩雄がどこからか仔犬を貰ってきて、ガマの分もこの犬を可愛がって育ててやろう、と言ったのだった。そのガミーも、二年ほどしてから、家の前で車に轢かれて死んだ。

「私、以前に一度、律子さんにプロポーズしました。八年前に妻を亡くしまして、それ以来律子さんに会うまで、暗い出口のないトンネルのなかを歩いているような毎日でした。もっとも、プロポーズはあっさり断られました。予想はしてましたがね。断られたからといって、彼女が私の希望の光であることは、変わりません」

希望の光などという言葉を、ためらいもなく口にする男がもの珍しくて、悠人はその顔をしげしげと眺めた。

「それで、俺に用ってのは、なんなんです？」

「はい、単刀直入に申し上げます。馬鹿(ばか)げたお願いではありますが、工藤さん、本気で律子さんを引き受ける気がないのなら、あの人を私に譲ってくださいませんか。そうしていただければ、私のできる範囲で、どのようなお礼でもさせてもらうつもりです」

「ハハ、なんか、テレビドラマみたいな展開だな」

「まったく、おっしゃるとおりで。ですが、私は真剣にお願いしています」

「俺が律子に対して本気じゃないって、そんなこと、どうして思うのかなぁ」

「それでは、本気なんですか？」

悠人は言葉に詰まった。

「工藤さんはまだお若い。あなたには、律子さんのような人ではなく、もっと、何というか、こう……」

「頭のいい、まともな女が似合うとでも？」

「はい、まあ、そうです」

「だけど、おたく、律子にプロポーズして断られたんでしょう？」

「断られたというより、取り合ってくれなかったという感じでした。びっくりしたような顔をして、それから、いやだ急に何なのって、ケラケラ笑い出して。その場はそれだけでした。しばらくして帰りがけに、ドアのところで私の腕を取って、ねえ、今のまんまでいいじゃない、あたし何だか怖いから、もうさっきみたいなこと言わないでって。その顔が、ほんとうに怯(おび)えて蒼(あお)ざめていて、だから私も、もっと時間をかける必要があるのかもしれないと……。そのときはまだ、知り合って一年もたっていませんでしたから」

「どうやって知り合ったんです?」好奇心に負けて訊いてしまった。

「私の友人が、あの人と付き合っていました。その友人が、地方への転勤が決まったときに、私を引き合わせてくれたんです。彼女にも、つまりその、生活ってものがありますから」

「なるほど、男の数が減れば収入減だからな」

「工藤さん、そんな言い方はないでしょう。あなたはやっぱり、律子さんという人をわかっていないのでは――」

「何人もの男の共同の囲い者だったことは事実でしょう」

「それは事実の単に表層にすぎません。私も含めて、あの人の面倒を見ていた者たちは、互いに顔は知らなくても、なんというか、一種の共同体めいた意識があったと思います。必要以上に彼女を束縛しようとする者は誰一人なかったし、誰もが彼女を大切にしていて、私の友人のように、自分が去っていくときに、信頼できる仲間に彼女の今後を託していくケースも多かったようです。あの人は、現実の生活に疲れきっている男に、夢のような温かさを無制限に与えてくれる人です。それでいて、どんなに説得しても、雀の涙ほどの金しか受け取ろうとしない。――ねえ、工藤さん、私はごらんのとおりのパッとしない男です。酒もあまり飲めないし、これといった趣味もない。もうすぐ嫁に行くことになっている娘が一人おりますが、父親には冷淡なもんです。今の私から律子さんをとったら、後にはもう、朝決まったように会社に行って、夜決まったように独りの家に帰る、そんな暮らしのほか、何も残らないんです」

切れ目なく続く阪下の話を聞きながら、悠人はテーブルの下で苛々と膝を揺すった。胃のあたりで毒蛇のような嫉妬がとぐろを巻いていた。

「おたくの話はよくわかりました。律子と別れることについて、俺の方は別に異存はありませんから。ただ――」

どんなふうに言えば、この男を最も手酷く傷つけることができるだろう。

「あいつ、これなんですよ」

自分の腹の前に片手を当てて、大げさに膨らみを表す動作をしてみせた。

「ええっ！」

「うっかり妊娠させちゃいましてねえ」

しばらくの間、阪下は完全な無表情だった。やがて唾を飲み込む音がして、喉仏が小さく動いた。

「なんという、……なんという、不注意な……」

この男にそんなことを言われる筋合いはないと思うと、血が逆流した。が、悠人はあくまでもさりげない態度を装って、卑猥な薄笑いを浮かべた。

「不注意っつうか、なんつうか、ね、ハハハ。ほら、あいつって夢中になると、避妊なんてことはどうでもよくなっちゃうタイプだから」

阪下はカップを持ち上げて、冷め切ったコーヒーを飲んだ。手が震えていた。何か珍しいものでも観察するみたいに、皿に戻したカップのなかを覗き込んでいる。

「じゃ、そういうことで。俺、帰ります」

悠人が立ち上がりかけると、阪下の手が伸びて腕を摑んだ。

「堕ろさせるつもりじゃないでしょうね」

抑えつけていた怒りが込み上げ、力任せに腕を払った。

「あんたの知ったことじゃないだろう！」

「今何ヶ月なんです？」

「だから、あんたの知ったことじゃないと言ってるんだ」

カウンターのなかでグラスを拭いていたオーナーが、手を止めて不安げに見つめている。

「工藤さん、聞いてください。もし、あなたが律子さんと別れてくれるなら、私がその子の父親になります。彼女も子供も、私のできる限り幸せにします」

途方もない混乱に、悠人は陥った。驚き、解放感、嫉妬、悲しみ、怒り。呆けたように阪下の顔を見ながら、浮かした腰を力なくまた椅子に落とした。

阪下と律子と子供と、三人が灯火の下で食卓を囲む光景が浮かんだ。つましい晩酌、つましい料理、決まりきった会話とぬるま湯のなれ合い。悠人には拒まれている、ひとつの平凡な幸せのかたち。

「だけど……」

「考えてみてください、工藤さん。お願いです」

「だけど、律子は俺を……」

「あなたを愛している。それはわかっています。だから、あなたから別れを切り出されれば、彼女はきっと傷つくでしょう」

「だったら、なんで……」

「なんで？　だって、あなたにはできないんでしょう？　お腹の子とあの人のために、自分の一生を棒にふるのはごめんだ、そう思っているんでしょう？」口元には常に微笑の痕跡を留めたまま、阪下の目だけが淋しげに潤んでいる。「いずれ先で捨てられるくらいなら、今傷ついておく方がまだましじゃありませんか」

言葉が悠人に染み込むのを待つようにいったん間を取って、それから言う。

「少し落ち着いたら、あの人に、もう一度プロポーズするつもりです」

「傷ついた女につけこもうってわけだ」

「ええ、まあ、そうですね」と泣き笑いの中年男がやんわりと応える。「我ながら、もう、なりふり構わずという感じです」

6

千賀子が石をぶつけた日以来、浄鑑は町なかで二度ほどあの男を見かけたことがあった。一度目は、目的もなげにうなだれて通りを歩いていた。二度目のときは、身なりも年恰好も似たり寄ったりの別の男と一緒に、道端にしゃがんでカップ酒をちびちびやっていた。

男が綿本浩次であると完全に認めてしまうことを、浄鑑は未だに躊躇していた。人相風体が似ているからといって、鰐淵由紀子のところに現れた綿本と、あの浮浪者風の男とが同一人物だと、百パーセント言い切れるものでもない。

住人たちの噂ではないが、最近、インチキ商品を売りつけようとする手合いや、自称霊能者や、その他得体の知れない流れ者たちが、何かに惹き寄せられるように町に入り込んできていた。あの男も、ただ流れに乗ってやってきた、その手の者のひとりなのかもしれない。

しかし、もし仮に彼が綿本本人であるのなら、この界隈を徘徊し続ける目的は何なのか。事の経緯を考えれば、ミハルに会いたいからというのは考えにくい。あるいはミハルのことをネタにして、金品を強請り取ろうと企てているのか。そちらの方がまだしもありそうな気もするが、それにしても、あれ以来何の働きかけもしてこないのは解せない。

浄鑑はあれこれと考えながらも、無策のまま日を送った。

冷え込みのきつい或る曇った日の午前中、寺への坂道の角を曲がると、上から問題の男が下りてくるのが見えた。

男の方でも浄鑑に気付いた。瞬間ビクッと足を止めたが、すぐに顔を俯けて何事もなかったふうに歩き始める。こちらを無視しようという肚らしい。

坂道の先に建物といえば寺しかなく、墓地の横を通ってさらに上っていけば、いったん畑と農具小屋がある平坦地に出るが、そこからは無舗装の細道が山林に分け入るばかりだった。

また寺のまわりをうろついていたのか。浄鑑は苦々しい思いに眉をひそめた。母がひとりでいるときにそんなことをされては、無用心でしかたがない。

「綿本浩次さんかな」

すれ違う直前に声をかけた。その一瞬の様子から、男がやはり綿本であることを、浄鑑は確信した。返事もせず、首を縮めて行き過ぎようとする肩に手をかけた。

「ちょっと待ちなさい」

綿本は頑なに顔を背けたまま、身を捩って浄鑑の手から逃れた。そのとき浄鑑は、彼が着ているグレーの杉綾のコートにどことなく見覚えがあるような気がした。

「そのコート、どこで手に入れた。このあたりの家からのもらい物か？」

どこにでもある標準的なデザインだが、風合いといいボタンの形といい、浄鑑自身が数年前まで着用していたものによく似ている。

手を伸ばして生地に触れようとした途端、綿本が駆け出した。止める暇もない。下り坂の勢いを借りてみるみる遠ざかり、危なっかしく角を曲がって消え失せるまで、三秒とかからなかった。

庫裏の戸を開けると、玄関の式台に影のようにひっそりと千賀子がすわっていた。

「誰だい？」

開いた戸口から差し込む光を顔に浴びても、瞬きもしない。今もそうだが、浄鑑はときどき母の目がほんとうに見えているのかと危ぶむことがあった。

「おや浄鑑、ずいぶん早いじゃないか。お参り、もう終わったのかい」

「いや、ちょっと物を取りにもどっただけです。檀家から預かっていた過去帳を、持って出るのを忘れたので。母さんこそ、こんなところにすわり込んで、どうしたんです」

「いえね、なんだかこう、頭がぼうっとして……。ひと休みしてたんだよ」

両手の指先をこめかみに当てて軽く揉む仕草をする。

「今、睦美ちゃんが来てくれてね。お前、そこらで会わなかったかい？」

億劫そうに立ち上がって、息子を先に通そうと脇にのく。

睦美というのは夏に自殺した少女の名だった。

「母さん！　睦美ちゃんが、来るわけがないでしょう」

「え？」訝しげな表情。「どうして？　だって、来たんだもの、今。お久しぶりですって——。上がるように言ったんだけど、いいって聞かないから、ここでお茶を出したんだよ」

式台の端に、茶托にのせた湯飲みがひとつ置かれている。

「優しい、いい子だねえ、しばらく見ないうちにまた背が伸びて。お前によろしくって言ってたよ」

近付いていって、間近から母の顔を覗き込んだ。

「しっかりしてください。睦美ちゃんは、三月も前に亡くなったじゃありませんか」

「そんな、……だって、お前」

「本堂で葬儀を勤めて、母さんも、檀家の人たちと一緒に焼香をしたでしょう」

放心、悲哀、疑惑、怒り、めまぐるしく表情が入れ替わる千賀子の顔に、最後には心もとなげな怯えの色が張り付いた。

「そ、そうだったね、……そうだったね、お焼香を……、そうだったね」

千賀子がまた例の発作を起こすのではないか、今にもその口が、乳を吸う赤ん坊のような音を立て始めるのではないか、と浄鑑ははらはらした。

「疲れているんですよ。少し横になるといい」

「浄鑑、ああ、……私、……私」

頼りなくすがりついてくるのを抱きとめた浄鑑は、母親の手の甲から前腕にかけてうっすらと黒い体毛が生えているのを目にして、胃の腑が縮み上がった。

7

その日の夜、浄鑑は意を決して町野医師の自宅を訪ねた。もっと早くそうすべきだとわかっていながら、状況の説明し難い微妙さを思うと、どうしても足が向かなかったのだ。

「千賀子おばさんのことできたんだろう」

応接室のソファに腰を落ち着けると、医師の方からそう言った。

「なぜわかるんだ」驚いてたずねた。

「いや、実はこの間、往診の帰りに郵便局の角のところでおばさんに出会ったんだ」

「ほう？」

「それで、ちょっと立ち話、というか、そばのバス停のベンチに腰掛けてしばらく話したんだが、そのときの様子がどうも引っかかってね。だが、ともかく先にお前の話を聞こう」

「いや、町野が引っかかったということを先に聞かせてくれ」

医師が母からどの程度普通ではないものを感じ取ったかが、ひどく気になった。

「うむ」

医師は言いよどみ、くたびれた革張りのソファに浅くすわりなおした。浄鑑は緊張した。

「ひょっとすると、おばさん、軽い……認知症、じゃないかと思う」

「認知症？」

「むろん正式のテストを受けてもらったわけじゃないから、断言はできないよ。だが、世間話に紛れてさりげなく干支をたずねてみたら言えなかった」

「しかし、それだけでは……」

「自分の干支だよ。忘れないだろう、普通は。それに、こちらの方が問題だが、どうも、一種の関係妄想もあるようだ。まわりの人間が、自分からミハルちゃんを取り上げようとしていると思い込んでいる」

「どういうことだ」

「まずは息子のお前が、何かにつけ自分とミハルとを引き離しておこうとするのだと言っていた。それから、買物に出ると、道端や店先に顔見知りの住人たちが寄り集まってヒソヒソと話しているそうだ。近くまで行くと、皆わざとらしい愛想笑いを浮かべて挨拶するものの、誰の目も陰険な悪意にギラついていて、ミハルちゃんを隠してしまう計画を相談していたのははっきりしている。そう言い張るんだ。僕が、そんなことはあり得ないと言って聞かせても、頑としてゆずらなかった。そういう話になると、まるで……何というか、こう、人が変わったみたいに目が据わってね。ミハルちゃんに対する偏愛、というか分離不安の昂進は、どうみても病的だ」

そこまで聞いて浄鑑は心を決め、自分自身も気になっていた母親の様子を、逐一町野に話した。もっともいざ言葉にしてみると、そのほとんどは見方によってどうともとれる曖昧な症状なのだったが。

医師はしかし、浄鑑が何度か目撃した短い痙攣発作に興味を示した。

「うーん、聞いた限りでは癲癇の発作に似ているね。口をもぐもぐさせたり、チュッチュッと鳴らしたり、服を引っ張ったり、そういう動作は教科書にも載ってる典型的なものだ」

浄鑑は驚いた。

「あの年齢で急に発症することもあるのか」

「高齢で癲癇が起きる場合は、梗塞による脳の損傷が原因になることが多いんだ。おばさんも、症状から見てたぶん側頭葉だと思うが、軽度の脳梗塞が引き金になった可能性が高い。突然の性格変化や、認知症を疑わせる退行、それに睦美さんの幻影を見たなどというのも、様態としては一応納得のできるものだ」

母親の、決して楽観できない病状を聞かされているというのに、浄鑑は自分がどこかでひどくホッとしていることに気付いていた。町野が口にする医学用語の無機的な明晰さが、胸の内にくすぶる捉えどころのない不安に名を与え、分類し、現実という枠の内にしっかりとはめ込んでいく。

「何かのせいで脳が興奮状態になっている。で、ちょっとした刺激がきっかけで、神経細胞に過剰な電気が流れる、それがつまり発作なんだ。今は薬物療法も進歩しているし、むやみに心配することはない。ともかく一度、専門の病院で詳しい検査を受けるよう、おばさんを説得することだよ。紹介状を書いておくから、明日にでも診療所の方に寄ってくれないか」

帰りがけに、ソファから腰を浮かしながら、ふと思いついたというふうに医師にたずねた。

「最近、何となく妙なことが多いと思わないか」

「妙なことって何が？」自分も立ち上がりながら、町野が訊き返す。

「だから、いろいろとだ。例えばこの辺りでも、おかしな噂をあれこれ聞くじゃないか。ひどく不愉快な、ありそうもないような」

二人の男は立ったまま、互いの顔を探るように見つめ合った。

やがて町野が、ぼそりと言った。

「ノエ婆さんの生爪剝がしのことなら、事実だよ」

「なんだと？」

「実際に診た僕が言うんだからまちがいないよ。でも浄鑑、まあ聞いてくれ、本人も家族も気付いていなかったんだが、どうやらノエさんは前から重い糖尿病を患っていたらしいんだ。あの病気は、進むと足にくることが多い。しかも神経をやられるから、壊死を起こしたりしてもほとんど痛みを感じない。嫁さんの話では、ノエさんの足の指はえらく腫れ上がっていて、爪を切ってやろうとしたら、そのままずるっと剝がれてしまったんだそうだ」

目の前に、おばあちゃん、寒くない？　と夏蒲団を引き上げてやる登与子の心配げな顔が浮かんだ。

「あり得ることなんだな？」

「ああ」

「そうか」

応接室のドアを開けてくれながら、町野がさらに言葉をついだ。

「確かにこの頃、いろいろとおかしな話を耳にするのは事実だよ。夏に立て続けに二人の自殺者が出たし、気候もおかしいしで、みんな気持ちがささくれ立ってるんだろう。お前も僕も、一種の接客商売だからね。毎日そういう空気にじかにさらされているうちに、自分まで神経質になってしまうのは、ある程度しかたないさ。だけど、浄鑑、それを言うなら、この国全体、それどころか世界中が、タガが外れたみたいになってきてるじゃないか。新聞を読んでみろよ、親が子を殺したり、子が親を殺したり、無差別に何人も殺したり、そうかと思うと、カエルが絶滅するかもしれないだの、巨大クラゲが大量発生だの、現実離れのした話は数え上げたらきりがないよ。その上旱魃だ、洪水だ、地震だ、ハリケーンだ——。まったく、世界の終わりも、もうそう遠いことではないのかもしれないと、つい考えたくなるよ」

靴を履き終えた浄鑑は、向き直って旧友を見つめた。分厚い眼鏡のせいで実際の大きさがつかみにくい目がしきりと瞬いている。医師が饒舌になればなるほど、その言葉は医師自身の不安に対する言い訳のようにも聞こえた。

「どの指だったんだ」

言葉を切ったもののまだ話し足りないのか、どこか中途半端な表情を浮かべている町野にたずねた。

「指？」

「ああ、ノエさんの足の——。登与子さんが爪を切ろうとして、ついうっかり剝がしてしまったんだったな」

「そう、指全体が糖尿病性壊死を――」

「だから、どの指だった」

「――全部だ。左右の指十本」

8

阪下哲也に会ったことを話すと、律子は溜息をついた。

「やっぱり、そうだったんだ。必ず悠ちゃんの身元を探り出すって、それで直接会って話をするって、電話で言ってたもの、あの人」

飲みかけていたビールのコップをテーブルにもどし、肩を落とす。

「ハチ公も、そこまで惚れられて鼻高々だな」

「そんな言い方、やめて」

「いい男じゃないか。俺なんかよりずうっと真面目だし、金持ちそうだし。ま、ちょっと歳はくってるけどな」

「テッちゃんも、淋しいのよ。だから――」

肉を打つ湿った音がして、椅子の上で律子の身体が弾んだ。滑り落ちそうになるのを、背もたれにつかまって辛うじて支える。こぼれたビールが床に滴り落ちる。

「そんなら、たっぷり慰めてやれよ」

言いざま、同じ頰をもう一度打ち、返す手の甲で反対側の頰をさらに打った。向かい合ってすわっていたのにいつの間にか、律子の椅子にのしかかるような格好でセーターの襟首を引っつかんでいた。ぎゅっ、というような声が、女の喉から漏れた。

「サービスすんのは得意だろ、え、淋しい男の救いの女神なんだろ」

手が鼻血でヌルヌルする。自分の言葉に煽られて、歯止めが利かなくなっていく。

こんな女いなければいい。こんな女殺してしまいたい。

セーターを引っぱって身体を引きずり上げ、床に投げ倒す。

「ごめんなさい！」

テーブルと壁の隙間から、四畳半の方へ這って逃れようとしながら、律子が叫ぶ。

「ごめんなさい！　ごめんなさい！　ごめんなさい！　ごめん——ひっ」

尻のあたりを蹴った。ぺたんと畳に腹をつけた女の髪を摑み、のけ反った身体を乱暴に仰向かせた。髪を摑んだまま、また頰を打った。ああ俺は、この女をこんなに憎んでいる。こんなに憎んでいるから、こんな愛し方しかできないんだ。二度、三度と打ちながら、悠人の目は霞んだ。俺はきっと、この女がミハルではないことが、どうしても赦せないんだ。

痺れた右手を持て余して、悠人はふらふらと立ち上がった。蹴りつけられると思った律子が、鋭い悲鳴を上げた。黙らせたくて、たいして力も入れずに肩を蹴った。

「顔を蹴って！　悠ちゃん、顔にして！」

なぜそんなことを言うのかわからなかった。アッ、と気付いて、自分が一度でも女の腹を殴るか蹴るかしたかどうか、咄嗟に思い出そうとした。

律子が脚にすがりついてくる。真っ赤に腫れ上がり血に濡れた、ぞっとするような顔で悠人を見上げている。その目だけが、いつもの律子の目だ。まるでこんなときにも、〈だいじょうぶだから、悠ちゃん〉と弱々しく囁きかけてきそうな目だ。

怒りの塊がまた新たに込み上げてくる。なんて女だ。殴ってくれといわんばかりの目つきで、取り入ろうとするのか。悠人は自分が、胎児のことを思って一瞬でも怯んだのが我慢できなかった。赤ん坊など流れるなら流れてしまえ、いっそその方が好都合ってもんだ」

振りほどいた脚を、そのまま蹴りつけるつもりで高く上げた。

「助けて！」

律子は海老のように身体を沈めた。

　そのとき、何者かがいきなり背後から組み付いてきた。阪下か。もつれ合って後ろへ倒れ込みながら、悠人は咄嗟にそう思った。

　跳ね起きると、だが畳の上で無様にもがいているのは、しわくちゃのパジャマを着た多摩雄だった。

「女をいたぶって、な、何がおもしろい」

　ようやく上半身を起こして、多摩雄が喚いた。

「なんだと、この老いぼれがっ」

　胸倉を軽く蹴っただけなのに、老人は他愛なくまた倒れた。恐怖に顔を引き攣らせ、ゼイゼイと胸が波打っている。

「でしゃばりやがって！」

　さらに脇腹に蹴りを入れた後、馬乗りになって首に手をかけた。

「やめて！」律子が泣きながらむしゃぶりついてくる。「おじいちゃん、死んじゃう、死んじゃう」

　その途端、老人の身体がぐったりと緩んだ。尻のあたりから生温かい液体が湧き出て、悠人の脚を濡らし、畳の上にとめどなく広がっていた。

多摩雄の部屋から戻った律子は、寝転がった悠人の背後にそっとすわった。

「おじいちゃん、眠ったわ。怪我もたいしたことないみたい」

悠人は返事をしなかった。

「ね、ビール、飲みなおそうか。それともウィスキーにする？」

それにも答えず、背を向けたまま起き上がって胡坐をかいた。

「お前、阪下のところへ行けよ」

「まだそんなこと言ってるの？」

肩に手をかけてくるのを払いのける。

「殴られるってわかってて、なんで俺とくっついてんだよ」

「悠ちゃんが好きだから。ぶってる悠ちゃんの方だって、痛そうな顔してるし」

また手をかけてくる。振り払わずにいると、その手がゆっくりと首の後ろを揉み始める。

「それに、悠ちゃんは嫌いな女はぶたない、そうでしょ。あたし馬鹿だけど、そういうことはわかるんだ。悠ちゃんはぶつのも、可愛がるのもおんなじ。ぶたれるとすごく痛いんだけど、痛い分だけ、今まで誰からもこんなに愛されたことがないなあって思うくらい、すごく愛されてるって伝わってくる」

「めちゃくちゃなこと言うな。愛してなんかいねえよ」

「いいよ、それでも」

悠人は腹のなかが空っぽになるような所在なさを持て余した。律子というこの女に、言うにいわれぬ敗北感を覚えた。

「つべこべ言わずに、阪下のところへ行けよ」

ようやく身体の向きを変えて、女と向き合った。血に汚れた衣類は取り替えたようだが、顔は別人のように変色し膨れ上がっている。

「腹の子にもその方が幸せだ。そんなこと、お前もわかってるだろう」

再び、夕食のテーブルを囲む家族の情景が浮かんだ。変わりばえのしない退屈な会話となれあった笑顔、味噌汁（みそしる）の椀（わん）から立ちのぼる湯気、不器用な手つきで箸（はし）を握る子供。

「そんなことないよ。悠ちゃんとだって幸せになれるよ。ううん、今だって幸せだよ」

「子供なんて、俺には育てられないんだよ」

「悠ちゃんは、何もしなくていい。全部、今のままでいいよ。子供はあたしがちゃんと見るから」

「無理だよ」

「どうして？　どうして無理なの？」

「じゃあ堕（お）ろせよ。そんなに俺と一緒にいたいんなら、子供なんか堕ろしちまえよ」

「……」

「できないのか？」

「……」

「返事しろよ」

「……いや、堕ろすのはいや」

「ほう、立派なもんだ。ハチ公でも反抗するんだ」

「……」

「いいか、よく聞けよ、ハチ公。二つのうちの、どっちか好きな方を選んでいいからな。一、子供を堕ろして今までどおり俺と付き合う。二、俺とは終わりにして、子供ごと阪下のところで三人で平和に暮らす。どうだ、単純だろう。ハチ公の賢い頭でゆっくり考えて、答えを聞かせてくれよ。わかったな」

「悠ちゃん」

「んじゃ、俺、今日はもう帰るわ。まだ終電に間に合うだろう」

「待って、悠ちゃん、堕ろせばこの子は死ぬんだよ！」

両手で腹を押さえて、いびつに腫れ上がった顔に思い詰めた表情を浮かべている。

「あたりまえのことを言うなよ。それがなんだよ、みんな平気でやってることじゃないか。

ハチ公だって、妊娠がわかったすぐのときには、堕ろせって言われればそうするしかないって思ってたんじゃないのかよ」

第5章　愛しすぎる病

1

たいした坂でもないのに上っていくと息が切れた。綿本浩次は道端にペッと唾を吐いて、あのクソ婆あめ、と胸の内でまた毒づいた。

何日か前に寺の方へ行ったら、古着のオーバーだけくれて、金は持ち合わせがないから、木曜日に上の農具小屋で渡す、と言われたのだった。確かに、その帰りがけに息子の坊主と鉢合わせしたときは、こっちもヒヤッとしたもんだが、秘密にするったって何もこんなところで会うこともなかろうに。

ようやくたどり着いた小屋の戸を開けて覗き込むと、千賀子は積み上げられた肥料の袋と板壁の間の狭い地面に、胎児のように身体を丸めて鼾をかいていた。

ひょっとして脳溢血の発作でも起こして倒れているのではないか、それなら係わり合いになるのはまっぴらだ、と綿本は思い、いっそこのまま引き返そうかと思案した。荒れた畑のきわにポツンと建つその掘っ立て小屋自体が薄気味悪かった。だが、どう考えても今この婆さんを手放すのは得策ではない。前回もらった金も底をついたことだし。しかたなくそばまで行って、こわごわ肩を揺すってみた。千賀子は身震いし、それからぼんやりと上半身を起こした。綿本はアッと小さく叫んで思わず身を退いた。いやに黒目の大きい老女の顔が、何か老女の顔ではないもののように見えたのだ。しかし、千賀子が手の平でつるりと顔を撫でると、それはやっぱり、綿本の見知ったいつもの千賀子の顔なのだった。

「お、遅くなっちまって」とりあえず謝った。

相手は何も言わない。その小屋のなかが妙に暖かいからか、冬だというのに翅の厚い蛾が一匹、さっきから重たげに飛び回っていた。顔は動かさないまま、千賀子の眼球がその蛾を追ってめまぐるしく動いていた。

「奥さん？——ヒエッ」

千賀子の手が、敏捷な動きで空を切った。微かな音がした。地面に叩きつけられた蛾は鱗粉を撒き散らし、それ以上閉じることも開くこともできなくなった翅で、それでもまだ羽ばたこうと悶えていた。

「戸を閉めな。人目についちゃ困るだろう」

蛾を見つめながら千賀子が言った。

「こ、こんなところ、誰も来やしませんて」

千賀子は立ち上がり、靴の爪先で二、三度虫を蹴ってから、綿本を見上げて、クク、と笑った。それから、蛾の腹の半分くらいを器用に踏み潰した。

綿本はじっとり汗の浮いた額を手で拭いながら、どうもこの婆さんは苦手だと内心で思った。半開きになっていた板戸を閉めると、濃くなった闇のなかで、老女が二つに折った何枚かの紙幣を差し出した。

「ほら、これでまたしばらくやれるだろう」

板壁の隙間から差し込む光に札をかざし、万札であることを確かめた。

「こんな、三枚ぽっちじゃ、どうしようもねえや」

「欲ぼけたことを言うんじゃない。まとめてくれてやったって、あっという間に使っちまうくせに。それに見なよ」そばにあった大きな紙袋を持ち上げる。「上等のウィスキーに、煙草に、握り飯にチーズやなんかも持ってきてやったんだ。それからなんと、新品のコートまでね」

ここでうれしそうな顔をしては負けだとばかり、綿本はわざとらしい渋面をつくった。

「奥さん、あたしゃ、ほんとは金や物が欲しいわけじゃねえんだ。大きくなった娘の顔をひと目見たいと思って、わざわざこんなとこまで来たんですからね」

「殺そうとした娘に会いにきたのかい」

「人聞きの悪いことを言わないでくださいよ。そうじゃあねえって、何度も説明したじゃありませんか」

「ああ、ああ、聞いたさ。あの子と、夜の夜中に、鬼ごっこをして遊んだんだったねえ」

「ほんとなんですよ。そばに安そうなホテルがあったんで、そっちに泊まろうかとも考えたんですがね、何しろあの晩、鰐淵の野郎に結構な金をくれてやったもんで、懐具合がね。それで、たまたまホテルのそばにあったスクラップ置き場に車停めて――」

「そこで野宿することにして、だけどミハルがあんまり寒そうに震えてるから、一緒に遊ぼう、鬼ごっこをしようって誘ったんだろ」

「走り回れば、ちょっとは元気になるかと思ってね。そしたらあいつ、いきなり自分でドアを開けて、サッと逃げちまってね。こっちはあわてて追いかけたけど、どこにも姿が見えなくなっちまってて」

「鬼ごっこったって、なにしろ真夜中だしねえ」

「だから、月が出てて明るかったんですよ」

「車のなかより外の方がもっと寒いだろう」

「ガソリンが足りなくてエンジン切ってたからね、たいして変わりませんや」

「お前、ほんとは車のなかでいやらしい鬼ごっこをしたかったんじゃないのかい？　自分の娘にさ」

「な、何を——。まさかそんなこと、あるわけないでしょう」

「それで？　一生懸命捜したのかい？」

「そりゃあ、もう。なんせ自分の子ですからね。だけど、むこうは身体が小さいからどこへでも潜りこめますからね。何時間も呼んだり捜しまわったりした挙句、へとへとに疲れちまって」

「あきらめて、車で眠ったんだったね」

「ミハルはきっと、鰐淵の家へ帰ったんだと思ったんですよ。子供の足でも一時間も歩けば行き着く距離だ。俺なんかと暮らしてたんじゃ学校にも上げてやれねえし、あの子のためにもその方がいいってね。まさか、野ざらしの冷蔵庫のなかに隠れてたとは」

「おまけに丸裸だったんだ」

「奥さんからその話を聞いて、もうびっくりでさあ。なんだって服なんか脱ぎやがったのか、子供のすることはさっぱりわからねえ。もとからそっちの癖が悪かったから、ひょっとしてシッコ漏らして、濡らしちまったんですかね」

「嘘っぱちでも何でも言いたい放題だ。なんせもう六年も前のことだ」

「嘘じゃねえ……」

「お前、こっちの言うことをきいておとなしくしていれば、小遣いもやるし酒もやる。それだけじゃない、暖かくなる頃までに、何とかまとまった金額を用立ててやるから、それを持ってどこでも好きなところへ行きな。遠い町で部屋でも借りて、ちっとはまともに暮らすんだよ。いいかい、ミハルはあの時のことは何も覚えていないんだ。お前のこともきっととっくに忘れてるよ。今さらお前があの子に会ったって、いいことはひとつもない。わかるだろう。第一お前が真っ先に、警察にしょっ引かれることになるんだよ」

綿本は言い返そうと息を吸ったが、吸い付いてくるような千賀子の目に見つめられて動けなくなった。

「鬼ごっこなんて言っても誰も信じないからねぇ。そうだろう。お前があの子をあそこに閉じ込めた、なかで死ぬとわかっていて棄てた、連中はそう思うに決まってるさ」

歌うような喉声とともに、湿った指先がつと綿本の頰に触れてくる。そのままひび割れた唇をなぞり、喉仏を越えて首を伝い下り、着ているオーバーコートのボタンをひとつ、またひとつと外し始める。綿本は一、二歩よろけて、背後の壁にもたれかかった。

「だけど私はお前の味方だよ。だから、新しいコートだってわざわざ買ってきてやったんだ。息子の着古したものなんか、お前に着せておくのがいやになったんだよ。さあ、こっちのコートは返してもらおう。早く脱いでおしまい。そう、腕を抜いて、ほうら。それにしても、お前はいい身体をしてるねぇ。骨も太いし、無駄な肉がついていない。きっと、さんざん女を泣かせてきたんだろう、え？　クク、ク」

あちこち綻びたセーターの上から、手の平を圧しつけるようにして撫でまわされた。その手がすぐに、伸びきった裾をくぐって入り込んでくる。胸の肌に直接触れられたとき、綿本の口から、嫌悪と快感の入り混じった喘ぎが漏れた。

「ねえ、お前、一度は鰐淵っていう家にあの子をやろうと考えたんだろう。だったらこのまま私にくれたっていいじゃないか。ねえ、私の方がずっとあの子を幸せにする。これから先も、ずっとずっとあの子のそばにいて、あの子を幸せにするよ」

乳首の間の薄い胸毛を柔らかく愛撫していた指が、鳩尾を滑り降りる。綿本が反射的に腹を引っ込めると、無遠慮な手は、ベルトとの隙間に蛇のように這い込んだ。

「おぅや、こんなになってるよ、可哀そうに」地色もわからないほど擦り切れたベルトの留め金を、器用に外しながら、「よしよし、今、楽にしてやるからね。ほぅらね、言うことさえきいていれば、こんなことまでしてもらえるんだよ」

狭い小屋のなかに濃厚な動物臭がこもっていた。綿本にはそれが老女の体臭なのか、欲情した自分の身体が発散する臭いなのかわからなかった。喘ぎと、息遣いと、ピチャピチャという音だけが長く続いた。

2

綿本が、ウィスキーや食べ物の入った紙袋を提げて出て行くと、静かになった小屋に、板壁の隙間から吹き込む風の音が聞こえた。

地面の上で、腹を半分潰された蛾がまだ弱々しく羽ばたこうとしている。

千賀子は目を離すことができず、長い間それを眺めていた。そのうちにだんだん、死ぬこともできず生きることもできずうごめいているその虫が千賀子自身であるようなおかしな混乱とともに、立っていることもできないほどの恐怖が胸の底から膨れ上がってきた。ああ、ああ、私、いったい何がどうなってしまったのか。くずおれるように四つん這いになると、胃のなかのものがどっと口からほとばしり出た。吐いたものの臭気がさらに吐き気を煽り、すすり泣きながら二度、三度とえずく。

南無阿弥陀仏、清浄無量光、救い上げるためにおわす御方、どうか——。

吐瀉物にまみれるのもかまわず土に突っ伏して、力なく足掻き続けるうちに、ぼうっと気が遠のいていった。

誰かの手が、そっと背中を撫でた。

口を拭って振り仰ぐと、ノエがそばにしゃがんでいた。薄い眉を寄せて、心配そうに覗き込んでくる。

「どうしたね、あんたさん、なんか悪いもんでも食ったかね」

「よく、わからないんだよ、なんだか身体ひとつ、思い通りにならなくて。お互い、歳はとりたくないねえ」

ゆっくりと上半身を起こして、陽が細く差し込む小屋のなかにぺったりすわり込んだ。

「ほんに、ほんに。若え頃には思いもよらんことが、歳とっと起こるもんだで」

ゆったりと背を撫でてくれながら、ノエは人懐っこそうに笑う。

「だけどノエさんは、元気そうで何よりだよ」

「まあ、ぼちぼち」

「こんなところじゃお茶も出せなくて、悪いね」

「なんの、そんなこと気にせんで。それより、ちょっとご院住さんに来てもらったらどうかね」

「息子には、とても頼めやしないよ」

「だけど、きっとおっ母さんの身を、えらく案じてなさるろう」

「いいからノエさん、ゆっくりしておいきよ、久しぶりなんだから」

「それが、あんたさん、うっかりとこんな格好で出てきたもんだから、そうもいかなくて。帰って、上着でも着てこねえことには」

見ると、ノエは薄い夏服一枚という姿だった。

「おや、ほんとに、それじゃあ風邪を引くよ。しかたがないね。早く行って、しっかり着込んでおいでよ」

むかつきが治まったと思ったら、穏やかな眠気がかぶさってきた。ノエの顔が淡く滲(にじ)んで見えた。

「へえ、そいじゃ、また。まずまず顔見れただけでもよかったで。坊守(ぼうもり)さん、ほんに、だいじょうぶだろねえ」

「心配してくれてありがとうね」

あくびをかみ殺しながら言った。

「へえ、へえ、ご院住さんにも、へえ、よろしく伝えてくだせ」

ノエはしばらく名残惜しそうにもじもじしていたが、そのうちに、戸口と戸のわずかばかりの隙間から、ゆらりと滑り出て行った。

一時間後、千賀子はまな板の前に立って、慣れた手つきで薄焼き卵を刻んでいた。包丁が立てるリズミカルな音に合わせて、鼻歌が漏れる。

できあがった丼に山盛りの錦糸卵を眺めて、作りすぎたかねえ、と首を傾げ、その半分ほどの量を、立ったまま手づかみで食べた。

おくびを漏らしながら、干し椎茸の戻り具合を確かめたり、高野豆腐を刻んだりと、甲斐甲斐しく立ち働いて、ミハルが学校から帰ってきたときには、散らし寿司はすっかりできあがっていた。

「カアサン、お昼のお薬は飲んだ?」

顔をみると、ミハルは真っ先にそうたずねる。

浄鑑に連れて行かれた大きな病院で種々の検査を受けて以来、千賀子は毎日何種類もの薬を飲まなければならなくなった。母さんがうっかり忘れないよう、いつも気をつけてあげるようにと、子供は浄鑑から頼まれているのだった。

「はいはい、ちゃんと飲みましたとも。飲まないとミハルに叱られるからねえ」

安心した子供はいったん部屋に荷物を置きにいき、台所に戻ってくると、千賀子がおやつに用意したフルーツゼリーを食べ始めた。

「夕ご飯は、ミハルの大好きな散らし寿司だよ。ほら、出来立てのほやほや、ちょっと味見してみるかい」

茶碗に軽くよそって出してやる。

「おいしい？　ほら、海老もたくさん入ってるだろう」

子供はもぐもぐと嚙みながらうなずき、頰にぽっこりと笑くぼを浮かべた。

「ミハル、――ミハル」

「カアサン」

「ミハル、ミハル、母さんのミハル」

「ウフフ」

「母さんにもちょうだい、お寿司をひと口ちょうだい」

椅子と椅子をぴったりくっつけてねだる。息子がいないときは、こうして思うさまミハルに甘えられる。差し出されたひと口分を、アーンと口を開いて受ける。舌の根から湧き出る濃い唾液が、うっかり溢れ出て顎を伝うと、子供が指先でそっとそれを拭った。

「お行儀の悪いカアサン」

「お行儀の悪い母さんと、ずっと一緒にいてくれるだろう」

「ずうっと、ずうっと一緒」

ああ、なんて楽しいんだろう、楽しすぎてどうかなってしまいそうだ。千賀子はいきなり手を伸ばして、子供の髪をさらっと揺らした。もう一度、またもう一度、いたずらっぽく笑いながら、しなやかな黒髪にじゃれつく。

「ずうっと、ずうっと、ずうっと一緒だね、ミハル」

「ずうっと、ずうっと、ずうっと……」

子供はふと、遠くを見るようなぼんやりした顔になった。

その手を取って、自分の骨ばった両手に挟んだ千賀子は、急にわらわらと気持ちのタガが外れるのを感じた。幸せな雲の上から、暗い奈落(ならく)の底に真っ逆さまに落ちていく。捉(とら)えた手を顔に擦り付けて、ワアッと泣き出した。

「怖いんだよ、母さん、きっと、ひどい病気なんだ。どんどん病気がひどくなって、ミハルの可愛(かわい)い顔も、見られなくなってしまう。怖い、怖い、怖い」

「病気じゃない、カアサンは病気なんかじゃないよ」

「それなら、なんでお薬なんか飲むんだい」

「病気じゃないけど、お薬を飲めばきっと治るよ」

「だけど、あのお薬、変なんだよ。ミハルが飲めっていうから、母さん、ちゃんと飲んでるけど、眠くなるし、胃もムカムカするし、きっとお医者と浄鑑がグルになって、母さんに毒を飲まそうとしてるんだ。ミハルを独り占めしようとして、母さんを死なそうとしてるんだ」

「ジョウガンは、そんなことしないよ。ジョウガンもカアサンのこと、すごく心配してるよ」

ミハルはまるで自分より幼い者をあやすように、やさしく囁きかけながら、空いている方の手で千賀子の白髪頭を撫でた。

「もっと、よしよししておくれ。もっと、もっと、……もっと」

千賀子はしゃくりあげながら身体を摺り寄せた。ミハルさえいればいい。ミハルさえいればだいじょうぶだ。握り締めている子供の手を夢中で口に押し当てて、苔の浮いた舌でペロペロと桃色の手の平を舐めた。

「浄鑑なんか帰ってこなければいい。ね、ミハルも、カアサンと二人きりの方がいいだろう」

自分で言ったとたん、気配を感じて顔を振り向けると、台所の入り口に厳しい表情を浮かべた浄鑑が立っていた。

浄鑑の気持ちは晴れなかった。

3

千賀子の病状について、町野医師は軽い脳梗塞から派生する癲癇を疑っていたのだが、受診した専門病院では、結果的に必要のなかったものも含めて数え切れないほどの検査を受けた挙句、レビー小体病という聞きなれない病名を告げられていた。

診断の確定が難しい病ではあるが、レビー小体と呼ばれる変性した蛋白質の固まりが、大脳皮質に多数現れることで、変調が引き起こされるのだという。癲癇様の発作も、性格の変化も、感情の浮き沈みも、幻視も、すべてそれが原因であるという。

その診断を一応受け入れてはいても、母親の表情も、声も、体臭も、浄鑑にはやはり、あまりにも異常なものに思えた。子供の手を舐めまわしていた姿を思い出すたびに、納得できないという気持ちはますます強まっていった。

顕微鏡でしか見えない蛋白質の微小な粒子のせいで、こんなにも本質的に損なわれてしまうものだろうか。あの優しい、気丈な、信仰心の厚い母親が。

とはいえ、一方では今朝の千賀子のように、内仏に仏飯を供えたり、朝食の支度をしたりと手際よく働いて、その様子のどこにも違和を感じないことも多いのだったが。

母の問題以外にも、心配の種はつきなかった。

綿本浩次のことが気にかかる。ふっつりと姿を見かけなくなったが、それをどう解釈すべきか。このまま引き下がるとはどうも考えにくいのだが。

それからミハルの様子も。もともとあまりしゃべらない子供だが、それにしても最近は表情に生気がない。

浄鑑は、何の手立てもなく日を送る自分がいかにも不甲斐なかった。大切なものを守るためには戦うことも辞さないが、何と、どう戦えばいいのかが、見えない。

彼はただ、威儀を正して袈裟をかけ、丁寧に仏具を磨き、勤行の立ち居振る舞いに隙を作らないよう、常にもまして心がけた。そうした日常の行為やしきたりが、人の心に看過できない力を及ぼすことを、経験で知っていたからだ。

ある日浄鑑は、まだ生後三ヶ月にしかならない赤ん坊の、気の重い枕経を勤めた。赤ん坊の母親である雪枝という若い女がひとりだけ、かたわらに控えて阿弥陀経を聞いていた。雪枝の夫は、赤ん坊が生まれて間もない秋口に、いつものように朝家を出たままふっつりと行方がわからなくなったのだった。

そのことがあるまでは、毎月夫の両親の月忌を勤めるたびに、雪枝は小さなカップを温めて、実に旨いコーヒーを淹れてくれたものだった。寺の方にも、ミハルちゃんにと、よく手製の菓子など届けにきては、千賀子と楽しげに話していた。

それが最近は人が変わったように寡黙になった。能面じみた無表情に、もともと斜視がかった目が据わったその顔は、白く美しいだけにいっそう冷たく凄みを帯びて見えた。

愚痴のひとつもこぼしてくれれば慰めようもあるものをと、訪問のたびに浄鑑の方から水を向けてみるのだが、取り付く島もなかった。

今も、長い髪で顔を隠すようにしてすわり込んでいる女からは、悲しみだけでなく何の感情も、気配も伝わってこない。乳児によくある原因不明の突然死と聞かされてはいたが、浄鑑は胸中密かに疑いを抱かずにいられなかった。あながち根拠がないわけでもない。一度、読経の途中に愚図りだしてどうしても泣き止まない赤ん坊を、雪枝がひょいと持ち上げて、壊れた機械か何かのように振っているのを目にしたことがあった。

勤行を終え、我ながら気持ちがこもっていないと思える声で悔やみを述べた。立って玄関の方へ行きかけたとき、

「助けてください！」

雪枝が衣の裾にすがりついてきた。

あまりの唐突さによろめきながらも、浄鑑は絡(から)んだ腕のなかで身をよじり、何とか女と向き合ってすわりなおした。

やはり内心に悲しみを抱えていたのだ、悲しみが大きすぎて無反応に陥っていたのだ、と思った。立て続けに不幸に見舞われたのだから無理もない。あらぬ疑いを抱いたことを恥じる気持ちも働いて、雪枝の肩に手を置いた。

「話せるところから話してごらんなさい。言葉にして人に聞かせれば、どんなに辛(つら)い苦しいことも、少しは楽になるものです」

雪枝は目を閉じ、頭を傾けて浄鑑の手に頬を寄せた。

「独りぼっちなんです。慰めて……ほしいんです」

安心させるように頷(うなず)いて、女の次の言葉を待った。しかし、女の身体は急に支えを失ってぐらりと浄鑑にしなだれかかってきた。両腕が首に絡み、薔薇(ばら)に似た香水の香りと、湿った髪のにおいが鼻をくすぐる。腕力に自信のある浄鑑だが、女の非力にはかえってあっけなく押し倒されて、クラゲのように柔らかい身体を持て余した。

「慰めて……、お願い、とろとろなの」

舌先を覗(のぞ)かせた女の唇が、一瞬の隙をついて浄鑑の唇に触れた。押し戻そうとして、細い肋骨(ろっこつ)のしなう感触につい手加減するうち、気がつくと片手に汗ばんだ乳房を掴(つか)まされていた。

ようやくのことで体勢を入れ替え、女を畳にねじ伏せた。ともかく怪我をさせないようにと、そればかり考えた。

後ろから抱きすくめて、部屋の隅に置かれた空っぽのベビーベッドのところまで連れて行き、そのままひょいと抱え上げて囲いのなかに入れた。

上から押さえつけていると、雪枝はすぐにおとなしくなった。

「しばらくそこで頭を冷やしなさい」

木製の檻に手足を折り曲げた女がはまり込んでいるのは、なかなか滑稽な眺めだった。

「平常心を失うほど追い詰められているのはわかる。いろいろとたいへんだったからな。真面目に話がしたいならいつでも聞こう。遠慮なく寺に電話してくれ」

雪枝の家を出て、町の通りを足早に歩いた。懐からハンカチを取り出し、口についた紅をこすり取った。

正面から吹きつける北風が、衣の裾をはためかせる。真昼間だというのに、まっすぐ見通せる道に、一台の車も一人の人影もなかった。それでいて、閉ざした窓々の内側で誰も彼もが息を殺して様子を窺っているような底意地の悪い気配が、今日はまたいっそう強く立ち込めている気がする。

主要道路のひとつに出ると、行く手に町野医院の小さな看板が見えた。ちょうど昼の休診時間内でもあったので、気分を変える必要を感じた浄鑑は、千賀子の状況報告も兼ねて友人の医師に会っていこうと思いついた。

ドアを押したが開かなかった。ガラス越しに、長椅子の並ぶ無人の待合室が見えた。どうしたのだろうと、ちょっと不安になった。昼の数時間は看護師もいったん帰宅するが、入り口に鍵などかかっていたためしはなかった。ガタガタと押したり叩いたりしていると、奥の診察室から女が出てくるのが見え、そのまま戸口に来て内側から鍵を外した。死んだノエの嫁、登与子だった。ほつれた髪をかき上げながら、息を弾ませている。

「あちゃ、お薬もらいにきたのはいいけど、うっかり鍵なんかかけてしまって」

言いながらさりげなく胸に手をやって、ひとつ外れていたブラウスのボタンを止める。

「ご院住さん、すいません。あたしはもう帰るんで、どうぞ」

母のそばでときおり嗅ぐのと同じ、ねっとりと甘い体臭が鼻についた。短期間のうちにひとまわり肉のついたその中年女のどこにも、以前のあのおっとりとした気立てのよさは感じられない。

「こんな時間に、薬を?」

行きかける登与子にたずねると、足を止め、悪びれた様子もなく浄鑑を見返した。

「ええ、そうですよ。特別に頼んで、すいてる時間にとりにこさせてもらうんです。ときどき偏頭痛がおきるもんで。そんなことより、ご院住さん、五条袈裟かけてるのは、雪枝さんとこの枕経だね。ほう、ほう、あの人、どんな顔してました？」

「……どういうことだ」

自分もさんざん人の話の種になった登与子は、嬉々とした表情を隠そうともせず、目だけにもやもやと暗いものを集めて声を潜めた。

「いったいどうやったのかしらないけど、いくらなんでも自分の産んだ子をねえ、顔に枕でも押し付けたかねえ」

「何を、無責任に……そのような」

浄鑑は言葉の途中で唾を飲み込んだ。自分もこの女と同じことを考えたのではなかったか。

「だけど、もうみんな言ってますから。お寺の大奥さんも、雪枝さんがやったに決まってるって」

そのとき再び診察室のドアが開いて、白衣を引っかけた町野医師が現れた。

「やあ、浄鑑、いいところにきた。千賀子おばさんのことが気になっていたんだ。さあ、こっちで話そう」

「じゃあ、町野先生、あたしはこれで」登与子が小腰を屈(かが)める。

「ああ、お大事に」

一瞬女と視線を絡める町野の顔に、ギラついた脂(あぶら)の膜が浮いていた。浄鑑はこの幼馴染(おさななじみ)の医師が見知らぬ他人のように思えて、もう何を話す気もなくなってしまった。

4

悠人が律子と会わなくなってからひと月余りが過ぎた。

自分の方から接触を絶てば、女にはどうすることもできないことはわかっていた。何線の何駅で降りるか以外は、アパートの住所も教えていなかった。もともとアパートに電話は引いていない。社用で外に出るとき以外、最近は持とうともしなくなった支給品の携帯電話の番号も、会社の電話番号も、それどころか、社名さえ知らせずにきた。

わざとそうしたわけではなかった。単純に、女がそれらのことをたずねなかったからだ。

彼は裏町の居酒屋で、あるいはひとりの部屋で、連日夜が更(ふ)けるまで酒を飲んだ。酒を飲むことのほかにすることを思いつけなかった。そもそもするに値することなど、この世にあるのだろうか。何年も前に、一番大切なものが失われてしまったこの、不毛の荒地みたいな場所に。

もし仮に、俺が連絡方法を教えていたとしても、あいつのことだから、自分からはたぶん電話一本かけられないだろう。まして、別れ際に示したふたつの選択肢のどちらかを、自主的な判断で選び取るなどという芸当は、頭の弱いあの女にできるはずもない。きっとしばらくの間うじうじと悩み、その間にどんどん腹は膨らみ、阪下だかほかの男だかにいいように慰められて、少しずつ俺のことを忘れていくだろう。そうだ、それでいい、望むところだ。

悠人は繰り返しそんなことを思い、自分から女を見捨てたにもかかわらず、自分の方が女に見捨てられたような腹立ちを感じた。

酔いが回って脳細胞が溶解しはじめると、その底の方から怨みの泡沫が、ほつほつときりもなく浮き上がってくる。自分を捨てた女への、母親への、父親への、多摩雄への、髭くらい剃ってこいよと不機嫌に言う上司への、露骨な蔑みを目に浮かべる同僚たちへの、怨み。そして最後にはいつも、彼の胸に鋭利な渇望を掻き立てるだけ掻き立てておいて、手の届かないところへ行ってしまったミハルへの、甘い泥沼のような怨みに沈み込んで身動きができなくなる。

悠人の記憶のなかで、ミハルはいつまでも五歳の幼女だった。彼はミハルを、人が人を求めるようには求めず、現実のミハルが幾つになったか考えてみることもしなかった。〈ミハル〉は彼にとって、視力を失った者にとっての光、閉じ込められた者にとっての自由、飢え渇いた者にとっての一杯の水、それともジャンキーにとってのヘロイン、何かそういう種類の切羽詰った願望だった。

すわっていてさえぐらぐら揺れる身体に、さらにアルコールを注ぎ込みながら、ミハル、ミハル、ミハル、と呪文のように悠人はつぶやき、ますます深みへ、暗い方へとはまり込んでいく。

このままコエが来なければ、俺は一生この底なし沼で、怨み、呪い、焦がれながらのたうちまわるだろう。コエが来ないくらいなら、いっそ、巨大隕石が衝突するなり、全部の核がいっぺんに爆発するなりして、世界も人間もめちゃくちゃに消し飛んでしまえばいい――。

阪下が再び現れたのは、十一月の最後の木曜日だった。夜、社屋を出て百メートルほど歩いたところで、電柱の陰から痩せたコート姿がゆらりと身を離して、悠人の前に立った。かまわず行きかけようとする悠人の耳に囁きかける。

「あの人は、赤ん坊を堕ろしました」

「なんだと」

意に反して、露骨な関心が声にこもった。悠人は振り向いて、阪下の方へ一、二歩戻った。

「いつだ」

「先週です。四ヶ月目に入っていたので、人工的に陣痛を起こさせて取り出しました。出血も普通より多くたいへんでしたが、ようやく落ち着いて、昨日退院しました」

さらりと言ってのけられた内容に、悠人は震え上がった。

「男の子でした」

そこで間をとって、静かに悠人の目を見る。

「手術のあとは、精神的な落ち込みがひどくて、とても見ていられなかった。どうしました。気分が悪そうですね。ですが、あなたが原因を作り、あなたがこの結果を望んだんじゃありませんか」

「俺は……、堕ろせと言ったわけじゃない」

阪下は持っていた傘を開いた。ときどき思い出したように氷雨のぱらつく夜だった。悠人にもさしかけようと一歩踏み出したので、二人の間の距離が縮んだ。悠人は反射的に傘の下から飛びのいた。阪下は笑った。

「あんたが、金を出してやったのか」

こんなときに金のことなどたずねている自分が、我ながら信じられなかった。阪下はまた笑った。

「ええ。彼女に貯えなどないことは、あなたもご存知でしょう。それから、父親である男の同意書も必要だったので、そちらも私が署名しておきました」

「それで、俺に何の用だ」

「何の用？」

車がそばを通り過ぎたので、同時に道の端に寄った。濡れたタイヤが弾き飛ばす細かい飛沫が二人の靴先を濡らした。

「あの人は毎日泣いています」

「……」

「わかっているんでしょう。行ってあげてください。自分の口からあなたにこんなことを頼む気持ち、お察しください」

「律子に頼まれて来たのか」

「律子さんがそんなことをすると思いますか。あの人は、赤ん坊さえ始末すれば、あなたがいつかは帰ってくると信じきっています。あなた自身がそう言ったとか」

「報せをよこさなければ、中絶したかどうかなんてどうして俺にわかるってんだ」

「私も彼女にそう言いました。ですが、何かこう、理屈を超えた思い込み方をしていて。そういう人なんですよ。おや、もうやんだようだ」

阪下は傘を閉じ、それがきっかけとなって、どちらからともなくぶらぶら歩きはじめた。酒が飲みたくてたまらなかった。頭のなかに澱んでいる昨夜の酒気が、今夜の酒を求めてしきりと波立った。

「なぜそんなに、あなたのことが好きなんだろう。私の方がずっとあの人を幸せにしてあげられるのに。工藤さん、あなた、あの人をひどく殴りましたね。私が会ったときにもまだ、顔に薄くアザが残っていた。私は憤りを感じました。あなたを憎みました。警察に通報しようとまで思ったんです。そんなことをすればあの人を失うとわかっていたから、実行はしませんでしたがね。……でも、どちらにしても結局私は、こうして律子さんを失う、……ハハ、割りに合わないな」

阪下は浮かんだ表情を隠すように目を伏せた。

「あなたは、……優しいのだそうです。彼女が言うには、あんまり優しいから、あなたは自分で自分の優しさを恐れているのだそうです。だから優しくなりすぎないように、ときどき暴力をふるうのだと」

「馬鹿ばかしい！」

「ええ、実に馬鹿げています。堕ろさなければ捨てるという男のどこが優しいんだか。それに理由はなんであれ、女を殴るなんて最低の人間のすることですから」

思わず拳を握り締める悠人を尻目に、阪下は言葉を継いだ。

「可哀そうに、あの人のことだから、殴られている最中にも必死に胎児を庇ったにちがいないんだ。それなのに結局、人工的に中絶を……」

「上等じゃないか。いざというときには真っ先にあんたを頼るのが、あいつのやり方なんだな」

「それが気に入らないんですね。勝手な人だ」

「ふん、何もかもまかせっきりで、挙句の果てに、ほかの男に孕まされた赤ん坊の中絶費用までふんだくるんだからな。馬鹿な女だと思ってたが、案外したたかなのかもしれないな。それともやっぱり馬鹿だから、その辺の見境がつかないのかもな」

「見境？」阪下が立ち止まった。

「あんたがそこまでしてやった女のところへ、戻れと言われて、はい、そうですか、と戻れると思うか。俺にだって面子ってもんがあるんだよ」

「面子――」

傘の先で、舗道にへばりついた落ち葉をつつきながら、阪下がもう一度、メンツ、と意味を確認するようにつぶやくのが聞こえた。

「工藤さん」

見上げた顔が紅潮していた。

「わかりました。もう、戻ってやってくれとは頼みません。好きなようになさい。そのかわり、これだけは覚えておいてください。見境とか、面子とか、その類のものをあの人は真っ先に捨てた。それも、お腹のなかで育ててきた赤ん坊を抹殺して、あなたを繋ぎとめるためにです。この私にしても、最初にお会いしたときにすでにそんなものはかなぐり捨てていた。そのことは知っているでしょう。工藤さん、三人のうちであなただけが優等生だ、あなただけが最後まで、見境と面子を保つわけだ。それを、絶対に忘れないで」

さっきからまた雨が降り出していたが、阪下は傘もささずに、雑多な照明がちらつく街路を遠ざかっていった。

しばらくその場に佇んでいた悠人は、やがてぼんやりとまた歩き始めた。酒が欲しかった。今すぐ喉に流し込まないと頭がどうにかなってしまいそうだった。

濡れて重い髪から、冷たい雫が伝い落ちる。目的もなく何度か角を曲がるうちに、降りしきる雨以外のすべてが視界から失せて、風に吹き流される雨滴が、悠人のまわりで銀色のカーテンのように重なり合った。

その向こうから、痩せ細った足に破れたズック靴を履いた裸の子供が歩いてくる。そんなにもありありと、ミハルの幻を見るのははじめてだった。悠人は焼け付くような胸の痛みを感じた。

――知ってるだろう、ミハル。俺は、いつまでもお前を待とうと決めてたんだ。ぴったりと心を閉じて不幸でいれば、きっと待ち続けられると思っていた。だけど、もうだめだ、もうそんなふうには生きられない。

幻はときおり淡く霞みながらも、手を伸ばせば届きそうなところに立っていた。それなのに、歩いても歩いてもそばに行き着けなかった。悠人は呻いた。

――なぜ黙っている、なぜ俺を呼ばない。一度でも望みを叶えてくれれば、俺はまたはじめから待つこともできるのに。

脚がもつれて、水溜りに両手をついた。幻影が消えてしまうのではないかと怯えて、あわてて身を起こした。舗石の段差によろけながら、逃げるな、逃げるな、と追いすがる。逃げるくらいなら、今ここで俺の息の根を止めてくれ、と懇願する。

子供は声もなく、ただ悠人を見つめていた。

――できないのか、呼ぶことも、死なせることも、できないのか。

焦れて呼びかけるが、瞳は瞬かず、黒髪は揺れもしない。そのまま細い手足の先から、雨に溶け込むように薄れ始める。

――待て、行くな、俺の願いを何ひとつ聞いてもくれずに消えてしまうのか、え。

悠人は立ち止まり、薄らいでいく幻影に向かって、最後にはひとつのことだけを願った。どんな願いも叶えてくれないのならせめて、俺を赦してくれ、待つことだけに満足できなかった俺を責めないでいてくれ、と。しかし、子供の瞳は夜に向かって閉ざされた窓のように暗く、彼を咎めることも赦すこともなく、求めることも拒むこともなく、白々と煙る雨だけを映して静まり返っていた。

地下鉄の揺れに身体を預けたまま、悠人はもう何も考えなかった。車内には家路を急ぐ人々の疲労のにおいが充ちている。電車がカーブにさしかかると人々も彼も、雑草が風になびくようにいっせいに身体を傾げた。目を閉じると、律子の部屋のちゃちな合板のドアが浮かんだ。

見慣れたホームに降り立って、階段を上る。

狭い通路には、乗客の傘や衣類が運び込む地上の雨の湿気がこもっていた。悠人の髪もまだ濡れていた。

改札口の手前で人の流れがいったん淀んで、どの顔にも投げやりな苛立ちが浮かんだ。カードを取り出そうとポケットを探りながら悠人も立ち止まり、あっと小さく声を上げたまま動けなくなった。

地下のホールのくすんだタイル張りの柱に、彼を求め、彼を赦す生身の女がひとり、やつれきった顔に口紅さえ引かず、ぼんやりもたれているのが、幾つもの肩越しに見えた。

5

狭苦しい農具小屋のなかに灯油の臭いが立ち込めて、不燃ゴミ置き場から拾ってきた煤けたストーブが燃えていた。青い炎がときどきボボッと音をたててオレンジ色に大きく揺らいだ。

古いマットレスと布団は千賀子からせしめたものだった。その上に胡坐をかいた綿本浩次は、さっきから小屋の板壁の隙間に目を当てて外を眺めていた。

小屋のなかには他にも、幾つかの食器や鍋、小型ラジオ、懐中電灯、タオルや衣類やティッシュペーパーなどの生活用品が雑然と散らばっている。寒さがひどくなって以来、綿本はここに住みついていた。

毎週木曜日に、千賀子が食料その他必要な物を持ってくることになっていた。昨日がその日だったのに現れず、綿本は待ちぼうけを食わされたのだった。

畜生っ、自分勝手なくそ婆あめ！

酒も煙草もとっくに切れ、昨夜からろくろくものも食べていない。もう少し待って現れなければ、こっちから寺に押しかけるしかない。絶対に来るなと言われてはいたが、向こうが取り決めを無視するとなればしかたがない。

悪態をついたり、うとうと目を閉じたりしながらも、飢えた胃袋を抱えて祈るような気持ちで板壁に額を押し付けていると、やがて冬枯れた道を足早に歩いてくる老女の薄茶の外套が見えた。綿本は思わず布団の上にすわり直し、なおもその姿を見つめた。待ち受けていたにもかかわらず彼は緊張し、全身に鳥肌が立った。

そのまま山へと分け入る道と、農具小屋の建つ畦道との間には細い流れがあって、前は木で作った橋がかかっていたのだが、ストーブを拾ってくる前に、綿本はそれを焚き火にして燃やしてしまった。そのあとに、小屋に転がっていた太くもない丸太を差しかけておいたのだが、歩調も緩めず流れのところまで来た老女は、綿本でさえ思わずへっぴり腰になるその丸太の橋を軽々と渡った。そんなことひとつとっても、老女には何かしら普通ではないところがあった。

「変わりはないかい」

戸口に立った千賀子が言った。小屋のなかを見まわす目が鈍く光る。

「へえ、別に。ねえ、昨日はどうしちまったんです？　あたしを飢え死にさせようってんですかい」

「お前、誰に向かって口をきいてるんだ。こんなに何もかも面倒見させておいて、いい気になるんじゃないよ。こっちにだって都合ってものがある、どこかの家に死人でも出りゃ寺は忙しくって、お前なんかにかまってる暇はないんだよ」

千賀子はしゃがみこみ、紙袋のなかから次々と品物を取り出して地面に並べた。綿本は待ちきれず、ラップに包んだ大きな握り飯のひとつに手を伸ばした。

「ほうら」

見下すような笑いを浮かべながら老女が投げてよこしたチクワを拾い上げ、それもすぐに包装を剝がして握り飯と交互に食べた。濃い味で煮しめた肉や野菜がぎっしり詰まった容器もあって、箸も使わずそれを口に押し込みながら、二つ目の握り飯を腹に収める。さらに皮の黒くなりすぎたバナナを一本平らげて、ようやく気分がよくなった。

それから彼は、千賀子の見つめる前で着ているものを全部脱いで素っ裸になり、手渡された洗濯ずみの肌着とジャージの上下を、あらためて身に着けた。

千賀子は綿本が脱ぎ散らした衣類をまとめて紙袋に入れると、隅の段ボール箱から一週間分のゴミが溜まったポリ袋を外し、口を縛った。

「灯油はいつもどおり水曜日に出しておくから。夜中を過ぎるまで来るんじゃないよ」

毎週水曜日の深夜に、空のポリタンクを二つ提げて寺まで下り、勝手口の外に千賀子が用意しておく満タンのタンクに持ちかえて、ふうふう言いながら運び上げるのが習慣になっていた。

「それじゃあ、来週までおとなしくしてるんだよ」

汚れ物とゴミを持ってそのまま出て行こうとするので、綿本はあわてた。

「ちょ、ちょっと待ってくださいよ。そりゃないでしょう」

黙って振り向いた老女の顔に、あまりにも現実離れのした表情が浮かんでいて、おまけに黒目が小刻みに左右に振れているので、綿本は食ってかかろうとした言葉を飲み込んだ。

「金が……、まるきり、なくなっちまって」何とか声を絞り出す。

「金？　金なんかなんで要るんだい？　一週間分の食べ物も、酒も、煙草も、ちり紙や石鹸も、退屈しのぎの雑誌まで持ってきてやったのにさ。そんなエロ雑誌買うには、わざわざバスに乗って遠くの本屋まで行かなきゃならないんだよ。檀家の人間に見られでもしたら、えらいことだからね」

「だけど、一銭も金がないってのは、こ、心細くて」

「町が恋しくなったかい」

「そういうわけじゃねえけど」

「ここにいるだけなら、金なんか持ってたってしょうがないだろう。いいかい、言うとおりにしてれば、もうすぐまとまった金額を用意してやる。だからそれまではこの小屋から一歩も出るんじゃない。この間、お前もそうするって約束しただろう」

「その、もうすぐ、ってのは、いつなんです？」

老女は何かというと〈まとまった金〉のことを仄めかすが、綿本は半信半疑だった。その金をもって遠くに行き、二度とミハルに近づくな、と婆あはぬかすが、金を受け取ったからって俺が、はい、そうですか、とおとなしく引き退がる保証はどこにもねえわけだ。そんなことは、婆あだって承知してるはずだ。

「だからもうすぐだよ、うるさいね。こっちもいろいろと考えてるところさ。金のこと以外にもいろいろとねえ」

細かく振れていた千賀子の瞳が、ぴたっと一点にとまった。その視線をたどって綿本が肩越しに振り返ると、古い板切れや棒杭と一緒に小屋の隅に立てかけられた一本の錆びた鍬(くわ)が目についた。

「じゃあ、行くからね。いい子にしてたら来週は刺身でも持ってきてやろう。たまにはそういうものも食べたいだろう。鮪(まぐろ)がいいかい、鯛(たい)がいいかい、それとも烏賊(いか)が好きなのかい？　フ、フ、フ、フ」

答えない綿本を残して、千賀子はひょいと出て行った。

綿本は唾(つば)を飲み込もうとしたが、干上がった口のなかには飲み込むべき唾液(だえき)もなかった。本能的に壁際(かべぎわ)ににじり寄って、いつもの隙間から外を窺(うかが)おうとした彼は、ヒェエエ、と叫んで尻餅(しりもち)をついた。

欠けた横板の間から、あり得ないほどの大きさに見開かれた二つの眼球が、死魚の鱗(うろこ)のような鈍い光を放ちながら彼を凝視していた。

うずくまって頭を抱え込んだ綿本の耳に、老女のけたたましい笑い声が聞こえた。軽やかな足音が遠ざかっていく。

数分後、ようやく身を起こした綿本は、しばらくすわったまま、老女が見ていた鍬をぼんやり眺め続けた。

その後、灯油のポリタンクを運んできて並べ、その上に乗って危なっかしく背伸びしながら、その鍬を剝(む)き出しの梁材(はりざい)の上にどうにか隠した。

6

夜、食事の用意を調えてから、律子は隣へ多摩雄を呼びに行った。先々週に一度そうして以来、日曜の夜はこちらの部屋で三人一緒に食事をするという習慣ができつつあった。多摩雄はいかにも面倒くさそうに、どうしても来いというからしかたなく、といった風情で部屋に入ってくると、椅子に斜めにすわり、目を逸らしたまま、おお、寒いな、とくぐもった声で悠人に言った。

顔色の悪さは隠しようもないが、綺麗に髭を剃り、薄くなった白髪に櫛を通している。いつものカーディガンの下に着込んでいるのは、派手なチェックの見慣れないシャツで、痩せさらばえた首のまわりで襟ぐりがだぶついている。

「おじいちゃん、今日もお湯割り？」

缶ビールとコップを運んできながら、律子がたずねる。

「ああ、うむ」

「すぐできるからね」

並んだ料理と多摩雄の仏頂面を見比べて、悠人はふと気分を変えてみたくなった。

「たまには日本酒も悪くないな、こんな夜は熱燗でいってみるか。あるんだろ？」

「あるよ。まっさらの一升瓶」

多摩雄が身じろぎし、俯いてぱちぱちと瞬いた。

長年の窮乏生活で身についた習慣か、それとも我が身の病状によかれと思ってのことか、今は焼酎ばかり飲んでいるようだが、祖父は本来根っからの清酒好きだった。

「あんたも、つきあえよ。軽く一合、それから焼酎、な」

「うむ、その、……そうだな」

「じゃあ、それで頼むよ、ハチ公」

「酒だと、なかなか酔いが抜けんで、それが難儀なんだ」

「部屋に帰って寝るだけなんだから、別にいいじゃないか」

「飲みはじめる尻から酔っ払って、つい深酒になっちまうし……」

「そんなら、やっぱりお湯割りにするか？　酒は俺が二人分飲むから」

「お前に燗の冷めた酒など、飲ませるわけにはいかん」

「いいよ、俺は別に」

「一度頼んだものを、今さら替えられるか」

悠人が面倒くさくなって返事をせずにいると、老人もそれきり黙った。

しばらくすると、律子が二つの大きな湯呑みに注いだ酒を、そのまま温めて持ってきたので、悠人は笑った。

「なんだそれ」

多摩雄もつりこまれてニヤッと歯を見せる。

「だって、お銚子ないんだもの」

「酒だけ買って、銚子や猪口を買わなかったのか」

「ごめん。今度までに忘れずに買っとくから」

「これじゃあまるで、鮨屋のあがりだな」

「こら、つまらん文句を言うんじゃない。容れ物なんぞどうでもいい。律子ちゃんがあっためてくれたんなら、どんな酒でもうまいわ。酒は心で飲むもんじゃて」

老人はもどかしげに湯呑みを受け取り、口をすり寄せてぐびっと飲んだ。そのとたん顔付きが変わった。相好を崩すとはまさにこのことだ。悠人は呆れて見ていた。

「ふうぅむ」もうひと口飲んで、胸のつかえがようやく下りたような息を吐く。「辛口の、いい酒だぁ」

うって変わって饒舌になった多摩雄は、ついさっき容れ物などどうでもいいと自分で言ったくせに、酒器に関する蘊蓄を得々と披露しはじめ、銚子と徳利との違いから始まって、益子焼の猪口の堅く焼き締めた感触が酒好きにはたまらないだの、ひとり酒の絵唐津は、砂目の土の風合いが人肌を思わせて、侘びしさがいっそう身に染みるだの、こちらが適当な相槌を打っていると、きりもなくしゃべり続けた。

「律子ちゃんは、ほんとに料理がうまいな。頬っぺたが落ちそうじゃ」

その合間に律子にゴマをすることも忘れない。

「ありがと。蜆汁もつくったのよ。酔っ払ったあとで飲むのが好きだって、おじいちゃん、前に言ってたでしょ」

何種類か並んだ料理のうち、揚げた小鰺を甘酸っぱい漬け汁に浸したものがとくに旨かった。多摩雄も悠人も次々と手を伸ばすうちに、器はあらかた空になり、それぞれの取り皿の端には食べた小鰺の数だけ、尾が並んでいた。

「これは何という料理かな、鰺もこうして食べると幾らでも腹に入るのう」

「あ、それ小鰺の南蛮漬け。もっとたくさん拵えればよかったね。なんだ、しっぽ残してるの？　柔らかくなるまで揚げてあるから、丸ごと食べられるのに」

「ほう？」

多摩雄は、箸の先で尾のひとつをつついてから、摘み上げて口に入れた。

「なるほど、なるほど。香ばしくて実にうまいもんだな」

「やだ、おじいちゃんたら嘘ばっかり。しっぽだけ食べたっておいしいわけないじゃない」

律子が流しのところへ行ってしまうと、多摩雄は多少もごもごしながら残りの尾も食べ始めた。

「嘘なもんか、ほんとにうまいんだからしかたがない。残しておくのはもったいないわ」

言いながら、悠人に箸先を突きつけ、自分の分の尾を食べるよう無言で促す。首だけ振って断ると、目玉を剝き出して睨みつけてくる。

「そうか、蜆汁までつくってくれたんか。あれを飲むと不思議と酔い覚めの気分がいいのよ。お前もそう思わんか、悠人」

「ああ、そんな気もするな」

などと言い合いながら、二人とも残したしっぽを結局全部食べた。

時間をかけた食事が終わると、悠人は、足元の怪しくなった祖父に肩を貸して部屋に連れ戻した。敷いてあった布団に横たえたときには、老人は何か訳のわからないことをうだうだ呟きながら、もう半分眠っていた。

苦労して着ているものを脱がした。シャツと股引だけにして布団をかけてやると、祖父は目を開き、ふっと真顔になった。

「お前を幸せにできるのは、あの子しかおらん。あの子となら必ずうまくいく。わしははじめからわかっていた」

「いいから、もう寝ろよ」

「お前に波留雄の二の舞はさせたくない」

多摩雄は布団から腕を出して、悠人の肩を摑(つか)んだ。

「あの子を手放すな、悠人。あの娘はただ頭がとろいというのではないわ。そうだろう、特別な子だ、……特別に、優しい、まるで人間の女ではないような……、きっと、お前を守ってくれる」

目の焦点がぼやけて、肩を摑んでいた手が夜具の上に落ちた。完全に眠り込む前から、ひと息ふた息、軽い鼾(いびき)のような音を立てる。

「どんなコエが来ようと……あの子なら、守ってくれる」

7

夜の夢のなかで、悠人は今でもミハルの息遣いを感じることがあった。

何度も見るのは、狭苦しい箱のなかにひとり横たわって、ゆらりゆらりと夜の川を下っていく夢だった。俺はどうなったのだろう、この箱はまるで柩のようだ、と思う。暗い水が、箱の底からだんだんに上がってきて身体を濡らしはじめると、その夢がそのまま、どこかで眠っているミハルの夢とひとつに繋がっているような、甘い胸騒ぎを覚える。こうして海まで流れ下っていけば、そこでミハルに会える気がする。

その間にも水位はじりじりと高まり、箱のなかに充満しきった水が、新たな行き場を求めて鼻からも口からも押し入ってくる。苦しさに喘ぎながら外に逃れ出ようともがくが、そこにははじめから出口がない。悠人の身体の内側も外側もたちまちひと続きの水になってしまう。

ああ、そうか、そうだったのか、とようやく腑に落ちた気分になる。この箱は柩なんかじゃない、これは冷蔵庫なんだ。冷蔵庫のなかに閉じ込められていたのは俺だったんだ。閉じ込められて、一心にただミハルを待っていたのは――。でも、もう何もかも終わる。俺はミハルが来る前に、海に溺れてここで死ぬんだ。

――目覚めると、腕のなかに柔らかな律子の身体があって、通路に面した窓の磨りガラスが、夜明けの光に青く潤んでいる。

天井を見上げていると、こうしているこれもまた別の夢であるような、捉えどころのない気分が湧き出てくる。たとえそうだとしても、自分は、こっちの夢を生きることを選んだ。悠人は腕を伸ばし、眠っている女の片方の乳房を、確認するようにそっと手の平に包んだ。

その夜、食事を終えた頃にドアを叩く音がした。土曜日だったが、多摩雄が日曜と間違えて今頃きたのかもしれないと思って出てみると、阪下が立っていた。

「やあ、ご両人、お久しぶり」

雨のなかをあんな別れ方をしてから瞬く間に日が過ぎたが、阪下はまるで、悠人がこの部屋にいるのは織り込み済みといわんばかりの態度だった。

「ほおぅ、感じが出てますねえ」

律子が一日がかりで飾りつけた小さなクリスマスツリーを褒める。色とりどりのグラスボールが、煤けた天井灯の下でせいいっぱい華やかにきらめいている。

「テッちゃん、ここにすわって」

二つしかない椅子の自分の方のをすすめながら、律子は狼狽を隠しきれなかった。

プラスティックの衣装ケースを運んでくると横向きに立てて座布団を置き、自分はそれにすわった。悠人の方をチラリと盗み見る。ぶたれるのを恐れるかのように首筋を緊張させている。

悠人はやりきれない気持ちになった。自分がこの女にしてきたことを見せつけられる気がして、彼自身も身を硬くして顔を伏せた。

「どうしたんです、工藤さん、元気がないな。なんだか憑(つ)き物(もの)が落ちたみたいな顔をして、あなたらしくもない」

小意地の悪い目つきで阪下が笑った。

酒はあまり飲めないと言っていた阪下は、しかしすでに相当飲んでいるようで、呂律(ろれつ)が怪しかった。あるいは実際以上に酔ったふりをしているのかもしれない。ともかくひどく上機嫌で、あれやこれやと律子に話しかけ、持参した紙袋から白ワインのボトル、箱入りの見事なメロン、それにコルク抜きと三個のワイングラスまで次々に取り出してテーブルに並べた。

律子は、手品に釣り込まれる子供のような顔で阪下の手元を注視していた。品物が出てくるたびに、わっ、と声を上げた。

「大っきいねえ、高かったんじゃない」

メロンの大きさに、緊張も何も吹っ飛んだらしい律子だが、その大きな果実に包丁を入れるのをひどくためらった。切るのがもったいなくてしかたない、と言う。

それでは私がやりましょう、と阪下が立ちかけると、男の人は包丁に慣れていなくて切り方が汚いからと、それも承知しない。

結局、肚をくった律子が、真剣な面持ちでメロンを断ち割った。なかから大量の種と果汁が溢れ出て、甘い香りが部屋いっぱいに広がった。

四等分したメロンのひと切れを、当然のように皿にのせラップをかけて小さな冷蔵庫にしまい込みながら、後でそれを味わうときの多摩雄の顔を想像しているのだろう、律子の口元にうっとりと微笑が浮かんだ。女というのはこんな顔もするのかと、悠人は柄にもなく心を動かされた。

乾杯の前に、悠人は自分が衣装ケースの方に移り、遠慮する律子を無理やり椅子にすわらせた。

「おやおや、見せつけないでくださいよ。こっちは淋しい独り者なんだから」

阪下が茶化す。

「じゃあ、あなたがこれにすわっちゃどうです」

「いや、遠慮しときましょう。ぎっくり腰がひどくなりそうだ」

ボトルが空になるまでの間、他愛ない話に花が咲いた。冗談ではない阪下の腰痛の話、服用し始めた漢方薬の話、悠人が関わっている大規模な橋梁建設の話、その現場近くにある店のカレーが死ぬほど辛いという話。

律子はぼうっと上気した顔で、おいしい、おいしい、を連発し、ときどき自分の作品であるクリスマスツリーを、悦に入った目付きで眺めた。

「で、この部屋はいずれ引き払うんでしょう？　ここからでは工藤さんの通勤がたいへんだ。かと言って、いつまでも週末だけの通い婚というのも変だし」

話の続きというふうに、さらりと阪下がたずねた。悠人は頷いた。

「年が変わったら、なるべく早く。ちょうど手頃な部屋が、今年いっぱいで空くらしいので」

え、というふうに律子が目を見張った。

なんとなく言いそびれていた。小さなダイヤの付いた指輪をすでに買ってもあったのだが、そのことも話していない。次の土曜がちょうどクリスマスイブで、どうにも照れくさい案件を、実は、それにかこつけて済ませてしまおうという肚だった。

「幾らなんでも、もうちょっとましなところへ引越さないと、な」

ポカンとしている女に言い含めた。

不幸せに慣れきった女の顔に、戸惑いと恐怖の色がまず浮かんだ。

「おじいちゃんも？」

おずおずと訊く。

「そりゃ俺は、あんなじいさん置いて行きたいよ」

「だ、だめだよ、そんなの、だって悠ちゃんのお祖父ちゃんなんだよ」

阪下が声を上げて笑った。悠人も笑うと、女の目に薄い涙の膜が浮かんだ。


帰るという阪下の肩を支えて、外階段を下りた。

「なんだかなあ、今となっては、娘をもう一人嫁にやるような気分ですよ」

阪下は頭を揺らしながら言い、ややあって、

「というのは真っ赤な嘘で、あの人がやっぱりあなたに捨てられて、今夜、一人淋しく部屋にいるのだったらどんなにいいか、と来てみました。そんなことはまずないとわかってはいても、……ね。まったく、我が情熱とどまるところを知らずってやつで、アハハ。しかしこれで、最後の賭けにも敗れたとなると、あとは帰って寝るだけです」

「いつでも、また来てください。越したら住所知らせます」

何かもっと気持ちのこもったことを言いたかったが、思い付かなかった。

「ありがとう」

引越し先を知らせたところで、たぶんもう阪下は来ない。悠人は用意していた現金入りの封筒を差し出した。

「これ、借りていた分」

辛そうな表情が顔を掠めたが、阪下は頷いた。封筒と、封筒に添えられた悠人の無言の謝罪を黙って受け取る。

通りに出てタクシーを停めようと申し出たが、いらないと言うので、階段下でそのまま別れた。案外しっかりした足取りで路地を歩き去る男の背が、角を曲がって見えなくなると、悠人は身震いし、酔い醒めの寒さに肩をすくめながら階段を上った。

第6章　極楽蓮華の幻

1

酒のある間、綿本は朦朧と幸せな気分で、用を足すとき以外は小屋から出ず、小屋のなかでもほとんど動かず、うとうとしたり、板壁の隙間から冬枯れた雑木林や荒れ放題の畑を眺めたりして過ごした。

普段は頭をよぎりもしない昔のことどもが突然浮かんできて、彼なりの感傷に、鼻の奥がツンと水っぽくなることもあった。

妻がいて、まだ人並みに暮らしていた頃の自分と、今こうして山中の掘っ立て小屋で独り酒を食らっている自分とが、綿本のなかでは、どうしてもひとつに繫がらなかった。まともだったときの自分がいったい何を考えていたのか、なぜ毎日あんなにあくせくと仕事に追われていたのかも、もう思い出せない。ときどき、あの頃の自分がまるで誰か別の人間のように、たとえばとうの昔に死んだ弟か何かのように感じられて、妙に心許なかった。

それでも女房のことはよく覚えていた。女房は気持ちの優しい女だった。顔も綺麗だったし、身体もよかった。

いつだったか、仕事の段取りをつけて、東北の方の温泉に連れて行ってやったことがあったっけ。これでもかというくらい二人で蟹を食って、あいつはもう一生蟹を見るのもいやだと言っていた。いろいろいい思いもさせてやったのに、だんだんおかしくなっちまって、その挙句に、胎に子供ができたと言い出しやがった。

女房が死ななければ、こんなことにはならなかった。繰り返し繰り返し、彼はそう考える。それでいて、あの頃より今の方が不幸かというと、それはそうでもない気もするのだった。とくにこうして、今日一日分の酒と煙草と食い物が、ねぐらにあるようなときには。

少し迷ってから、結局新しいカップ酒を取り上げ、蓋を開けた。こぼさないように気をつけながら、ストーブにかけた薬缶のなかに入れる。もう充分酔ったが、あと一本だけいいだろう。今日はこれで終わりにしよう。

それにしても、あの薄汚い痩せっぽちのミハルが、あんなになっていたとは驚きだ。まるで女房にそっくりなのが癪にさわる。ふん、小生意気に嬢様づらしやがって、きっと、婆あが甘やかし放題に育てたんだろう。偉そうに、汚いものを見るような目で俺を見ていやがった。

缶詰の焼き鳥を肴にカップ酒を飲みながら、洟をすすり、げっぷをし、それから彼の朦朧とした思考力はまたしても、どうすれば千賀子から約束の金を引き出せるかという懸案のまわりをぐるぐる回りはじめた。

学校帰りのミハルを道端で待ち伏せたことを仄めかして、老女に揺さぶりをかけようと思いながら、実際に顔を合わせるとどうしても言いそびれてしまう。

まったく俺としたことが、こんなことじゃいけない。早く金が欲しい。金さえ手に入ったら、バリッとした服でも買って、綺麗な女のいる店に飲みに行こう。

ことん、といきなり倒れこんで、そのまま鼾をかきはじめた綿本の顔に、楽しい夢を見ている子供のような笑みが浮かんでいた。

節約して飲んだつもりだったのに、一週間分の酒は結局三日でなくなった。いつもなら、なんとか五日はもたせられるのに。きっと、ラジオから流れてくる上っ調子のクリスマス騒ぎにむしゃくしゃして、気づかぬうちについペースが上がったのだろう。

酒がなくなると、綿本の腹の内におなじみの怒りの毒虫が黒くうじゃうじゃと湧いて出てくる。とっくに見飽きたエロ雑誌のページをまためくりながら、彼は尖った舌先でしきりと上唇を舐めた。

あの婆あには言いたいことが山ほどある。下手に出てればいい気になって、偉そうな口をきくだけで、びた一文よこさない。だがそれよりもっと勘弁ならないのは、婆あの分際で、男を手玉に取ったつもりでのさばりかえっていることだ。

老女は食べ物を持ってはくるが、食欲とは別のもうひとつの欲望をいつも満たしてくれるとはかぎらない。

千賀子が来ることになっている木曜日の朝ごとに、綿本は寒いのを我慢して、外の流れから薬缶に水を汲み、ストーブで沸かし、タオルを絞って、できるだけ丹念に身体を拭くようにしていた。もちろん、歯も磨き髭も剃る。

前回もそうして準備を整えて待っていたのに、洗った衣類に着替える彼をじろじろ眺め回すだけで、指一本触れてこようとしなかった。

いつだってそうだ。自分の気分次第で、したり、しなかったり、いいように人をオモチャにしやがって。もとはと言えば、婆あの方から仕掛けたことだ。こっちが頼んだわけじゃない。それどころか、最初のうちは気色悪くてぞくぞく鳥肌が立ったくらいだ。くそっ、あの色ぼけの死に損ないめが。

胸のなかで毒づきながら、綿本は、小刻みに動く老女の舌のざらついた感触を思い出して微かに身震いした。呪い殺してやりたいような憎悪が込み上げてくる。手にした雑誌を壁に叩きつけて、ごろんと布団にひっくり返ると、煤けてクモの巣が絡んだ梁から、隠した鍬の柄が少しはみ出ているのが見えた。

よし、こうなったらあれをひっ摑んで寺に押しかけてやる。そっちがその気なら、こっちもこっちのやり方でいくということを思い知らせてやる。

2

綿本浩次が実際に寺に行ったのは、酒が切れた日からさらに一日を悶々と過ごした、その後のことだった。千賀子にもらった例のオーバーコートを着込み、時折みぞれの混じる強い北風に背中を押されるように坂を下った。鍬をひっさげて乗り込む度胸などあろうはずもなく、そそくさと庫裏の門をくぐって勝手口に回った。

なかで人の気配がしたので、奥さん、と小声で呼びかけた。

途端に引き戸が開いて、千賀子が顔を出した。

「おや、お前なのかい？」

正面から凝視してくるその目がまじろぎもしないのが、かえって、ものがものとしてまともに見えていないのではないかという疑いを綿本に抱かせた。

「ふーん、そういうことかい」唇だけが笑みのかたちに開いて、隙間から歯と歯茎が覗く。

「来るなという言いつけを、えらくあっさりと破るんだねえ、お前は」

「さ、酒がなくなっちまって、とても我慢できねえもんで」

早くも老女に牛耳られている。それがわかっていても、綿本はどうすることもできなかった。

「そうかい、そうかい。さあ、早くなかに入んな。誰かに見られたらどうするんだい」

まだ十時前だった。その時間を選んだのは、ジョウガンとかいうあの僧が檀家参りに出かけて留守にしている確率がいちばん高いと踏んだからだ。坊主というよりは道路工事の人足みたいな身体つきのあの男と鉢合わせするのは、二度と御免だった。

促されるままに、綿本は土間に入って戸を閉めた。風の音が遠くなる。

「ほう、ほう、寒かったろう。今あったかいお茶を淹れてやるから、ここにすわっておいで」

「酒が……」

「なんだい、酒、酒って。充分差し入れてやったろう。あいにく手は二本しかないんだからね、あれ以上はとても運べやしないよ」

「だから、その分は金で……」

「金を持たすわけにはいかない。昼日中、町に酒なんか買いに行ってほしくないんだよ。お前のことは、連中に内緒にしておきたいからね」

「そんなこと言われたって、こっちはあんな小屋んなかに一日中こもってるんだから、ともかく、酒なしじゃあやれねえんですよ。ねえ、何とかしてくださいよ、奥さん」

膝を揃えて横にすわった千賀子を、彼はそれとなく盗み見た。口をつぐんで急須からとぽとぽと茶を注ぐ短い間、老女の顔が寛いで、別人のように優しげな表情が浮かんだ。

「奥さん——？」

呼びかけた途端、グプッ、と老女の喉からおくびが上がった。

「なんだい、うるさく言わなくても、ちゃんと聞いてるよ」

早くも、黒目の底が抜けたような奇妙な目付きにもどっている。

「だったら、たまにはこっちの身にもなってくださいよ」

「食べ物から着るものから全部面倒見てやって、近いうちに金まで用意してやろうっていうのに、まだそうやって不足を並べ立てるのかい」

「だから、こっちにはこっちの……」

「もう、お帰り。木曜日にはまたいろいろ持っててやるから、それまで水でも飲んで我慢するんだね。それから、今度だけは目をつぶるけど、二度とこんな真似をしたら承知しないよ、いいね。さあ、誰か来るといけないから、早く行きなったら」

綿本は立ち上がった。どうしても酒にありつけないと思うと、逆に腹が据わった。

「実はこの間、ちょっと小学校のそばまで行って、ミハルの顔だけ拝んできたんですよ」

千賀子の息が止まったのがわかった。どうとでもとれる表情を浮かべたまま、眉一つ動かさない。

「いや、しばらく見ねえうちにすっかり大きくなってて、びっくりしちまった」

息を吐くのと一緒に、ギイィ、というような音が、老女の喉から漏れた。それをごまかすように何度か咳払いをする。

「それでミハルは、……ミハルの方もお前に気付いたのかい」

千賀子の狼狽ぶりが、綿本を有頂天にした。まさに思う壺だ。

「さあ、どうかな。遠目に眺めてただけだからねえ。けど、次の時にはちょっと話でもしてみるかな。なんせ久しぶりだもんで、懐かしくってたまんねえ」

「お前は、……お前は、恩を仇で返す気か」

「そんなことを言われる筋合いはないと思いますがねえ。なんせ、自分の血を分けた娘を、奥さんに差し上げようってんだ。普通じゃできませんや。命を半分取られるのとおんなじことだ。だけど奥さんがどうしてもって言うし、ミハルのためにもその方がいいと思えばこそ、こっちは死ぬ思いで……、ひぇええ、な、なんだ」

千賀子がすうっと立ち上がった。身体のどこにも力を入れず、まるで紐で真上に引き上げられたようにまっすぐ伸び上がる。そのまま低い土間に立つ綿本に襲いかかってくるように一瞬思えた。

「そうだった。お前には迷惑をかけるね」

「へっ」

「悪かったねえ。ちょっと待っておいで」

ゆらりと身をひるがえして、流しの下の開き戸を開けた。奥から半分以上残っている一升瓶を取り出す。瓶のなかで揺れる液体を見ただけで、綿本は焼け付くような渇きを感じた。

「ほら、これでしばらくもつだろう。明日には、持てるだけの酒を持っていってやるよ」

「ほ、ほんとですかい」差し出された瓶の首をしっかりと摑む。

「ほんとだとも。これからは、不自由をさせないように気をつけよう。それに」と手首でしなを作って口元を覆(おお)う。「くく、酒や食べ物のほかにも、不自由していることがあるだろう、明日はその方も――」

庫裏の敷居をまたぐときに、出迎える母の気分を素早く察知しようと五官を緊張させる癖が、いつの頃からか浄鑑(じょうがん)の身についていた。

その日も、後ろ手に引き戸を閉めたあと、身を固くしてその場で待ち受けたが、千賀子が出てくる気配はなかった。

式台に上がり、廊下を歩きながら、ただいま、と帰宅を報(しら)せようとしたとき、仏間から読経(どきょう)の声が流れてきた。

なぜともなく足音を忍ばせて廊下を曲がり、襖(ふすま)の陰から覗き込むと、香の煙の揺らぐなか、端然と仏前に座した千賀子が、合掌も解かぬままに一心不乱の体で阿弥陀(あみだ)経を唱えていた。作法どおり経卓(きょうじょく)の上に経本を開いてはいるが、見てはいない。目を閉じて空で誦(ず)しているようだ。何千回、何万回も経を唱えてきた人の、細いなりに底力のある声だった。その声にも、蒼(あお)ざめた横顔にも、差し迫ったひたむきさが漲(みなぎ)っていて、浄鑑は胸を衝(つ)かれた。

部屋に入り、母の気を散らさぬよう隅に控えてすわった。合掌礼拝(がっしょうらいはい)し、自らも瞑目(めいもく)して千賀子の声に絢い合わせるように小さく唱え始めた。

本堂での勤行のときには久しく起こらなくなっていた現象が、このときはすぐに兆した。須弥壇の奥の絵姿に意識を重ね合わせたまま、浄鑑の肉体は存在感を失い、やがて、何ひとつ遮るものなく広がる空漠の地平を、どこからどこへともなく歩いているのだった。すぐ横に千賀子がいた。その顔が穏やかな歓びにくつろいでいるのが、見なくてもわかった。浄鑑は母の手を取った。満ち足りた空白を呼吸しながら、二人してただほつほつと歩き続ける。

口に唱える経文が、そのまま幻となってまわりに揺らめき立った。幾重にも巡らされた欄干、宝玉を鏤めた飾り網、きらびやかな楼閣へとなだらかに続く階。玲瓏と響き渡る楽音と共に曼荼羅華は天から降り、澄みきった池の水には、青、黄、赤、白の巨大な蓮華が色を極めて咲き誇っている。

母も、これを見ているだろうか。そうであることを願いながら、浄鑑はいっとき幻に酔うことを自分に許した。

孔雀がひと声鳴いた。するとそれに応えて、白鵠が、鸚鵡が、共命之鳥が、それから彼が愛する迦陵頻伽が、それぞれに霊妙な声で鳴き交わしながら、長い尾をひるがえして二人の頭上を飛び交った。何もかもが想像を絶する美しさだった。

極楽の風景を夢見心地のまま通り抜けると、経文はそのまま、虚空に曼荼羅を描き出すような霊妙な描写に入る。存在は、一にして無数の阿弥陀に、幾重にも包囲されている。どこをどうたどって行こうと結局は阿弥陀に行き着く。誰一人として、阿弥陀の救済から逃れられない。

信じることの不可能なそうした真理を、信じようとする心を捨てることによって、それでも信ぜよ、と説く結びの部分を、声を重ねて共に唱えた。

礼拝の姿勢を解くと、世界が静止したかのような間が生じた。母親と息子は、言葉もなく互いの目を見つめ合った。

しばらくしてから、千賀子は壇上の名号に視線を戻して静かな声で言った。

「阿弥陀様のお救いというのは、死ぬ、ということなのかい、浄鑑」

寺に生まれて寺に嫁いだ母が、おそらくは今日まで口にしたこともない単純な問いだった。

「わかりません。それに、そういうことについて何か言えば、必ず嘘になります」

「それなら、お経の言葉も嘘だと？」

この母には、正直でありたいと浄鑑は思った。

「釈尊の心の痛みが伝わってくるような、悲しくなるほど美しい方便、つまり嘘だと、わ

たしには思えますが。……方便でしか語れないことを、それでも衆生(しゅじょう)のために語ってお
られるわけですから」

3

たんまり酒をくれるという昨日の約束を、千賀子がほんとうに守るかどうか、綿本は心
配だった。だが昼過ぎに、例によって板壁の隙間(すきま)から覗いていると、老女がやってくるの
が見えた。細い坂道を滑るように素早く上ってくる。いつにも増して、体重というものを
感じさせない妙に軽やかな歩き方だ。
そんなことはあり得ないのだが、覗いている綿本の両目をずいぶん遠くからまっすぐに
捉(とら)えて、にんまり笑いかけてくる。そのまま近付いてくると、丸木橋を渡りもせずに、ひ
らりと流れを飛び越えた。
がたつく戸が開いたとき、綿本は小屋の隅に引っ込んで縮こまっていた。
「どうしたんだい、そんなところで」
綿本が答えられないでいると、千賀子はそばにきてしゃがみ込んだ。
「待っててくれたのかい、可愛(かわい)い男だねえ。きょろきょろ外を見てただろう、え、間抜け

な鼠みたいなこの黒くて小さい目玉でさ」言いながら、指先を伸ばして目蓋をつつく。

「さ、酒は……？　荷物は？」

「ああ、そのことか。あんまり嵩張るもんでね、ちょっと寺まで来て、運ぶのを手伝ってくれないかい。何しろほら、お前を喜ばそうと思って、山ほどの酒を用意したからねぇ」

あれほど寺に来るなと言い続けた千賀子が、今度はまた自分から寺に来て手伝えなどと言い出すことに不審を抱かないでもなかったが、綿本は立ち上がった。何でもいいから小屋から外に出たかった。

「お待ちよ、気の早い男だねえ。その前にひと休みさせてくれてもいいだろ。山道を上ってきて息が切れてしまった」

老女は艶を含んだ声で言うと、手で胸を押さえて、はあはあと大げさに喘いで見せた。

「そうだ、ストーブを消しておかないと危ないねえ」

身を屈めて火を消し、あらためて綿本を見やる。

「ふふふ、お前、綺麗に髭を剃ってるじゃないか。身体も拭いたかい。ちょうどいい、先にほら、あ、れ、を、ふふ、済ませておこうかねえ」

「いや、今は……」

「そんなことを言わずに。今さら照れることもないだろう」

綿本の頬が醜く歪んだ。欲望と怯えと嫌悪とがせめぎ合う腹の底から、胴震いが上がってくる。

「さあ、こっちにおいで。さあ、すぐに気持ちよくなるよ」

なぜか抵抗できない。彼は吸い寄せられるように近づいて、千賀子の前に立った。

「よしよし、脱がしてほしいかい、それとも自分で脱ぐのかい」

うなだれたまま、ジャージのウェストゴムに手をかけた。そのまま引き下ろしかけてちらりと窺うと、千賀子は綿本には目もくれず、探し物をするようにきょろきょろと小屋のなかを見回している。その視線が、最後にはたと頭上の梁に止まった。隠した鍬の柄が少しはみ出ている。

綿本の口から、声にならない空気が漏れた。

「ほうら、どうしたんだい、手を焼かせるんじゃないよ。それともお前、そうやって私を焦らしてるつもりなのかい」老女が笑いかける。「どれ、手伝ってやろう」

腰のあたりに伸ばしてくる手を反射的に振り払って、壁際に逃げた。背の低い老女があの鍬に届くはずがない、そう思っても生々しい恐怖が衝き上げてくる。

「……なんでだ、なんで今日だけ、荷物がねえんだ」

「だから、それはさっき説明したじゃないか」

「もう、いいから、帰ってくれ」

「そうはいかないよ、約束だからね。おや、震えているね、寒いのかい」

千賀子が言い終わらないうちに、綿本は身をひるがえして戸口に突進した。板戸に取り付いたその襟首を、だがたちまち老女の腕が摑み、有無を言わさぬ力で引き戻す。

「これからがお楽しみだっていうのに、逃げることはないじゃないか。こっちはちゃんと約束を果たそうっていうんだよ。ほら、二度と不自由な思いはさせないって、昨日そう言ったろう」

何か言いたくても、綿本は声が出なかった。襟首を摑まれたままジタバタと身をもがくうちに、弾みでなったのか、千賀子がそう仕向けたのか、シャツとセーターとジャージの上着とが、重なったまま頭からすっぽり脱げてしまった。

「それにひきかえお前の方は、えらく簡単に約束を破ってくれたもんだねえ。ミハルに会ってはいけないと、あれほど言っておいたのに。あの子はね、この私の大事な大事な宝物なんだよ、わかるだろう」

裸の胸を抱いて逃げ惑う綿本の口からようやく鋭い悲鳴が上がった。その後は堰が切れたように叫び続けながら右往左往する。弾みでぶつかったストーブが倒れ、彼自身も無様に尻餅をついた。

「ああ、やかましい、お黙りったら！　ええ、なんだって？　もう二度と会わない？　そうとも、会おうとしても、もう会えないよ。父親だからっていい気になるんじゃないよ。ミハルには父親も母親もいらない。この私がいるんだからね」

　銀髪をふり乱した千賀子が、覆いかぶさるように見下ろしている。

「さあ、お前はもう、二度と不自由な思いをすることもない、辛い目にあうこともない。約束どおりにしてやるよ」

　そう言うと、両手を伸ばして彼の左右の耳をつまみ、愛撫するふうに指先で揉み始めた。袖口からにゅうと突き出た老女の手首の一方に、幾つもの気味悪い切り傷があるのがいやでも目に入った。同じ部分を繰り返し切ったように、褐色に乾いた古い傷と、まだ血の滲んでいそうな赤い傷が重なり合っている。わけもわからないまま、いや増す恐怖に息が詰まった。

「ま、待ってくれ、……頼む」

「待てないねえ」

　いきなり捻じ切らんばかりに耳朶を引っ張られて、綿本は泣き声を上げた。

「ど、どっか遠いところに行くよ。今すぐ出てって、ここらには二度と近付かねえようにする。ほんとだ。第一……、ミハルは、第一、俺の子じゃねえんだ。嘘じゃねえ、俺は中学んときに罹った熱病のせいで、こ、子種がねえんだ。だから、あれは女房がよそで拵えた子だ、こっちにゃなんの未練もねえんだ」

千賀子が手を離したので、綿本は痛む両耳を撫でさすった。

「そんなわけだから、ミハルは、あんたの好きなように可愛がってやればいい。俺はもういっさい関係ねえ。頼む、このまま行かせてくれ」

「なんで今まで黙っていた」

「あ、あんたを強請るのに、実の親子と思わせたほうが何かと、都合がいいからさ」

「ほんとうに血の繋がりはないと?」

「ほんとだとも。女房もとっくに死んだし、だから、ミハルはあんたのもんだ」

「そんな話、嘘じゃないという証拠がどこにある」

「あんた、俺をよく見てくれ。顔でも身体つきでも、どっかひとつでもミハルに似たところがあるかい。それに、俺だって実の娘なら、あんなふうに捨てたりしなかったさ」

「やっぱりお前が冷蔵庫に閉じ込めたんだね。そのまま死ぬとわかっていてやったんだ」

「抱いてやろうとしたら、手に噛み付きやがったからさ。あ、寒いから抱こうとしただけで、別に、おかしな下心があったわけじゃ――」

「お黙り、聞きたくもないよ。それで、あの子のほんとうの父親はどこの誰なんだ」

「父親も、もういねえよ」

「どうしていないんだ、何があったのか、はっきり言いな。ここまできて、まだ嘘をつく気なら……」

「わ、わかってるよ。嘘なんかじゃねえ。女房は、……女房は頭の病気になった挙句に、その男と一緒に死んじまったんだ。今さら思い出したくもねえ」

「ほ、ほおぅ」

「もう何年も前、ミハルが生まれて幾らもたたねえ頃だった。だから、あの子はほんとにあんたのもんだ。ほかには誰も――」

言葉の途中で、千賀子がいきなりがぶりと鼻に噛み付いた。綿本は目を白黒させ、ほとんど声さえ立てなかった。むしろ血の味に興奮して唸(うな)り声を上げたのは千賀子の方だった。

何がおこったかはっきり把握できないまま、綿本は、老女がぴょーんと跳び上がるのを驚いて眺めた。骨ばった手が、梁から出ている鍬の柄を摑む。あっと思った、それが彼の最期(さいご)だった。

4

同じ日の夕刻、法事を終えて戻った浄鑑が門をくぐろうとすると、せわしない羽音がして庫裏(くり)の裏手から数羽のカラスが飛び立った。なかの一羽が足に蜜柑(みかん)の皮か何か摑んでいるようだったので、そのまま回り込んで行ってみると、果たしてゴミ用のポリ袋が食い破られて、あたりに生ゴミが散乱していた。母らしくもないことだが、専用の容器に入りきれない分を、袋のまま並べて置いたらしい。

着替えをすませたらすぐに片付けなければ、そう思いながらも、浄鑑はその場に立ち尽くした。十坪ほどの裏庭全体がひどく荒れて薄汚かった。雑草がはびこったまま立ち枯れ、落ち葉が掃かれた様子もなく、その間のそこここに、いつのものとも知れない塵芥(じんかい)が散乱している。夏であれば耐え難い腐臭を放ったにちがいない。

いつからこうなったのだろう。考えてみると、境内の清掃には熱心な浄鑑も、庫裏の裏庭に足を踏み入れることはめったになかった。

酒類の壜(びん)や紙パックが幾つも転がっているのが気になった。さらによく見ると、烏賊(いか)の燻製(くんせい)の袋だの、焼き鳥の真空パックだの、煮魚の缶詰だの、家の食卓には上りそうにもない食品の残骸も混じっている。

綿本浩次。なぜかその名が頭に浮かんだが、目の前に散らばる塵芥とあの男とがどう結びつくのか、はっきり説明できるわけではなかった。それとなく気をつけているのに、最近まったく姿を見かけない。

浄鑑は首をひねった。眉間に深いしわが刻まれる。裏庭のゴミは何なのかと、さらりと母にたずねればすむことなのだが――。

頭上で鳴き交わすカラスを見上げながら、しばらくその場に立っていたが、やがて踵を返して玄関の方に戻った。

敷石の端に、ミハルの赤い運動靴が脱いであった。こうして先に帰っていれば、小走りにやってきて、ジョウガン、とはにかんだように出迎えることも多いのだが、今日は静まり返っている。

台所には誰もいなかった。茶の間にもいない。寺の庫裏には何とも不似合いだが、子供のために毎年出入りの花屋に頼んでおくモミの木が壁際に置かれていて、小さなエンジェルや、星や、雪だるまが枝に吊るされている。

順に部屋を覗き込みながら廊下を進んだ。

猫が死んだ部屋の襖が一枚開いていた。

「母さん、そこですか」

濡れ縁に近い向こう側に、ミハルと千賀子がいた。

寝間着に綿入れを重ね着した母はしどけなく横たわり、子供の膝に頭を預けていた。ミハルだけが首を回らせて浄鑑を見た。

ガラス戸越しに差し込む西陽が部屋の畳を日向と陰に二分し、明るみのなかにいる二人が不思議に遠く、なぜか彼の声の届かない場所にいるように思えた。

ミハルの小さな手が、千賀子の髪を、額を、閉じた目蓋を、頬を、柔らかく撫でさすっている。力をかけすぎないように、自分で自分の腕の重みを懸命に支えている。

浄鑑は目眩むような既視感に捉えられた。子供が膝に抱えている母親の頭が、白黒斑の大きな猫に見えた。ハッと気をとり直して瞬くと幻影は消え失せて、子供はただ、陽に透けて銀色に輝く千賀子の髪を、愛しげに悲しげに撫で付けているのだった。

「ミハル、どうした」

答えない。かわりに千賀子の身体が微かに震えた。

「どうして、そんなところにいるんだ」

少し声を大きくして重ねて訊いた。

「ここがいちばん静かで、カアサンが落ち着くから」

言われるまでもなく、静けさと、凍て付くような冷気とが部屋に立ち込めている。

陰った畳を横切って二人のそばに行くことが、なぜかためらわれた。指の腹で二連珠を無意識に爪繰る。

「母さんは、眠っているのか」

「カアサンは、とても疲れている」

「それなら、床をとって寝ませよう」

「もう少しこのままでいたいって言ってる。ミハルに撫でられるのが、大好きだって」

浄鑑に向けられた眼差しのうちに、ポカンとした実体のなさと、賢い動物がときおり見せる人智を超えた知性のようなものとが、矛盾なく混在している。

「しかし、こんな火の気のない部屋にいては風邪を引くぞ」

わざとぶっきらぼうに言って、ひと足部屋に踏み込んだ。

近付いて見ると、千賀子の銀髪に、何か褐色のものが点々と飛び散っていた。身体を揺さぶると目蓋が薄く開いたが、その瞳は底なしの井戸のように暗く空っぽだった。

「ミハル、母さんの部屋に床を敷いて、さあ、早く」

そう命じておいて、子供の膝から母の痩せた身体を抱き上げた。

5

夜半、名を呼ばれた気がして浅い眠りから覚めると、枕元に千賀子がすわっていた。浄鑑は驚いて身を起こした。

「どうしました。まだ気分がすぐれませんか」

ゆうべ、千賀子はあのまま眠り込んで夕食も食べなかった。時間の感覚が狂ってこんな時間に目覚めたのかもしれない。

「そんなところにいては風邪を引く。さあ、寝床に戻りましょう。それとも、何か軽く腹に入れますか」

薄い浴衣の寝間着しか着ていない肩に手をかけた。そのとき、母親が手に数珠を持っていることに気付いた。

「なぜ念珠を？」

「一緒に来て、お前に確かめてほしいことがある」

「急に、何です」

千賀子が立ち上がったので、浄鑑もつられて立った。

ついていくと、廊下を折れ、玄関に下り、履物を履き、そのまま戸を開けて外へ出ようとするので、浄鑑はあわてて母親を押しとどめた。

いったん自室に戻り、手早く着替えてジャンパーを羽織った。ダウンジャケットと毛糸のマフラーも持ち出して、母がそれらを身に着けるのに手を貸した。ジャケットの裾は寝間着の膝のあたりまで届いた。足には長靴を履かせた。

月のない闇夜の坂道を、懐中電灯の光を頼りに手を取り合って歩いた。幸い風はなく、だが、冷気は鋭い刃のように指先や頬に触れてくる。

どちらも無言だった。母が何を思い、どこに自分を連れて行こうとしているのか、浄鑑にはまったくわからなかった。何があろうと最後まで付き合おうという強い覚悟だけがあった。

墓地のかたわらを抜けて行くと、雑木林が真っ黒な瘤のように斜面に張り付いているのが見えた。段々に細まっていく道が、そのなかに分け入ろうとする少し手前で、千賀子が足を止めた。荒れた畑の隅に、傾きかけた農具小屋が見えた。

「あの小屋のなかに、何があるか見てきてくれないか」張りつめた声で言う。

あたりの冷え切った空気に、人間の排泄物の微かな臭気が混じっていた。浄鑑は身の引き締まるような恐怖を覚えた。

「わかりました。ここを動かずにいてください」

細い流れにかけられた丸木の橋を、懐中電灯で照らしながら用心して渡った。畦道には、ぬかるんでそのまま固まった幾つかの人の足跡があった。しかし浄鑑は、何者かが小屋に潜んでいるのではないかという疑念は持たなかった。彼の感じている恐怖は、そういう種類のものではなかった。

ベニヤを継ぎはぎして作った戸に、元は付いていたらしい南京錠が、施錠されたまま金具ごと引き抜かれてぶら下がっていた。戸は傾いていて、開こうとすると下端がずるずると地面に擦れた。

なかは外よりさらに暗かった。浄鑑は戸口に立って、小屋全体にさっと掃くように懐中電灯を動かした。そのときにはまだ事態を把握できず、あるいは見えたものの意味がわからず、首を傾げて、ある部分、それからまた別の部分というふうに光のスポットを移動させていった。小さな明るみが切り取る情景を、ひとつひとつ凝視する。

もう一度丸木を渡って、千賀子のそばに戻った。

千賀子は念珠を握った手を口に当てて泣いていた。浄鑑が口を開こうとすると、激しく首を振る。

「言わなくていい！　お前のその顔を見ればわかる。やっぱり……、夢じゃなかった」

「母さん！」

両手で肩を摑んだ。この一瞬浄鑑の心には、髪を乱して泣いている小柄な老女への哀れみのほか、何ひとつとしてなかった。

「夢であるはずがないとは思ったけれど、だけど、あまりにも……、あまりにも……」

「あれは、綿本浩次、ですか」

千賀子が小さく頷く。

「いいですか、よく聞いて」母親の肩を揺さぶる。「あなたがやったんじゃない。わかっているでしょう。あなたにあんな、……力業ができるはずがないんだ。誰だって、そう思うでしょう」

「浄鑑……」

「わたしが何とかします。だから気をしっかりもって」

何とかするとは言っても、浄鑑に策があるわけではなかった。ただ、ふたつの点だけははっきりしている。綿本浩次がいなくなったからといって、誰一人気付く者はいないだろうことと、死体はすでに寸断されていて、ある意味で始末のしやすい状態にあるということ——。

ああ、自分はいったい何を考えているのか。浄鑑は身がすくんだ。それでも、精神状態が正常とは思えないこの母を、犯罪者として衆人の前に引き出すことなど、できるはずもなかった。

「ともかく、いったん家に戻りましょう。この季節に、こんなところへ来る者は皆無ですから、時間的な余裕はある。気を落ち着けて慎重に考えなければ、さ、早く」

だが千賀子はその場を動かず、静かな声で言った。

「もう、終わりにしたいよ、浄鑑」

「きっと時がたてば、何もかも、収まるべきところに収まります。だから――」

「そうはならない。お前もわかっているはずだ。もう、どうすることもできない」

「町野に頼んで別の病院を紹介してもらってもいい、薬を替えればあるいは――」

千賀子はダウンジャケットの袖口をまくり、手首に貼り付けてあった肌色のプラスター剤を剝がした。浄鑑は思わずその手を引き寄せて、そこに刻み付けられた幾つもの傷を呆然と眺めた。どれもそれほど深くはないが、無傷な部分を残さないほどに何度も何度も切り刻まれている。

自分の迂闊さに、歯噛みする思いだった。母の顔色ばかり窺って、手首にそんなものを貼っていたことにも気付かなかった。

「お前がクマにしてやったことを、私にも、してほしい」

「馬鹿な！　な、何を……」

「お前に頼むしかないんだ。自分ではできないんだよ。このとおり、身体がいうことをきかない。何度やっても、どうしても逃げられなかった」

浄鑑の手から懐中電灯を取った千賀子は、それを消してそばの草むらに置いた。闇が二人の間に落ちた。互いの目鼻立ちさえはっきりとは見定められない。

「そんな気弱なことでどうするんです、母さんらしくもない。第一、あなたが逝ってしまえば、ミハルがどんなに悲しむか」

「見納めだと思って、可愛い顔を気の済むまで眺めてきたよ。すやすや眠っていた。あの子はきっとわかってくれる。ほんとうはミハルにとっても、私はいてはいけないんだから。お前の力で、あの子を、きっときっと幸せにしてやって。さあ浄鑑、早く、時間がない」

浄鑑の両手を取り、自分の首に押し当てる。

「マフラーの上から締めれば、きっと跡は残らない。心臓発作か何かのように見えるよ」

「そんなことは――、母さん、わたしに、そんなことはできない」

「お前ならできるよ。仏門に入った人間だもの。年取った母親を生き地獄から救うと思って、さあ、……さあ」

闇のなかで表情ははっきりしないが、母親の息のにおいがふうっと変わっていくような気がした。彼の腕にすがる全身が、痛みに耐えるかのように強張る。

「ああ、もうもたない、お前にこんなことをさせて、申し訳ないと思ってる……だけど、ほんとうに苦しいんだよ、浄鑑……我慢できないくらい苦しい……ああ、ああ、苦しい……助けて……助けて……は、は、早く、早く、早く」

我が身を滅ぼせと息子に迫る母親が、正気の領域にいるのか、狂気の領域にいるのか、浄鑑にはもうわからなかった。わからないままいつのまにか、両手に危険な力をこめて、母の喉首を締め上げているのだった。長引かせてはいけない、ひと思いに逝かせなければと焦る。震える手に、無我夢中でさらに力をこめた。

そのとたん、骨が砕けるかと思うほどの力で手首を摑み返された。

「私を殺すのかい、浄鑑。そうとも、お前の望むところだろう。これであの子はお前だけのものだからね」

しわがれた声が言った。饐えたような息のにおい。

「黙れ！」

耐え難い手首の痛みを無視して、彼は両腕に体重をかけた。力と力が釣り合って、双方の腕が小刻みに震えた。千賀子の指に絡んだ数珠がピシッと切れ、水晶の粒が周囲に弾け飛んだ。

「私はお前の母親だよ。自分の母親を殺すなんて、阿弥陀もお釈迦もあったもんじゃないねえ。だけどそうはいかないよ。ミハルは私のもの。私はミハルのもの」

　こうしたすべてから母を解放したい。浄鑑はそれだけを思った。

　全力で締め上げながら、こんなことの起こる前の、優しく、しかも気丈な母を懸命に思い出そうとする。すると、茶の間の畳に色とりどりの千代紙を散らして、幼いミハルのために紙風船を折っていた母の姿が浮かんだ。できあがった風船にふうっと息を吹き込むときの、目を細めて笑っていた白い顔。弥勒菩薩に似ていると、いつかミハルが言った柔らかい面差し。浄鑑の目から涙が滴り落ちた。

　千賀子の腕の力が徐々に萎えていった。すでに気を失いかけている口が、最後に切れぎれに如来の名を呼んだ。

　南、無、阿、弥、陀、仏——。

　潰れた喉から漏れる声が、彼の心を強く揺さぶった。他の誰でもない、母その人の無心な声だ。疑念が衝きあげてくる。思わず力が緩む。

　何をしているのか、わたしは——。

　悪夢から一気に醒めた心地がして、浄鑑は母から身を引き離した。千賀子の身体は地面に崩れ落ち、開放された気管に笛のような音を立てて空気が流れ込んだ。

「母さん！」

かたわらに膝をついて、肩に触れた。

そのとき、声がした。

「カアサン――、ジョウガン――」

少し離れたところに、パジャマを着たミハルが立っていた。

6

「ミハル！　どうしたんだ、なぜこんなところに」

浄鑑は草むらから懐中電灯を拾い上げた。ぼんやりした灯りの輪がともる。

「わからない……、目が覚めたらここにいた……」

子供は裸足だった。夢を見ているのではないかと訝るふうな表情のまま「カアサン、どうしたの」とそばに寄ってくる。

「来るな、ミハル、そこにいなさい」

厳しい声で命じた。戸惑って立ちすくむ子供のそばまで行くと、素早くジャンパーを脱いで着せかけ、長すぎる袖をたくし上げてやった。

「母さんは、ちょっと、……気分が悪くなってな」

その声を聞きつけたかのように、千賀子がゆらりと身を起こすのが見えた。両肩を抱いてうずくまったまま、その身体がたちまち激しく震え始める。懸命に苦痛と戦っているのがわかる。顔だけを何とかこちらに向け、食いしばった歯の間から辛うじて声を絞り出す。

「ミハル——、浄鑑の言うことをよく聞いて、必ず幸せになるんだよ」

絶えだえの掠れ声ではあるが、毅然とした迷いのなさが伝わってきた。

「カアサン！」

手を振りほどいたミハルが駆け寄ろうとする。だが、そのときにはもう千賀子は走り出していた。考えられない敏捷さで、坂道を林の方へと駆け上っていく。ぶかぶかのダウンジャケットの背中が膨らんで揺れたが、たちまち闇に紛れ込んでいった。

後を追おうとするミハルの腕を捉えて、浄鑑は強く言い聞かせた。

「先に寺に帰っていなさい。だいじょうぶ、母さんはわたしがちゃんと連れて帰るから。わかったね」

返事も待たずに山道を猛然と走り始めた。靴も履いていない子供に、ひとつしかない灯りを渡してやれないことが気になったが、どうすることもできない。

道が林に分け入ったところで、前方に枝を掻き分ける物音を聞いたような気がした。勾配が急になっていく路面を、速度を緩めずに駆け登った。木の根や石ころにつまずいて何度かつんのめったが、すぐに体勢を立て直し、なおも前進する。

手に持ったまま走っている懐中電灯の光が狂ったようにあたりを飛び交い、かえって目が眩んだ。思い切ってスイッチを切ったとたん、しかし浄鑑は、その場から動けなくなった。黒い毛布を頭から被せられたようだ。自分の手も見えない。母もまたこの真っ暗闇のなかを走っているのかと思うと胸が潰れそうだった。

すぐこの先で道は立ち消えとなり、あとは県境を成す山塊へと連なる斜面が広がるばかりだが、そのおおよその地形は頭に入っていた。やはり点灯しない方がいい。明かりが見えれば、千賀子はともかくそれから遠ざかろうとするにちがいなかった。

速度を落とし、足元に注意しながら進むうちに、少しは目が慣れたのか、微かな闇の濃淡を感じ取れるほどにはなった。突き出た小枝が、頬や首筋を傷つけ、衣服を裂いた。ように道は消え、杉混じりの雑木がひしめき合う空間に、自分の息の音が嵐のように充ちた。

浄鑑は何度も足を止め、あたりの物音や気配に耳を澄ませた。焦りと恐怖が絶えず彼を苛んだ。ジグザグな線を描きながら高みへ高みへと登ってきたが、まったく方向を取り違えているのかもしれなかった。こんな林のなかで、人間一人を見つけ出すのは不可能だ。そう思いながらも走り続けるしかなかった。

我ながら奇妙なことに、いつのまにか暗闇はさほど気にならなくなっていた。彼は、目で見ているとも、肌で感じているとも判然としないまま物のかたちを察知し、夜の林にどこまでも踏み込んでいった。降り積もった枯葉を蹴散らして走り、立ち止まって耳を澄ましては、また走った。

突然何か柔らかいものを踏みつけ、弾みで前のめりに手をついた。取り上げてみると、ダウンジャケットだった。しかも微かな体温が残っている。やはり母はここを通ったのだ。手に持てば邪魔になるそれを素早く身に着け、また走り始めた。悪戦苦闘しながら、いびつな陰をまとって立ちふさがる樹木の間を次々とすり抜ける。

子供の頃に遊んだ覚えのある領域はとっくに抜け出て、見知らぬ場所に来ていた。小さな起伏を無視してともかく上へと登るうちに、左手に、谷か、あるいは水の音がしないところを見ると涸れ沢かがえぐれている、その縁に沿って進むかたちになった。

母に近付いている。もうそれほどの距離はない。行く手の闇のなかに、彼にとってこの世で誰よりも親しいその人の気配をありありと感じた。

道とも言えない道の前方に、黒々と固まる一群の杉木立が現れた。

あそこだ——。

すぐ目の先に長靴がひとつ落ちていた。無意識に拾い上げる。間に合わないのが、浄鑑にはわかった。さらに行くと、一本の高い杉の根元にもう片方が脱ぎ捨てられていた。

「やめろ!」

ざらついた杉の幹にしがみついて、声を振り絞って叫んだ。夜の山林に漲るしじまが一瞬だけ揺らいで、たちまちその声をのみこんだ。

救済の断念こそが救済、祈るという行為を絶つことが祈り、我が身をそのように律してきた浄鑑だが、今はただ一心に、仏よ、助け給え、と念じていた。

紐を解くのももどかしく靴を脱ぎ、靴下とダウンジャケットも脱いだ浄鑑は、何とかしてよじ登ろうと幹にとり付いた。樹皮の欠片が剝がれ落ち、細い下枝は枯れていてぽきぽきと折れた。足がかりも手がかりもない。どれほど足搔いてみても、母親が登ったその杉に、浄鑑は登ることができなかった。二メートルほど這い上がっては落ちるということを繰り返すうちに、彼の焦燥は頂点に達した。

地面に這いつくばってダウンジャケットを引き寄せ、ポケットから懐中電灯を取り出した。はるか上方の梢に向けてスイッチに指をかけたとたん、浴衣の袖を広げた母の身体がムササビみたいに宙に躍り出た。突然の光が下からそれを照らし出した。浄鑑の網膜に生涯焼き付くことになる母の顔は、白く優しげで、千代紙の風船に息を吹き込むときと同じに、眩しそうに目を細めていた。骨の砕ける音を立てて地面に激突した身体は、そのまま斜面を少し滑り落ち、沢側の木の根に引っかかって止まった。悪夢を傍観する者のように、彼は目を見開いてそれを眺めていた。

身体の芯が抜け落ちたような真空の数秒間、浄鑑は身動きができず、息をすることも、悲しみを感じることもできなかった。

我に返って足を踏み出そうとしたとたん、膝からくずおれた。そのまま這って母に近づき、無駄と知りつつ、息があるのではないかとその顔に耳を近づけた。

「母さん」小声で呼んでみる。

これが別れか。ほんとうに、そうなのか。こんなにもあっけない。労わりの言葉も交わさず、長い年月の記憶を語り合うこともなく、手と手を握り合うことさえもなく――。

「母さん、……母さん、母さん」

目蓋が開いていて、水っぽい母の目が穏やかに浄鑑を見つめていた。

沢の方に数メートル下った岩棚の奥の窪(くぼ)みに、乾いた落ち葉を敷き、まだ温かみの残る亡屍(なきがら)をそこに隠した。

千賀子は浴衣の身じまいを正し、草の蔓(つる)で裾(すそ)をきつく縛っていた。その身体を、ダウンジャケットでくるみ込むように覆(おお)う。そうしている間も、冷え切った山の夜気が厚く重く覆いかぶさってくるのを感じた。

母のかたわらに腰を落としてすわり込み、これといって何も考えられないまま、しばらく時を過ごした。再び岩を這い登る気力も、それどころか、ただ立ち上がるだけの気力も、自分のなかに残っていない気がした。

それでもやがて、彼はよろりと立ち上がった。ミハルのことが気がかりだった。千賀子の死を、子供が感じ取っていないわけがない。

瞑目(めいもく)し、断ち切るように短く名号を唱えると、亡骸に背を向けて崖(がけ)を上り始めた。来たときとは逆に下へ下へと闇を駆け下りながら、浄鑑は啜(すす)り泣いた。母の死は敗北ではなく、最後にとうとう自分自身に打ち克(か)った結果なのだろうか。たとえそうであっても、この衝撃と痛苦がほんの少しでも和らぐわけではなかった。

立ちはだかる枝を掻き分けながら行くうちに、あたりが微かに明るんでくるようだったが、薄らいだ雲を透かして月光が降ってくるのか、それとも夜明けが近づいているのかもわからなかった。

あらためて山に戻ったときに、母を置いた岩棚の正確な位置を突き止められるかどうか、ただそのことが心配でならなかった。

まわりに見覚えのある風景が現れ始めて、もう少しで林を出外れるというとき、一本の倒木に寄り添うように倒れているミハルを見つけた。

7

わけもなく胸が騒いで寝苦しいその夜、切れぎれの浅い眠りのなかで、久しぶりにミハルの夢を見た。

ああ、またこの夢だ、と夢のなかで悠人は思った。柩に似た箱に横たわって流れを下っていくのも、少しずつ箱のなかの水位が上がって息が苦しくなるのも、いつもと同じだった。箱は冷蔵庫で、閉じ込められたまま出られないのもわかっている。ミハルが来る前に、自分はこのまま死ぬのだということも。

いつもならそこで目が醒めるのに、その夜はそうはならなかった。夢はさらに続き、死んだ悠人は一種の遊離体のようなものになって箱から抜け出すと、暗い流れに乗ってどこまでも漂っていった。

このまま海まで行けば、ミハルに会える。死んだ者たちの夢は、海でひとつになるのだから。そう思って目を凝らすと、はるか遠くに小さい姿がポツンと立っているのが見えた。

ミハル！

呼びかけながら、まっしぐらに近づいていった。悠人が腕を差し伸べると、ミハルもこちらに向かって腕を伸ばした。夢中で抱きしめる。その身体は、こんなに小さいのかと悲しくなるほど小さくて、悠人の胸のなかにすっぽりと収まってしまう。

お父さん――。

ミハルが言った。

驚いて顔を覗き込んだ。彼が抱いているのは、ミハルではなかった。あまりにも幼く、弱々しい男の子。律子の腹から、とうとう生まれ出ることのなかった赤ん坊なのだった。

お父さん――。

無心な顔でまた呼ばれて、悠人の胸は詰まった。せめて応えてやりたかったが、この子の名前を知らない。自分の息子の名前を知らない。

笑いかけてくる子を、どうすることもできず無言のまま抱きしめていた。そうしているとまたいつのまにか、その子がやっぱりミハルであるような、なんとも不思議な混乱が沸き起こってくるのだった。

目が覚めると、カーテンの隙間から、白みかけた空が見えた。自分の部屋の独りの床に横たわっている。

両腕に、抱きかかえていた子供の感触がはっきり残っていた。衝撃的な夢だった。まるで、ミハルが律子の、つまり律子と自分との、死なせてしまった赤ん坊だとでもいうような。悠人は混乱し、夢の細部を少しでも思い出そうと目を閉じた。

妹なのか――。

どういう脈絡でか、突拍子もなくそう思った。

鼓動が早くなった。弾かれたように半身を起こす。

迂闊だった。なぜ気付かなかったのだろう。父と心中したのはナミという女だと、多摩雄から聞かされていたのに。仮名書きか、何か漢字を当てるのかは知らないが、ともかくナミ。そして父が波留雄。それぞれの名から音をとって、我が子に名付けたのではないだろうか、ミハルと――。

そこまで一気に考えた。それから急に馬鹿ばかしくなった。語呂合わせのパズルじゃあるまいし。こんなことにいちいちかかずらっていては、それこそきりがない。

少し落ち着いて、頭のなかで数えてみる。六年前のあのとき、ミハルは五歳。父が事件を起こしたのは、悠人が高専の二年のときだから、今から——十一年前。

数字はぴたりと合う。

考えすぎだ、俺はどうかしている。悠人は両手を強く額に押し当てた。単なる偶然に無理やり意味を見出そうとしている。父と愛し合いながら、夫との間に子が生まれた、それを苦にして二人は死を選んだと、祖父も言っていたではないか——。

8

浄鑑が再び農具小屋の戸を開けたときには朝日はとうに昇りきっていて、物のかたちをはっきり見分けることができた。

庫裏で眠っているミハルが、今にも目を覚ますかもしれないと思うと気が気ではなかったが、これだけは放置しておくわけにはいかない。ともすると浮き足立つ気持ちをねじ伏せて黙々と作業を行った。

持参した古めかしい柳行李に、拾い集めた綿本浩次の死体を詰めた。さらにその上に血染めの寝具を巻きつけてロープで縛る。その大きな荷物をいったん墓地の裏手まで担ぎ下ろして、斜面に密生する熊笹のなかに隠した。

すぐにまた小屋にとって返し、他の細ごました生活用品を三つのゴミ用ポリ袋にまとめた。小川の水をバケツに汲んで、大雑把にではあるが壁や梁に飛び散った血痕を拭い取り、大量の血を吸ったはずの床土の上にも何度も水を撒いた。

戸を閉める前に振り返って最後の点検をした。時間とともに濡れた床が乾き、今はまだ生々しいこの臭気が薄らげば、少なくとも一見しただけでは異常を感じない状態にはなるはずだった。

ポリ袋や灯油タンクを、ロープで括り合わせて振り分け荷物のように両肩にかけ、ストーブと掃除道具を両手に提げた滑稽な姿で、浄鑑は坂を下った。

庫裏に戻って、運んできたものを物置に隠した後、しばらくミハルの床のそばについて様子を観察した。

相変わらずこんこんと眠り続けている。名を呼んでも、肩を揺すっても反応がない。だが手の甲をつねってみると、微かにではあるが眉をしかめる。

これといった変化がないのを確かめてから、浄鑑はもう一度外に出た。

シャベルとツルハシを手にして墓地の裏に回り、歳月に侵食されて欠けたり傾いたりしている無縁仏の墓石群のはずれに、穴を掘り始めた。

変わり果てた男を行李ごと土中に埋めた。

いずれ香華を手向けて、しきたりにのっとった勤行を、と思いながら、土に汚れた作業服のまま合掌する。

解いた布団は再び固く縛って、物置の他の物の上に置いた。これらの物も早急に処分しなければならないが、今はその余裕がない。

それだけのことをしてから、さらに浄鑑は何軒かの主だった檀家に電話をかけて、急な用事ができたためにしばらく月参りを休む旨を伝えた。

身体を洗い、衣帯を身に着けてから枕元に戻ったときも、ミハルの状態に変わりはなかった。時たま目蓋の下で激しく眼球が動くほかは、熱もなく、呼吸も脈拍もしっかりしている。

眠っている顔は無防備で、三、四歳の幼児のようにあどけなかった。よくできた人形みたいなその顔を見つめながら、しかし浄鑑は、胸中に膨れ上がる不安を抑えることができなかった。

猫が死んだときに似ている。あのときもこの子は眠り続けた。ただ、眠りはもっと浅く、始終苦しげに猫の名を呼び続けていたのだったが。

理不尽な厄災は母の死をもって終わったと考えるのは、甘いのかもしれない。かといって自分に何ができるというのか――。

魔を折伏（しゃくぶく）するために護摩を焚（た）き、真言を唱え、印（いん）を結ぶというような密教的な所作は、浄鑑の身についた教理のうちにはなかった。魔も、霊魂も、認めないというよりはむしろ、思考が及ばないがゆえに思考の埒外（らちがい）に置こうとする。そんな顕教の理念が彼の血肉であり、自身の非力を知ることが彼の本能だった。

浄鑑はただそこに座し、それ以上無駄な考えを巡らせることをやめた。冷たい恐怖が湧（わ）き上がってきたときは逆らわず身をまかせ、それが自然に治まるのを待った。

9

朝、いつもどおり出社して、とりあえず机のパソコンを立ち上げたが、悠人は何をしても身が入らなかった。馬鹿げたことに動転している自分を滑稽に思う一方で、その馬鹿げた考えを完全に否定しきることが、どうしてもできなかった。

午前中は外せない会議もあり、なんとか乗り切ったものの、二時ごろには我慢ができなくなって、行く先も告げずにオフィスを出た。ともかく祖父に会って、もう一度詳しく父の情死の事情を訊（き）こうと思った。

電車に乗っても歩いても、ぴりぴりと神経の震える苛立ちは治まらなかった。それどころか、当のミハルの身に今の今、何かよくないことが起こっているのではないかという漠然とした不安が、しだいに高まってくるのだった。

アパートの階段を上がって、まず律子の部屋のドアを開いたのは、習慣のせいでもあったが、女の顔を見れば少しは気持ちが落ち着くと思ったからだ。手渡すはずの指輪のことが頭をかすめた。クリスマスイブは明後日に迫っていた。

けれども律子は不在だった。考えてみれば、週末でもない日のこんな時間にここに来るのははじめてだった。

そのまま隣の多摩雄のドアを叩いた。鍵がかかっていなかったので、返事も待たずに踏み込むと、足元に見慣れた女物のサンダルが並んでいた。

なんだ、律子はこっちにいたのか、と納得して自分も靴を脱いだ。

部屋は暖かく、こざっぱりと片付き、万年床も畳んであった。掃除のついでに多摩雄の入浴を手伝ってやっているらしく、風呂場から水音と「もうちょっと頭下げて」「お湯かけるよ」などと言う律子の声が聞こえた。

仕方なく待つことにして、卓袱台に肘をついた。

五分、十分と過ぎたが、祖父はなかなか出てこなかった。

途中で一度流しのところへ行き、伏せてあったコップで水を飲んだ。妹なのかどうかと自問し続ける一方で、わけのわからない胸騒ぎが刻々と強まってくる。

いつのまにか風呂場の水音は静まって、なかで、何かぼそぼそとつぶやく声がしていた。

悠人は、ついにしびれを切らして立ち上がった。

声をかけようと、湯気に曇ったガラス戸に顔を近付けたとき、

「おじいちゃんたら、いっつも、そんなこと」

と困ったように律子が言うのが聞こえた。

何かが、悠人に動きを止めさせた。息を詰めて耳を澄ます。

祖父が鼻にかかった声で、何ごとかしきりにねだっている。

「ちょっとだけ、な、拝むだけだ、ほんとに元気がでるんだ、頼む、これこのとおり、先の短い年寄りを哀れと思って」

律子の声は聞こえない。

ピタンと湯の揺れる音。

「ほう――、ほお、ほおう、き、綺麗だなあ、律子ちゃんのは綺麗だ」

しばらく老人の掠れた息の音だけがした。それから律子が、子供をあやす優しい調子で言った。

「ね、これで元気でた？　もう、いいでしょ。いつまでも浸かってると、のぼせちゃうよ」

「もうちょっとだけ、今日で終わりにするから、な、冥土の土産に――」

引きちぎらんばかりの勢いで戸を引き開けた。

狭苦しい洗い場から、湯気と湯のにおいが溢れ出てくる。スカートを尻までからげ上げた律子が、湯船のふちにまたがって、多摩雄の目の前で大きく腿を開いていた。

「待って、悠ちゃん！」

すがり付いてくる女を風呂場の外に弾き飛ばした。

「ごめんなさい、ああ、あたし、ごめんなさい」

卓袱台の角にぶつかった額を押さえながら許しを乞う女を無視して、湯のなかで縮み上がっている年寄りを引きずり出そうと覆い被さった。裸の身体は掴みどころがなく、濡れてつるつる滑った。多摩雄は手足をばたつかせてけたたましい叫び声を上げた。悠人は飛沫をまともに浴びながら、ほとんど骨の太さしかない両足首を鷲掴みにした。力任せに引っ張る。腰が持ち上がった反動で老人の頭が湯のなかに沈み、その間だけ悲鳴が途切れた。そのまま洗い場に引きずり出した。ゴッ、ゴッ、と頭骨が湯船の縁やタイルにぶつかり、干からびた無花果のような性器が揺れた。そのまま畳の上まで引っ張ってくる。

「やめて、やめてよ！　お願い、乱暴しないで、おじいちゃんが悪いんじゃないの！」

律子が背中に組み付いて、金切り声で喚いた。

「悠ちゃん、聞いて！　あたしのせいなの、おじいちゃんの顔見てたら、ちょっとからかってみたくなったの、謝るから、謝るから、乱暴しないで！」

絡みつく女を身を捩って振り払い、あばらの浮いた多摩雄の胸に馬乗りになって首を絞めにかかった。殺してやる、殺してやる、殺してやる、それしか考えられない。老人は飛び出さんばかりに眼球を剥き出し、口角に唾液の泡を溜めている。その多摩雄の全身がコエを発していた。意味も成さない露わなコエの塊が、祖父の血管から彼の血管へと直接流れ込んでくる。逆らいがたい快感が、悠人を忘我の昂奮に引きさらっていった。

「悠ちゃん」変に気の抜けた女の声がした。「あたし、死ぬから」

機械的に声の方に顔を向けた。そのまま凍りついた。

流しを背にして立った律子が、両手に握った文化包丁を自分の喉元に向けていた。唇まで蒼白の顔に大きく目を見張り、口元には緊張のあまり不自然なニヤニヤ笑いを浮かべている。

包丁の切っ先が震えて、一滴の血が丸く膨れ上がった。白い喉を赤い筋がつぅっと伝い落ちる。

悠人は魅入られたようにただ眺めていた。

——もうすぐ、ミハルが俺を呼ぶ。

ふと、そんな気がした。そのときが最初だった。

「律子ちゃん、よう、わしの服はどこだ、なあ、服を着せてくれよぉ」

惨めったらしい掠れ声で多摩雄が訴えた。

我に返った悠人は、自分がまだ老人に馬乗りになっていることに気付いて、首から手を外し、律子を見据えながら、そろそろと多摩雄から離れた。

「こんな素っ裸をさらしていては、情けのうて涙が出るわ、なあ、律子ちゃんよう」

多摩雄は起き上がろうともせず、泣き声を上げながら、恥じ入るように両腕で前を隠した。脇腹にも肩にも、夏の湿疹の痕が醜く残っている。

律子の頬がピクリと動いた。目が一瞬だけ、部屋の隅に畳まれた衣類の方に動く。それだけで呪縛がとけ、その場の空気に隙が生まれた。

「なあ、悠人。こんな腐れた年寄りを始末するのに、お前の手を汚すことはないぞ。ひと思いに死なせてくれるなら、いっそ礼を言いたいぐらいだがな、けど、ほうっておいても、わしはもう、なんぼも——」

言葉の途中で、多摩雄の目が虚ろになった。

先に口が開き、それからグボッと喉が鳴って、ひと塊の血が溢れ出した。

「キャーッ、おじいちゃん！」

「服を──、グッ、服を、着させろ」

自分自身の血に窒息しかけている祖父を、悠人はとっさの判断でうつ伏せにし、同時に頭のどこかでまた思った。

──もうすぐ、ミハルが俺を呼ぶ。

裸の老人は咳き込み、畳を掻きむしりながらさらに夥しい血を吐いた。

10

ときおり風の音が聞こえるほかは、庫裏の内は静まり返っていた。

午後の間ずっと、浄鑑は子供の枕辺についていた。三時ごろに一度、適量の湯冷ましを与えた。冷蔵庫のなかから救い出したあのときと同じように、口移しで少しずつ注ぐ液体は、眠っている子供の体内に抵抗もなく流れ込んでいった。

やがて睡魔が襲いかかってきた。振り払っても振り払っても、しつこい羽虫の群れのように舞い戻ってくる。夜の間、不眠不休で酷使した身体は、ともすると意識を手放してくずおれそうになる。

正座の姿勢をなんとか保ったまま、浄鑑は何度か短い眠りに落ち、眠りのなかでは決まって、母を残してきた夜の山林を駆け巡った。見覚えのある木立や岩や藪（やぶ）が、現れては消え、また現れては消えた。同じところをぐるぐる回っているとわかっているのに、どうすることもできないのだった。

〈ジョウ――ガン〉

凍えた幹の間を縫って、声が追いかけてくる。

〈ジョウ――ガン〉

走れば走るほど夜は密度を増し、皮膚に張り付いてくる暗闇（くらやみ）が重く粘った。黒いゴム管を潜（くぐ）り抜けるようにその闇のなかを走った。窒息感がしだいに耐えがたくなってくる。

〈ジョ――ウ――ガン〉

ピクッと喘（あえ）いで目を開いた。

ミハルは眠っていた。薄く開いた唇の間に小さな歯がのぞき、微（かす）かな寝息が聞こえた。妙なことに、子供の片腕が夜具の襟元から抜け出て、浄鑑の左手首を掴んでいた。確かな握力で、湿った手の平をぴたりと押し付けてくる。細く白いその腕だけが、眠り続ける子供とは別の意志を持つ生き物のようだ。

〈カアサンが戻ってくるよ、ジョウガン〉

摑まれた手首から滑らかに染み入ってくるものが、頭蓋の内側ではっきりと言葉になった。浄鑑は、子供の寝顔を注視しながらしばらく息を詰めていた。それから、最初に浮かんだ言葉を声にして低くつぶやいた。

「だが、母さんはミハルには捉まらない」

杉の梢から躍り出た瞬間の母がありありと見えた。浴衣の袖を翼のように開き、死に向かって決然と飛んだ母。

〈戻ってくる、ミハルが呼べば、戻ってくるよ〉

「ミハル、母さんを連れ戻すことは、母さんをもう一度死なせるのと同じことだぞ。いや、もっと悪い。二度目の死は、一度目よりもずっと悲惨なものになるだろうからな」

浄鑑の言葉に反応して、小さな手の平からドッと流れ込んでくるものがあった。暗い、荒々しい、意味もなさない思念のうねりが、一瞬のうちに彼の脳髄に達して轟音とともに炸裂した。気が遠くなった。ミハルが怒っている――。畳に倒れ伏す直前、子供の寝顔が苦しげに歪むのを見たような気がした。

浄鑑は母の弔いの場にいた。仏前に座し、七条袈裟に修多羅で隙もなく威儀を正して、三奉請を調声している。

奉請弥陀如来　入道場　散華楽
奉請釈迦如来　入道場　散華楽
奉請十方如来　入道場　散華楽

僧とも在家の衆ともつかない大勢の人々が後方に居並び、散——華——楽——、散華——楽——、と長く引きずる甘く哀しい旋律を唱和している。すると、あたりにえもいわれぬ薫香が漂い始める。声が揺らめき上っていく上空から、はらり、はらり、と曼荼羅華の花びらがほんとうに散り落ちてくる。

母の死は報われた。絶対慈悲のあの御方が、こうして母を受け入れた。髪にも袈裟にも雪のように花びらを浴びながら、浄鑑は気持ちが充たされるのを感じた。

軽やかな羽音とともに、極楽の美しい鳥たちが頭上を飛び交った。翼を波打たせるたびに心地よい微風が巻きおこり、花吹雪が柔らかく吹き流された。

なかの一羽がやがて群れを離れ、手を伸ばせば届くほどのところに、軽やかに舞い降りてきた。迦陵頻伽、すでに卵のなかから妙なる声音で真理を囀るといわれる妙音鳥。鳥は黒いつぶらな目でまじろぎもせず浄鑑を見つめる。そのときになって彼は、ウズラに似たその褐色の鳥の嘴が鋼鉄の刃のように鋭く、足爪が猛禽の鉤爪の形に尖っていることに気付く。

いつのまにか、あたりの様相がすっかり変わっている。

薫香も、散華も、しめやかに声明を唱える衆生も消え失せ、どことも言えない仄白い空間に、彼と迦陵頻伽だけが向かい合って浮かんでいる。浄鑑が見つめるうちに、鳥の喉が膨らんで震え、黒瑪瑙のようなその目からひと筋の涙がこぼれ落ちる。

〈呼ぶな、ミハル〉

迦陵頻伽に言う。

けれども鳥は、妙音鳥は、鋭い嘴を開き、暗い喉の奥から吐息に似た声をほとばしらせて、ひとつの名を呼ぶ。

〈ううぅ……、ゆううぅ……ゆうぅぅぅと〉

目を開くと、部屋は真っ暗だった。思考力が回復する前に、習慣の作用で立ち上がって電灯を点けた。小箪笥の上の時計は、七時四十分を指している。

しまった！　二時間余りも気を失っていたことになる。

ミハルがいない。上掛けがはがれた夜具は空っぽだった。シーツに触れてみたが、すっかり冷え切っている。素早く周囲の気配を窺うと、母もいない、ミハルもいない家の、がらんとした空白がいやでも身に迫った。

夢のなかで悠人を呼んだ鳥の声が、耳に焼き付いていた。浄鑑は我が身の不覚を悔いた。もう、取り返しがつかないのかもしれない。

11

救急車のなかで、律子が多摩雄の手を握っていた。酸素マスクをつけた祖父はすでに意識がなく、顔も手も鉛色だった。

何もしなくても事態が勝手にするすると進行していく。すべてに実感がなくて、事態と自分との間に透明なガラスがはさまっているような感じだった。

一時間後、集中治療室がある階のロビーで、疲れきった様子の若い医師から説明を聞いた。肝硬変の末期、食道静脈瘤破裂、出血性ショック。

非常に危険な状態と言われて、そうですか、と自動的に応じる。

もうすぐ呼ぶ。ミハルが呼ぶ。そのことしか考えられない。

「助からないの？　ねえ、死んじゃうの？」

律子が途方に暮れた様子で医師を見、悠人を見、また医師を見た。顔じゅうが涙にまみれてむくんでいる。医師は黙っていた。軽く会釈をすると、そのまま背を向けて足早に立ち去った。

悠人はさっきまですわっていた長椅子にまた腰を下ろした。

「もしじいさんが死んだら、俺が殺したようなもんだな」

そうつぶやく自分の乾いた声を聞いた。

「ちがうよ、悠ちゃん。あたしが、あんな……」

律子がすがり付いてくる。風呂場の湯気のなかに、翼を広げた白い鳥みたいにうずくまっていた女の肢体がチラッと目に浮かんだ。

「いいから、もう黙ってろ」

おじいちゃん、おじいちゃん、と律子はまた泣き始めた。

長椅子の真上の壁に丸い時計が掛かっていて、悠人は何度も首を捻じ曲げて時刻を確かめた。

まだか、まだなのか――。

廊下を行き交うナースのゴム底の靴音。ストレッチャーがぶつかり合うような金属音。

低い話し声。

膝に投げ出した手のどの指先もズキンズキンと脈打っていた。発熱の前触れみたいに鳥肌が立ったり引いたりした。

気持ちの収拾がつかなくなってくる。脳が脳自体をもてあまして膨れ上がっていくような感じだった。叫びだすとか、床をごろごろ転げまわるとか、何かそんなことを今にもしでかしてしまいそうだ。

このままコエがこなければ、自分はまちがいなく気が狂うだろうと悠人は思った。

じりじりと焼け崩れるように時間が過ぎた。泣き疲れた律子が、肩に力なくもたれかかっていた。

何度目かにまた時計を見上げたとき、悠人は、頭髪がすぅっと逆立つのを感じた。

来る――。

脳でも神経でも五官でもなく、血が最初にミハルのコエを聞いた。コエは血管に溢れかえって全身を巡り、悠人はほとんど仮死にも近い覚醒感に貫かれた。

時刻は七時四十分。

傍目にはただ、病人の付き添いらしい蒼ざめた青年が、長椅子にすわったままチラッと時刻を確かめてまたすぐ顔を伏せた、としか映らなかっただろう。律子だけが悠人のかたわらで異変を感じとり、不安に息を詰まらせた。

「悠ちゃん？」

律子を安心させるためにちょっと笑った。それから立ち上がろうとしたが、驚いたことに膝に力が入らなかった。

「どうしたの――、ねえ、悠ちゃん」

もう一度、何とか立とうとするとグラッと眩暈がした。

「どうしても、今すぐ行かなきゃならないところがある」

「え、今すぐって、だって、おじいちゃんが――」

「前々から決まっていたことだ、どうしても行く。頼む、手を貸してくれ。ちょっと、ふらふらするんだ」

悠人は椅子の背にいったんもたれなおして目を閉じ、深く息を吸った。まだ持続している。自分が自分自身であるというこの際立った感覚。ミハルが呼び覚ますこの完璧な単純。

女は半泣きの顔でなおもためらっていたが、それ以上は逆らわなかった。結局、正面玄関までの通路を、悠人に肩を貸して歩いた。

「じいさんを、頼む。もし死に目に会えたら、いろいろすまなかったと言っておいてくれ」

車寄せに待機していたタクシーに乗り込むときに、手を握り締めて言った。

だが女は応じなかった。一緒に乗り込もうとする律子と、そうはさせまいとする悠人との間で小競(こぜ)り合(あ)いが起きた。律子は声もなく、狂ったように身体(からだ)を押し付けてきた。殴りつけてでも振り切らなかったのはなぜだったろう。気が付くと、律子を腕にしがみつかせたまま、加速する車のシートにぐったりもたれかかっていた。

「お客さん、すぐ高速乗っていいんだね？」

運転手が間の抜けた声でたずねた。

何度も信号で停まりながら都心を走り抜ける間、悠人は赤や緑に明滅するクリスマスのイルミネーションを眺めていた。気持ちに揺るぎはなかった。恐れもとまどいもなく、何かを考える必要さえなかった。長い年月焦(こ)がれ続けた運命のなかにいる。

それなのにどうしてか彼は、肩にすがりついている律子に今、だいじょうぶよ、何もかもだいじょうぶよ、といつもの柔らかい声で囁(ささや)きかけてほしい気がするのだった。

第7章　南無阿弥陀仏

1

　昨夜とちがって、雲を透かしてぼんやり月影が認められたが、林のなかはやはり暗かった。ときおり寒風が吹き降ろしてくる。

浄鑑は黒衣(こくえ)に袈裟(けさ)をかけ、足には古い登山靴という奇異ないでたちだった。両袖(りょうそで)を石帯に挟み込み、活発に裾(すそ)をさばいて早足で歩いている。

ミハルは、千賀子の絶命した場所に向かったにちがいない。それがわかってはいても、心配したとおり、浄鑑にはその場所を見つけ出すことが容易ではなかった。昨夜は、考えるよりも先にただもう闇雲(やみくも)に駆け上ったのだったが、今、上方に分け入る道筋は無限にあるように思えた。

行ったり、戻ったりしながら、記憶にある地形や繁(しげ)みを探したが、まるで何者かの意志に阻(はば)まれてでもいるかのように、あの涸(か)れ沢の端にさえ行き着けなかった。

歩き始めて三時間余り、すでに真夜中に近い時刻だった。

どんな手段を講じても、もう押しとどめることはできない。そう思うと無力感が込み上げたが、それでも行かなければならない。

影と影が重なり合うこの闇のなかで、せめてミハルも迷っているのであればいい、と浄鑑は願った。靴もサンダルも残されていたから、ミハルはまた裸足(はだし)でさまよい出たようだった。たとえ子供が、その特殊な能力によって行くべき地点を苦もなく探り当てることができたとしても、裸足で、しかも丸一日食べ物を口にしていない身体(からだ)で、果たしてどこまで行けるだろう。今頃はもう、昨夜同様どこかに行き倒れているのかもしれない。

自身を叱咤(しった)してさらに探索を続けたが、疲労はとうに限界に達していた。油断なくあたりに目を配っているつもりでも、歩きながらときどき意識が途切れた。

一時間ほどたったころ、浄鑑はいっときの休息を求めて、地面に張り出した太い木の根に腰を下ろした。飲み水さえ持たずに来たことを悔やみながら、たちまち眠り込みそうになる。いや、実際に五分かそこら眠ったのだろう、物音を聞きつけてハッと目が覚めた。

下手から誰か来る。

木の間越しにチラリと見ただけで、浄鑑にはそれが工藤悠人だとわかった。そのまま登れば浄鑑の位置からは遠ざかっていくと思えるルートを、迷いのない大股で進んでいく。

弾かれたように立ち上がり、間に挟まる林を掻き分けて近付いていった。派手な音を立てて枝が折れたが、悠人は振り向きもしなければ、立ち止まりもしなかった。

追いついて、後ろから肩を強く捉えた。

「久しぶりだな」

引きもどされた反動でよろけたものの、悠人は無言だった。

時の流れがその顔から、浄鑑の記憶にある繊細な好青年の面影を奪い去っていた。額も頬も引き締まり、眉根のあたりには、ある種の荒んだ頑迷さが滲み出ている。今は、しかしそこに、極端な集中がもたらす、恍惚とも放心ともとれる表情がはりついていた。

「また、呼ばれた、というわけだな？」

「ほっといてくれ」

ほとんど口も動かさずに言って、腕を振りほどこうとする。なんとか取り押さえておこうと浄鑑も力を加えたので、揉み合うかたちになった。

「早まるな、落ち着け。ミハルに何が起きたか、状況を知っておいた方がいい」

ミハルの名が出た途端、悠人は動きを止めた。摑んでいた浄鑑の腕を離し、束の間ためらってから、低い、思い詰めた声で意外なことをたずねた。

「妹なのか、あの子は、俺の異母妹なのか？」

「異母妹？」驚いて聞き返した。「なぜ、そう思うんだ？」

「いいから答えてくれ。あの子が俺の妹なのかどうか、あんたなら知っているだろう。俺に、あんな手の込んだ嘘をついてまで、あの子を自分の手元で育てたんだからな」

最後の方は、強い怒りの色を浮かべて吐き捨てるように言う。歯を剥き、頬を引き攣らせた顔は、そのときだけひどく人間くさく見えた。

「あんたに嘘をついたことを、あやまるつもりはない」

正面から見つめ返すと、憤怒の表情は浮かんだときと同じくあっけなく消えて、青年の顔はすぐにまた、魂を奪われた者の恍惚に覆われた。

「さっきの質問だが、ミハルがあんたの異母妹かどうか、わたしは知らない」

嘘ではなかった。浄鑑が知り得たミハルの生い立ちのなかに、悠人との血の繋がりを示唆する情報は含まれていない。

それにしても考えてみれば、生い立ちにしろ他のことにしろ、二人は互いのことを何ひとつとして知らないのだった。それどころか子供にいたっては、悠人が悠人であるというそのことさえも、はっきりとは意識していないようにも見える。それで充分、というわけか。知らなくても知っている、知る必要もなく知っていると。まるで浄鑑自身の仏への想(おも)いさながら、知るという言葉が生まれるはるか以前から知っていて、命の瀬戸際(せとぎわ)にこうして迷わず彼を呼ぶのか。

「しかし、妹であろうがなかろうが、今さらそれでどうということもないだろう。あんたとあの子は、血縁などまったく及びもつかない絆(きずな)で、はじめから結びつけられているんだからな」

　思ったままを口にした。

「はじめから——結びつけられている——」

　きっとその言い方が気に入ったのだろう、鸚鵡返(おうむがえ)しにつぶやく悠人の口元に仄(ほの)かな笑みが浮かんだ。

「はじめって、なんのはじめだ」

「さあな、あんたとミハルが出会う以前のはじめ、いやそれどころか二人がこの世に生まれ出る以前のはじめとでもいうかな。なぜそうなのかは、わたしはもちろん、あんた自身にもわかるまいよ」

　悠人は微笑の消え残る顔で何か考えていた。が、すぐにその目が冴(さ)えざえとした焦点を結んだ。

「そうだな——、あんたの言うとおりだ。もう、どっちでもいいな」

彼は吹っ切るように身体の向きを変えると、獣じみた身軽さで斜面を登りはじめた。足取りに迷いはなく、まるで木立の間に、たどるべき道がくっきりと見えているかのようだ。

遅れまいと続く浄鑑は、前を行く背中に向かって必要なことを手短に話した。千賀子の死。それに対するミハルの反応。さかのぼって、老いた猫の死に際して起こった幾つかの説明のつかない事象。

黙々と歩き続ける青年が、それらの言葉のどれほどを理解したか定かではないが、言わずにはいられなかった。

「ミハルの精神状態が心配だ。実の母親以上の存在を、突然亡くしたわけだからな。取り返しのつかないことが起こりそうな気がする。あんたがここに来たのが、その何よりの証拠だ」

ミハルが呼び、悠人が来た。この道の先で、ミハルは今か今かと悠人を待っている。

漠然とではあるが、浄鑑は理解し始めていた。肉体から滑り出た千賀子を呼び戻すために、ミハルには、どうしても悠人の力が必要なのだ。肉を持たない霊魂など、ほんとうに存在するのかどうかは別として——。

もしかすると、工藤悠人というこのひとりの青年にすべてがかかっているのかもしれない、とそのとき浄鑑は思った。ミハルが望みさえすれば悠人はきっと、どんな冷蔵庫のなかからでも、何度でも、ミハルを救い出すだろう。悠人はいわばミハルの命綱だ。ミハルが母を引き戻し、そのミハルを悠人が引き戻す、そういう構図であるとするなら、悠人の力はミハルを超えていると言えないだろうか。

「いいか、これを止められるのはあんたしかいない。あの子を正気にもどしてくれ。わかるな」

子供の成長とともに、その力もはかり知れないほどに強まっている。もしミハルが、自分にできると信じ込んでいることを、ほんとうに成し遂げてしまったら、今目の前にあるこの世界の秩序は、手ひどく破壊されるだろう。

「おい、あんた、聞いているのか。どんなことがあっても、絶対に、あの子の力に巻き込まれるんじゃないぞ」

悠人が足を止め、くるりと振り返った。何か言い返してくるのかと身構えたが、そうではなく、曖昧な不安を浮かべた視線は、浄鑑の肩越しに後方の林を透かし見た。それから、ひとつ息を吐いて意外なことを言った。

「女がついてきている。道に迷ったかもしれないから、あとで面倒を見てやってくれないか」

「女？　どういうことだ、途中ではぐれたのか」

「足手まといだから振り切ってきた」

伝えたことで気が済んだのか、悠人はそれからは一度も振り返らず先を急いだ。乱れのない歩調に合わせてセーターの肩が揺れる。

浄鑑は、ひたすら遅れまいとその後について歩いた。

言いたいこと、訊きたいことは幾らもあったが、口をきいている余裕はもうなかった。悲鳴を上げる筋肉を意志の力でねじ伏せて、機械的に前へ前へと身体を押し出す。手足の感覚が徐々になくなってくる。

山ふところの奥に向かって登り続けているはずなのに、何か暗く厚い層をなすものの、底へ底へと降って行くような心地がした。あたりの森林が、しだいに異様な様相を顕してくる。もし今まわりを見回せば、そこに木立でも林でもない、あり得るはずのない光景が展けている気がしてならなかった。

悠人の靴が捉えた足がかりを、自分もまた踏みしめながら、彼は足元のひとつの石ころ、一筋の木の根だけを見つめて歩き続けた。

どれほどの時間が過ぎたのか。

いつのまにか地面の傾斜が緩やかになって、左手に涸れ沢が落ち込んでいる、そのほとりを浄鑑は歩いていた。記憶どおりの風景のなかだった。見覚えのある大きな落石をよけ、低木の茂みを潜り抜けると、前方に黒い塊となって立ち並ぶ杉の一群が現れた。

その根方に、小さな後姿を見せてミハルが立っていた。

2

まるで目には見えない結界がめぐらされているかのように、二人は十メートルほど手前で自然に足を止めた。

浄鑑には、かたわらに立つ悠人の慄きがありありと感じ取れた。蒼白く闇に浮かぶその顔は今、あからさまな歓びを湛えて無防備にほどけ、ミハルを、彼の迦陵頻伽を、一心に見つめている。

ミハルは振り向かなかった。裸足に、寝床から抜け出たままの白いパジャマ、その姿全体が銀色の微光にぼうっと包まれている。

夜の静寂の底で、時間だけがじりじりと過ぎていった。まわりの何もかもが静止したまま、小枝ひとつ動かない。それにもかかわらず浄鑑は、何か目に見えないものの激しい流れが、あたり一帯に渦巻いているのを感じた。

〈カアサンがいる〉

いきなり耳の内側に声が響いた。驚いて見ると、子供は片手を上げて杉木立の方を指差している。浄鑑の背筋を悪寒が走り抜けた。

〈何を言う、母さんは死んだんだ〉

厳しく諭しながらも、思わず目を凝らして、幹の間の闇を透かし見ずにいられなかった。林床にはびこる地虫や地衣類の湿ったにおいが、急に濃く鼻についた。

〈そこにいる。ほら波打ち際に、向こうを向いて立っている〉

彼はさらに目を細めて、複雑な陰が入り組む木下闇を凝視した。こめかみに脂汗が滲み出てくる。母さん——。

けれどもどのように視線を集中させてみても、浄鑑にはついに母の姿が見えなかった。頭を強くひと振りして迷いを払った。身を裂くような悲しみに歯を食いしばりながら、そこに、ほんの数メートル沢に下った岩棚に、冷え切った亡骸となって横たわる母だけを思った。

〈ミハル、いいから一緒に家に帰ろう。さあ、馬鹿なことはやめて〉

子供の方に一歩踏み出そうとして、身体がその場に根付いたように動けないことを知った。腕だけがむなしく空をかいた。

〈カアサンも連れて帰る。カアサンは怪我をしている〉

〈やめろ、ミハル——頼むから——〉

自分が実際に言葉をしゃべっているのか、それとも単にしゃべったつもりになっているだけなのか、はっきりしなかった。思いが声のように、声が思いのように宙空を飛び交った。

〈母さんをそのままそっとしておくんだ。呼んでは、いけない〉

子供はなぜ、ただ立っているのか、目の前に母がいると言うのなら、なぜ今すぐ呼び戻そうとしないのか。そんな疑問がチラリと浄鑑の頭を掠めた。

それを見透かしたかのように、言葉が流れ込んでくる。

〈もうすぐ、呼ぶよ。カアサンがちょっとでもミハルを思い出したら、ちょっとでもこっちを向いたら——。もうすぐ、きっと、もうすぐ〉

子供の言おうとすることが、正確に理解できたわけではなかったが、どこか苦しげな言い訳めいたものが感じられた。少なくとも母が、クマのように簡単には捉えられないらしいことはわかった。つまり、あくまでも子供の妄想のなかで、という意味だが。

それにしても恐ろしい。生と死のかたちを捻じ曲げてまでも、自分の妄想を現実化しようとするこの力。この子の幼い精神には、存在の理法も自然の摂理も根付かない。子供は、自分自身の願望しか信じない。願望の上に築き上げた、いびつな妄想世界を生きようとする。そこでは、愛する者は死んではならないのだ。まるで無邪気なごっこ遊びのなかでのように。

幼子の心と、この有無をいわせぬ力。このままでは、自分も、悠人も、夜も、山も、何もかもが、ミハルのごっこ遊びに巻き込まれてしまう。

しかし——、と浄鑑は懸命に考えを巡らせた。妄想である以上は、外からの働きかけにまったく無反応ということはないはずだ。さっきふと見せたあの言い訳がましい調子。子供が今まで母を捉えられずにいるのは、ひょっとすると、昼間自分が言った言葉に、少しは影響されているからではないのか。母さんはミハルには捉まらない、と自分はミハルに言った。

自分の言葉が子供の妄想の些細な綻びに触れて、その綻びを押し広げるということはあるかもしれない。母同様この自分も、ミハルにとってなくてはならない人間なのだから。

藁にもすがる思いだが、それに賭けてみるしかなかった。

〈ミハル、よく聞きなさい。母さんはもう、戻って来たくないんだ〉

反応をうかがいながら、さらに続ける。

〈命が終わったら阿弥陀仏に迎え入れられる、そのことを、母さんはとても強く願ってい

た。ミハルも知っているだろう？〉

どこからともなく打ち寄せる波が、子供の足元をひたひたと洗っていた。

気がつくと、周囲の林のなかに暗い海原が果てしなく膨れ上がって、液化した闇のような海水が、木々の間で音もなく波立っているのだった。

〈カアサンが行ってしまう〉

ミハルの背中が泣いていた。すでに水中に没した両脚が、半透明の布切れみたいに頼りなく揺らいでいる。

浄鑑は慎重に次の言葉を探した。妄想に修正を加えるための鋭利な言葉を、妄想そのもののなかに見つけ出そうと思いを凝らした。

〈ミハル、母さんを呼び戻すことは、絶対にできないよ。なぜかというと、どんなに待っても、母さんはもう、二度とミハルを思い出さないし、二度と、後ろを振り向かないからだ〉

一語一語を、明確に区切って投げかけた。

〈ちがう、――カアサンはちがう！〉

傷付いた子供が叫ぶと、その身体（からだ）がぼっと青く光った。

そのとたん、身じろぎもせず凍り付いていた悠人が、前のめりに一歩足を踏み出した。

浄鑑はとっさに腕を伸ばして、その左手首を摑んだ。よろめいた身体を素早く立て直すと、空いた方の片腕で、本能的にかたわらの樫の若木の幹を抱いた。

泡立つ闇の海が、四方から這い寄ってくる。

浄鑑と悠人の周囲には、まだわずかばかりの乾いた土が残されていたが、ミハルの身体はもう肩の下あたりまで沈んでいた。

と、なぜそうなったのか、前方に悠人の後姿が見えた。夜光虫のような微光を放ちながら、水の抵抗をものともしない確かな足取りで、ミハルに近づいていく。

驚いて目をもどすと、浄鑑の右手が捉えている方の悠人は彫像と化したかのように動かず、変わらない恍惚の表情を浮かべて静まり返っている。浄鑑の視線は、捉えている悠人と逃れていく悠人の間を何度もさまよった。

ミハルは弱々しくもがいていた。両方の肩も沈み、髪が扇のように広がって水面に浮いている。それはもうはっきりと溺れかけている者の姿だった。

その間にも悠人の分身は歩を進め、ミハルに接近するにつれて腰から背、背から肩へと海中に身体を沈めていった。

〈行くな！〉

強く念を送ったが、暗い波間に一陣の飛沫が上がっただけだった。すぐそばで動かないもうひとりの悠人が、見えているのかどうかもわからない目で、水没していく自分を見つめていた。

　数秒後、黒い海は二人をのみこんで跡形もなくその水面を閉じた。

3

　数歩先を行く子供に付きしたがって、悠人はゆらゆらと海底を歩いた。

　そこは静まり返った場所だった。目蓋を開いても閉ざしても、同じ光景が見えた。緩やかなうねりにのって、暗闇のなかでしか見えないものたちが二人のまわりを漂い流れていった。悠人はそれらのどれをも、美しいとも、おぞましいとも感じなかった。

　もう何日も、何ヶ月も、何年も、悠人はこうしてミハルの後ろを歩き続けてきたような気がした。

〈俺たちはどこへ行くんだ、ミハル〉

　どこへも行き着かないまま、いつまでもこうしていたかった。

〈追いつくところまで〉

〈どこで追いつくんだ？〉

答えはなかったが、ミハルがカアサンのことを思っているのが、悠人にはわかった。抱いてくれる腕の温かさや、お粥をひと匙ずつ食べさせてくれながら一緒になって口を開けていた顔や、授業参観のときに、若い母親たちのなかでひとりだけ輝いていた銀色の髪のことを、思い出している——。

カアサンを捜して、一緒にどこまでも行こう。

そう言おうとしたとき、悠人はふと微かな違和感を覚えた。水圧か、水温か、何かが微妙に変化したせいで、海水が全身にはりつき、皮膚の内側にまで少しずつ浸入してくる心地がした。果てしない闇の海を漂っているはずなのに、まるで、いつも夢に見るあの柩のような、冷蔵庫のような狭苦しい箱のなかに閉じ込められているみたいだ。

最後に見た夢を、悠人は妙にくっきりと思い出した。ミハルがいつのまにか、流してしまった赤ん坊になって、自分はその子を両腕に抱き締めたのだった。お父さん、と呼んだ細い声。この海のどこかに、あの子もいるのだろうか。

いつの間にか二人は、徐々に激しさを増すひとつの海流に捉えられていて、どこへとも知れず運ばれて行った。

ミハルは苦しそうに両腕を突き出していた。海水が吸い寄せられていくはるか向こうは、開いたトンネルか空洞の口のように見えた。

あのなかにまでは行かせたくない、あそこに流れ着く前に振り向かせたい、と悠人は思った。けれども彼もミハルも、冷たい潮流の拘束から逃れられないままに、たちまちその地点を通過して、さらに深みへ深みへと流されていった。

どこまで行っても、行く手に見えるのはぽっかり開いた虚ろな穴の口だった。

〈カアサン――〉

白いパジャマの背中が海水になぶられて震えた。

迷子になった幼児のような怯えが、まざまざと悠人にも伝わってきた。カアサンがいない。カアサンは待っていてはくれなかった。探せば探すほど、どこにもいない人の不在感だけが膨れ上がる。あんなに優しい人など、はじめからいなかったのではないかとさえ思えてくる。それでもまだ、追って行こうとしている。

遅すぎたのではないかと悠人は危ぶんだ。きっともうカアサンには追いつけない。吸い寄せられた海が雪崩れ落ちていくあの空っぽの穴に、ミハルのカアサンも落ちていったのだ。

間に合ううちに早く戻らなければ、ミハルを振り向かせて、すぐにここから連れ出さなければ――。

どこで始まりどこで終わるとも知れない海原が夜の林に満ち、闇のなかで闇を吸ってひたひたと揺れていた。

浄鑑は左手で樫の幹を、右手で悠人の手首を捉えて立ち、口のなかで低く無量寿経を唱えていた。膝のあたりまで海水が上がってきているが、我が身が濡れているという感触はなく、黒衣の裾も揺らぎもしない。

悠人は相変わらずピクリとも動かなかった。しかし、その身体はなぜか刻一刻と重力を増し、捉えている腕を容赦なく引き絞った。まるで等身大の石像を支えているようだ。腕だけではなく、浄鑑の全身の筋肉が凝り固まったままとっくに痺れていた。右手に引っ張られて、すがりついている若木の幹もたわんだ。

手を離せばどうなるかは考えたくもなかった。悠人がやがてはこの身体に戻ってくることを信じて、ともかく引き留めておくしかない。

投げかけた言葉が何をどう変えたのかはわからないが、ミハルの妄想は、現にこうして浄鑑を閉じ込めている。まわりでのたうっているのは、冷蔵庫のなかで子供を溺れさせたであろうその暗黒の海なのだった。この妄想のなかで、もしミハルが母を捕まえてしまえば、猫のとき以上に現実が引き歪められるにちがいない。

彼は焦りを覚えた。これを終わらせるためには、自分だけでもこれから抜け出すより手がない。醒めなければ、覚醒して現実に還らなければ。たとえ、無数の妄想のうちの、自分にとってもっとも妥当なひとつを、勝手に現実と呼んでいるにすぎないとしても。

追い詰められた胸の内で、浄鑑は苦い自責の念とともに、阿弥陀と名付けられたあの理解を超えたもののことを思っていた。あのものへの思いに揺るぎがなければ、こんなことにはならなかったのではないか。

妄想と現実を隔てているのは、薄い、流動的な、一種の細胞膜のようなものでしかないはずだ。その薄膜を破るに足るだけの信さえ、自分は持ち合わせてはいないのか。信だけが、人と阿弥陀をつなぐ一脈の糸であるというのに。

その間にも、まるで浄鑑自身の疑念のように、黒い水銀様の水がじわじわと這い寄ってくる。幾つもの泡に砕けるさざ波が、両脚をゆっくりと沈めていく。

思っても思っても常に思いの彼方にあって決して届かないあのもの。消去法によってしか語れず、存在という語すら無効な、あのものとさえ言えないあのもの。そんなものを、心底信じるなどということが、そもそも人間にできるのだろうか！　たとえば一個のバクテリアに、銀河を信じろと言うようなものではないか。いや、それ以上に突拍子もない。

いっそ阿弥陀仏こそが、数ある妄想のうちの最たるものだと、そう考える方がどれだけたやすいか。

彼は言いようのない哀しみに目が眩み、一瞬、悠人も、自分自身も、何もかもを投げ出してしまいたくなった。

ミシリと肩が鳴った。

このとき浄鑑が辛うじて自制を取り戻したのは、引きちぎれんばかりの腕の痛みのせいだった。

こめかみから脂汗を滴らせながら、二度三度と深い呼吸を繰り返す。

それからまた、ぶつぶつと経を口ずさみ始める。

最後に彼は、今ここで自分にできるただひとつのことを、後から後から湧き上がってくる思考をすべて遮断することをした。幸い、耐え難い痛みがそれを助けてくれた。

経文を唱えては呻き、また唱えては呻いた。

何も考えてはいけない。何も考えてはいけないと考えてもいけない。

4

潮流の果てには常に、巨大な空洞が底知れない口を開けていたが、行っても行っても、その果ての穴に近づくことはなかった。

手足の力を抜き、身体を流れにまかせてはいても、悠人は内心焦りを感じていた。早く戻らなければ。一瞬の遅れが、取り返しのつかない結果を招くかもしれない。ミハルはまだ、カアサンをあきらめきれずにいるようだった。どこまでもどこまでも追って行きたいと思っている。子供の意志を無視して働きかければどうなるか、その不安が、悠人に二の足を踏ませた。

複雑によじれ合う流れが、二人の身体を少しずつ引き離していった。

〈ミハル！〉

たまりかねて背中に呼びかけたが、子供は応えなかった。脱力した小さな身体が、手足をだらりと開いたまま、果てへ果てへと向かう流れにさらわれていく。

もうこれ以上は待てない。悠人は肩で水を裂いてまっすぐ近づいていった。

〈ミハル、もう戻ろう〉

伸ばした手の先がもう少しで触れるというときに、子供は急に奇妙な動きを見せて海水を掻き、悠人から身をかわした。

〈ミハルに触らないで、ミハルはもう戻れない〉

苦しげな囁きに、思わず悠人をたじろがせるような拒絶が含まれている。

〈何を言うんだ、そんなことはない〉

そんなことはない、まだ間に合う。振り向かせることさえできたら、両腕で抱き寄せることさえできたら。自分はそのためにここに来たのだから。

〈ミハルはもう、ミハルじゃなくなっちゃった〉

笑っているような泣いているような、ゆらゆらしたコエ。死にかけた仔犬みたいに四肢が震えている。

〈カアサンは、アミダサマになった。このままミハルもそこへ行く〉

二人を繋ぎとめていた絆が、ふつっと切れた気がした。闇の流れがミハルだけを捉えて果てへと引きさらっていく。悠人との間に、見る間に距離が広がっていく。

〈だめだ、そんなのだめだ!〉

海水が、悠人の叫びをたちまちのみこみ、いっそう密度を増して全身に圧しかぶさってきた。溺死体のように流されていく子供は、すでに悠人の存在など忘れ果てたかに見えた。こんなになってもなお、悠人は最後のためらいを断ち切ることができなかった。

子供を引っさらうのはわけもないことだった。すぐさま追いついて、肩を摑んで振り向かせればいい。そのまま胸に抱き締めてしまえばいい。その瞬間、二人のまわりで、この闇の海は消え失せるだろう。

けれども、ミハルが望まないままにそれをすれば、何か想像もつかないダメージをミハル自身に与えてしまう気がどうしてもする。望まないカアサンをミハルが捉えられないように、望まないミハルを、悠人も捉えられないのだった。

彼は息もできないほどの胸の痛みを感じた。

遠ざかっていく姿をなす術もなく見つめながら、悲しみにひび割れた自分の心の全部を、小さな背中に向かって投げつけた。

〈ミ――ハ――ル――〉

子供の髪が黒い炎のように揺らめき立った。その身体は海流のなかでゆっくりと向きを変えたが、それは悠人に応えたというより、たとえば風向きが変わって木の葉がひるがえる、そんな種類の反応に過ぎなかった。子供にはもう、応じる力も抵抗する力も残ってはいないのだった。

ミハルの身体が回転してついにその顔が見えた瞬間、戦慄が悠人の背筋を走り抜けた。それが恐怖だと、すぐには気付かなかった。彼はただ身体のなかで何か激しい原始的な衝動が弾けるのを感じた。

おかっぱの髪が柔らかく揺れたが、そこに顔はなかった。艶やかな目と、愛らしい頬や唇があるべきところは空っぽの穴で、穴には液状の闇だけが湛えられていた。はるかな果てで待ち受けるあの空洞が、子供の顔に小さく口を開けたかのように見えた。

力ない身体は今、海底から生え出た藻のようにたゆたい、悠人を待ち受けていた。

激しく震えながらも、悠人は子供に近づこうと機械的に水を掻いた。彼は、抜け落ちてしまった顔から目を逸(そ)らすことができなかった。そこに溜(た)まった闇の表面が細かく波立っている。まるで、とろ火にかけた鍋(なべ)のなかの真っ黒なシチューみたいだ。

近づくにつれて、その鍋の底から、泡に似たものが次々と浮き上がってくるのが見えた。しばらく見つめているうちに彼は、それが幾百幾千もの人間の顔であることに気付いた。老いた顔や幼い顔、骨ばった男の顔や蒼白(あおじろ)い女の顔、笑っている顔、泣いている顔、表情のない顔。水になぶられて揺れる前髪の下に、無数の顔がうあうあとひしめき合って、子供の顔だった空間を蝕(むしば)んでいた。

入れかわり立ちかわり現れるそれらの顔のなかに、悠人はふと父を認めたと思った。口元に冷笑を浮かべたその顔は、他人に向けるような無関心な視線をいっとき悠人の上にとどめたが、すぐにまた顔の群れの背後に紛れ込んでいった。母もいた。母は悠人に気付きもしなかった。目も口も明けわたしてしまった皮一枚の顔が、他の顔たちの間でしばらく浮いたり沈んだりしていた。

悠人は叫んだが、叫びはかたちにならずにたちまち海水に溶けていった。捌(は)け口(ぐち)のない恐怖が冷たく沸騰(ふっとう)し、その底から灰色の粘土のような絶望が少しずつ現れ出てくる。

彼はそれでも子供に近づいていった。

間近まで達したとき、他の幾つもの顔をくぐり抜けてひとつの顔が湧き上がってきた。それは多摩雄だった。病み衰え、肝斑の浮いた祖父の顔は、しばらくの間動かずにとどまり、悲しそうに悠人を見つめていた。やがて薄らいで消えていく直前に、震える唇が開いて、短い言葉を形作るのが見て取れた。悠人にはそれが、ユルス、あるいはユルセ、と言っているようにも、クルナ、と言っているようにも思えた。

〈ミハル、さあ、一緒に戻ろう〉

手を伸ばし、ようやく子供の肩を掴んだ。パジャマの布地は、まるで海水しか包み込んでいないかのように、手のなかでぐにゃりとかたちを変えた。

〈ミハル、――ミハル〉

悠人は両腕を広げて丸い輪を作り、触れないように、壊さないように、その輪のなかにそっとミハルを捉えた。そのままのかたちで、流れにのって運ばれていった。

切りそろえた髪だけが、悠人に応えてさわさわと揺れた。そうしていると、恐怖も絶望も、意識から滑り落ちていった。

流されても流されても、さらにその果てに虚空が開いていた。もう戻れない。彼にもそれがわかっていた。だが、それでいい。この子と一緒に、あそこまで行こう。

静かだった。いつのまにか子供の顔も虚(うつ)ろなままに硬く閉じ、その暗黒の鏡面に、悠人自身の顔が淡く映っていた。悠人が微笑(ほほえ)めば、その顔も微笑む。もう何ひとつ妨げるものはない。ミハルは悠人、悠人はミハル。この海の底で、自分は自分の運命とひとつになって滅びるのだと、彼は思った。

〈だいじょうぶ、もうずっと一緒だ〉

腕の輪のなかのミハルに、最後に言った。

すると、だいじょうぶ、という語の響きが、薄らいでいく悠人の意識に小さな棘(とげ)のように突き刺さって、ひとりの女の顔がぼんやりと浮かんだ。

多摩雄はさっき、ユルスでも、ユルセでも、クルナでもなく、単にその女の名を、自分に囁きかけたのではなかったかと悠人は思った。リ、ツ、コ、と――。

そこはもう山林でも海でもなかった。自分がどこにいるのか、浄鑑は考えることもしなかった。仄明(ほのあか)るい光が漂う広々とした空間に、ひとりの青年と、一本の樹木だけがあり、浄鑑はその二つのものの間にかすがいのように打ち込まれて、苦痛に顔を歪めているのだった。

先刻から、悠人の姿が少しずつ薄れ始めていた。離れた場所に置かれたプロジェクターから投影される画像のように、揺らぎ、霞み、頼りなく透けて、脚はもう消えかけている。奇妙なことに、そうして薄らげば薄らぐほど、青年の身体は引力を増し、浄鑑の腕に限界を超える荷重がかかった。

筋肉という筋肉が悲鳴を上げ、激しく震えていた。あとどれほども持ちこたえられないにちがいない。それでも浄鑑は、一分でも一秒でも長く引き止めておこうと躍起になった。

蒼白い蜃気楼のような悠人の顔に、すでに虚ろな死相が顕れていた。

腰から下が消え、胸、肩も消え、最後にはその顔も徐々に薄らぎ、ついには消えていった。悠人の何もかもが消え、残されたのがわずかに左手首から先だけになってしまっても、浄鑑はおこりに罹ったように震えながら、長い間それを摑んでいた。

浄鑑が摑んでいるかぎり、その部分は揺らぎも霞みもしなかった。手の甲には、圧迫された血管が膨れ上がり脈打っているのが見えた。それは美しい手だった。滑らかな皮膚に覆われ、骨は太いけれども全体にほっそりとした、若々しい手首。

その手首ひとつが大岩ほども重かった。

身体のどこかで、関節がまたいやな音をたてた。つかまっている樫の幹があり得ない角度にまでしなっている。もう、ほんとうにもたない。

浄鑑の意識はそのとき、激痛に呻き続ける肉体を離れて、彼が密かに虚空と呼ぶことを好むあの不可思議の方へと、またしても漂っていった。有とは何か、無とは何か。果てが果て、その果てがまた果てるところに何が有る、あるいは無いのか。

信じ切ることもできず、信じないでいることもできないまま、それでも焦がれずにいられないのは、あの仏が、人間の心の最も奥深い願望だからだろうか。

生きるということが何らかの妄想を紡ぎ出さずにいられないものなら、自分は阿弥陀仏という妄想を選んで生きたことを、よしとしよう。銀河に思いを馳せる一個のバクテリアで充分だ。

浄鑑は目を閉じ、いったん呼吸を止めた。成っても成らなくても、所詮は阿弥陀の手の平の上の茶番劇にすぎない。

信じ切れてはいない気持ちのままに虚空を念じ、吐く息と一緒に、悠人の手を離した。

では、行くがいい、有無の彼方、どこでもないどこかへ——。南無、阿弥陀仏。

「悠ちゃん!」

世界が無音のまま砕け散り、すぐにまた何ごともなかったかのようにパッと復元した。

何かそんなことが、声が生じた一瞬に起きたように思えた。

浄鑑はその場にがっくりと膝を折った。そのまましばらく動くことも、考えることもできなかった。顔だけを巡らし、枝を連ねて揺るぎなく立ち並ぶ周囲の木々を眺めた。

少し離れた地面に悠人が倒れていた。

声の主である女はそのそばにへたり込み、精根尽き果てた様子で胸に取りすがっていた。

忽然と中空に姿を現した月が、投げ出された悠人の四肢や女の背中を、淡い光の膜で覆っている。

瞬時に炸裂し、瞬時に復元したかに思える風景は、しかし完全に元どおりではなくて、言ってみれば、舞台が暗転してまた同じ作りの舞台が現れたような、何とも微妙な違和感が、妙に冴えざえとしたこの月光ひとつのなかにさえ消え残っている気がした。空も林も足元の石ころも、何かの痕跡を隠すためにあわてふためいて仮面を被りなおした、とでもいうふうに、どこか取り澄ましている。

そんな感触が拭いきれないまま、浄鑑はゆっくり立ち上がった。

5

自分は何を見たのか、見なかったのか。

左手でつかまっていた樫の木が、中ほどから真っ二つにへし折れていた。あらためて調べるとそれは、あれだけの負荷に耐え得たことがとても信じられない、樹齢十年にも満たない細い木だった。

近づいていって、女の反対側から悠人の顔を覗き込んだ。閉じた目蓋のまわりにも、頰や額の皮膚にも、異様な斑が点々と浮いていた。死斑という言葉が頭を掠めたが、そうではないことはすぐにわかった。青年は規則正しい息をしていた。念のために確かめてみると脈もしっかりしていた。だが、浄鑑に摑まれていた手首には、赤い腕輪を嵌めこんだような無残な痕が残っていた。

視線を移して女を観察した。見たところ普通の女だ。よほどがむしゃらに登って来たのだろう、乱れた髪が張り付いた首にも、裂けた服地からのぞく肩にも、手の甲や指先にも血が滲んでいた。途中で上着を脱ぎ捨てたのか、ブラウス一枚という姿だった。

「あんたが、呼び戻したんだ」

女は顔を上げた。極度の疲労と、悠人を見つけ出したことの安堵とに放心している。はじめて気付いたといわんばかりに浄鑑に向けられた瞳は、暗幕を引きめぐらしたように暗かった。

「え、何が？」

ポカンと聞き返す。

「はぐれちゃったかと思った。ここは寒いね、悠ちゃん。目を覚まして、ねえ、一緒に帰ろうよ」

再び悠人の上に覆いかぶさって、頬や肩をさすりはじめる。

「ねえ、だいじょうぶだよねえ、悠ちゃん、目、覚ますよねえ」

浄鑑に向かって問う。何が起きたのか、浄鑑が誰なのかはたずねる気もないらしい。目に涙が膨れ上がって、今にもこぼれ落ちそうに震えている。

「ともかく運び下ろそう。あんたか、彼か、携帯電話を持ってるかね」

電話があったとしても、どこに通報し、どう状況を説明し、自分でもしかとはわからないこの地点をどう伝えるのか。それでも一応たずねてはみたが、女が首を振って否定したので、むしろほっとした。騒ぎが大きくならないよう、一連の出来事を隠密裏(おんみつり)に処理する必要があった。

「そうか、では方法を考えるから、あんたはそのまま身体をさすったり、名前を呼んだりしていてくれ」

そう言いおいて、浄鑑は短時間でできる限り丹念に周囲を探し歩いた。ミハルの亡骸(なきがら)が見つかるのではないか、と思った。あの女のひと声で、悠人だけが引き戻された。子供はもう生きてはいないだろう。感じまいとしても、彼はそれを感じた。

杉木立の間にも、その先の藪（やぶ）のなかにも、それらしいものはなかった。涸（か）れ沢を覗き込むと、母を隠した岩棚の端に月光が降り注いでいるのが見え、心が震えた。だが、見渡せる範囲のどこにも、これと言って目に付くものはなかった。

汗が乾きはじめたのだろう、女がひどく震えていた。このままここにいては、女も悠人も凍死するかもしれなかった。それほど冷気が強かった。

浄鑑は探索を打ち切った。ともかく悠人を運び下ろさなければならない。だがどうやって？　女子供ならまだしも、長身の悠人を背負って長い道のりを下りるのは、たとえ自分がこれほど消耗し切っていなかったとしても無理な話だ。

結局浄鑑は、折れた樫の木を使うことにした。広がった枝を束ねあわせて、枯れ蔦（つた）を幾重にも巻きつけ、何とか橇（そり）に似た平らなかたちに仕上げた。その上に悠人を乗せ、黒衣（こくえ）を脱いで身体（からだ）を覆うと、さらに蔦や、黒衣の石帯や、女が身につけていたベルトやストッキングで、動かないよう括（くく）り付けた。

折れた幹の先を持って浄鑑が引っ張り、女が後ろから橇の向きを調整しながら、林のなかを下り始めた。

計算どおり下り傾斜が有利に働きはしたが、始終何かに引っかかってなかなか思うようには進まない。女も浄鑑も、たちまち息を喘（あえ）がせはじめた。だが悠人の身体は厚い葉のクッションに支えられて、尖った岩の上でも傷つくことはなかった。

悪戦苦闘しながら、ようやく残りの距離が読めるあたりまでくるのに、三時間余りかかったろうか。浄鑑は女に声をかけて、ひと息入れるために立ち止まった。倒れずに立っていられるのが自分で不思議だった。女もきっと同じだろう。

その女がふいに囁いた。

「悠ちゃんが起きてる」

はじめは不安げな声が一気に弾けて、すがり付きながら名を連呼する。

「悠ちゃん、悠ちゃん、悠ちゃん――」

いつからそうしていたのか、悠人は表情のない目を開いて空を見つめていた。

林のなかには何の変化もないが、枝越しにのぞく空だけには、気が付けば仄白い夜明けの兆しが漂っていた。

浄鑑は悠人に近づいて、脈と呼吸を確かめた。

「おい、気分はどうだ、何とか歩けるか」

応えはなかったが、青年は身じろぎした。拘束されていることがわかると、戸惑った様子で自分の胸を見下ろした。

残りの行程は、女と浄鑑とで左右から悠人を支えて歩いた。そこから先も道は長く、何とか林を抜け出るころには、もう誰が誰に寄りかかり、誰が誰を支えているのかも判然としないほど足取りが乱れていた。

それでも浄鑑は、あまりにも長かった一夜のあとで、自分たちがこうしてまた冬の夜明けのなかに歩み入ろうとしていることに、言葉にならない感慨を覚えた。たとえこれが、もうひとつの綻びやすい妄想の始まりにすぎないとしても。朝焼けに薄く染まる雲、枯れ草を覆う霜の白さ、目に映じるそれらの事象すべてが、ひと皮剝けば意味も実体もない目くらましであるとしても。

誰か一人が足をもつれさせるたびに大きくよろめきながら、三人は寺に続く坂をのろのろと下っていった。

6

翌々日の昼下がり、浄鑑はようやくまた、あの杉の根方にたどり着くことができた。

昨日もさんざん歩いたが、どうしてもその場所がわからなかったのだ。昼の光の下で見る林は、夜とはまるで違っていた。まるでスクラムを組むように立ちふさがる樹木の間に、かえって入り込む隙が見つけ出せない。二度と行き着けないのではないかと、本気で心配したのだった。

ささくれ立った杉の幹に手を触れると、まだ生々しいさまざまな記憶が胸に迫った。彼はくずおれるように地面にすわり込んだ。

黒衣の背中に、今日はくたびれたリュックとシャベルを背負っていた。それを下ろして、そのまま幹にもたれかかり、脚を投げ出した。

動かずにいると、冬の陽射しがあっけなく角度を変えていくのがわかる。静まり返った冷気の底から時おりヤマバトの声が聞こえた。

早朝に律子というあの女から電話があった。悠人は明日退院するという。相変わらずひと言も口を利かないが、脳にも身体にも問題が見つからない以上、病院にいてもすることがないと言われたらしい。

「悠ちゃんはだいじょうぶよ。あたしが話しかけると、優しい顔でじっと聞いているの。目でちゃんと応えてくれるの」

律子の声はしっかりしていた。浄鑑は初耳だったが、悠人の祖父にあたる老人があの日の夕刻に息を引き取ったらしく、その亡骸をいつまでも病院の霊安室に置いておけないので、これから火葬をすませるのだとも言っていた。

その葬儀のことも含めて、今後のいろいろな問題の相談にのろうと浄鑑が申し出ると、律子は素直に礼を言い、安心したのか、かえって涙声になった。

今朝は他にも檀家の老人や女たちが様子を見に来たり、町野医師から電話があったりで、何かとあわただしかった。月参りを休んだくらいのことで、そこまで住職の身を案じてくれる彼らが、うれしいような、うっとうしいような。ともかく、元通りの平和で退屈な町に、こうして戻っていくのなら何よりではあった。

またヤマバトが鳴いた。リュックからペットボトルを取り出し、水を飲んだ。

浄鑑はそれから二時間余りかけて、付近の捜索を行った。一度は調べた範囲をさらに広げて、藪を掻き分け、落ち葉の堆積を掘り崩し、それこそ寸刻みに捜しまわった。切り立った斜面に何とか足がかりを見つけて、涸れ沢の底にまでも下りてみた。

どこをどう探しても、ミハルは見つからなかった。

彼は突っ立ったまま、地面を踏みしめている自分の靴の無骨な爪先を眺めた。

あの小さい者は、母の心が行き着いたその同じところへ、身体もろとも行ってしまった。自分を慰めるために、そう考えてみる。二人とも今は虚空に溶け去って、夢さえ見ずに深く安らかに眠っていると。

杉の根方に戻り、衣についた枯葉や土を払い落としてから、持参した濡れタオルで手と顔を拭った。いったん石帯を解いて着崩れを正し、外しておいた五条袈裟をあらためてかけた。

それから一歩一歩慎重に、岩棚へと下りていった。

いずれ人々を納得させるための、何らかの説明を考え出さなければならない。いなくなったミハルを捜して山に入った母が、足を滑らせて沢に落ちたようだ、とでも？　彼は吐き気にも似た悲しみを感じた。今はまだ、そんな安易な言い訳以外、何ひとつ頭に浮かばない。

少し傾いた岩の上に、あの夜横たえたままの姿で、千賀子は浄鑑を待っていた。山の冷気に凍てついた顔は蒼白く肌が透け、目立った傷もほとんどなかった。

「母さん――」

彼は亡骸のかたわらに両膝をつき、死の静寂が張りつめたその額にそっと手の平を置いた。

小さな裸の身体を暗闇(くらやみ)が圧(お)し包んでいた。子供は手足を縮めて水に浮かび、ほとんどの時間をうつらうつらとまどろんで過ごした。目覚めているときも半分夢見心地で、闇のなかから聞こえる様々な音を、聞くともなく聞いていた。脈打つ音、流れる音、収縮する音、もっとずっと遠くの方でざわざわ鳴っている雑音。

なかでもその子がいちばん好きなのは、何度も何度も聞こえる誰かの囁き声だった。言葉を知らない耳には、それは風変わりな、心地よい、一種の音楽として響いた。高まったり、低まったり、内側からくるような、外側からくるような。

——ネエ、モウスグヨ、モウスグアタシタチノアカチャンガウマレルノヨ、アア、アタシ、オカアサンニナルンナンテ、ホントニユメミタイ。

そこがどこなのか、自分はなぜそこにいるのかというようなことを、その子は考えもしなかったが、声を聞いているときには、いつももう少しで何かを思い出しそうな不思議な気分になるのだった。

――オジイチャンガイキテタラナ、キット、スゴクヨロコンデクレタダロウナ、アレカラモウ、ニネンモスギタンダネ、ア、サワッテミテ、オナカノナカデウゴイテル、ホラ、ホラ、ホラ。

この声は誰だろう。この声はきっとあの人のような気がする。でもあの人って誰だったっけ、どうして、ちゃんと思い出せないのだろう、あの優しい、銀色の髪の――、ア――ミダサマ――？

――ワラッテルノ、ユウチャン、イマナニヲカンガエテルノ、モシカシテ、オトウサンニナルノガウレシイノ、ネエ、シンジャッタアカチャンノブンモ、コノコヲ、タイセツニタイセツニ、シヨウネ。

囁く声のほかに、一度も囁かないもうひとつの声がある、外側に二人の誰かがいる。目鼻や手足が少しずつ育っていく間に、その子はそんなことをだんだんに理解し、囁かない方の声が囁くのを、どうしても聞きたいと思うようになった。

もしここから外に出られたら、囁かないあの声を囁かせよう。そうさせるのはとても簡単だ。あの声のところにいって、ただ名前を呼びさえすればいいのだから。

暗い水のなかでまた少し身体の向きを変えながら、言葉以前の言葉でその子はそう考えた。言葉以前の言葉で、その子は囁かない声の名を知っていた。

解説

吉田伸子（書評家）

　あぁ、これは曼荼羅なのだ。そう思った。極彩色の絵ではなく、沼田さんが文字で、文章で描いた曼荼羅なのだ、と。曼荼羅の円の中心にいるのは、阿弥陀仏に抱かれた一人の幼子である。

　沼田さんは、第五回ホラーサスペンス大賞を受賞した『九月が永遠に続けば』で二〇〇五年にデビューした。本書は『彼女がその名を知らない鳥たち』『猫鳴り』に続く第四作めで、以後『痺れる』『ユリゴコロ』と続く。デビュー以来ほぼ年に一作のペースというのは寡作といえるが、沼田さんの物語を読むと、その寡作ぶりが納得できる。何と言うか、どの作品もずしりと重く濃いのだ。身を削って、魂を削って、という言葉があるけれど、沼田さんの物語を読むと、その言葉の意味を体感できる。

　物語は、サラリーマンと住職、二人の男が廃車置き場に捨て置かれた冷蔵庫の前で出会う場面から始まる。都内に務める工藤悠人は幻聴かと思うほどの耳鳴りに悩まされ、何かに衝き動かされるように、その耳鳴り＝「コエ」に導かれて、廃車置き場近くの寺の住職である筒井浄鑑は、勤行中に背後に感じた何者かの気配に導かれて、その冷蔵庫の前に立つ。何が何だか分からない悠人と違い、浄鑑には冷蔵庫の中にいるものに薄らと察しがついている。浄鑑は「それ」を救うためにではなく、引導を渡しに来たのだ。「半日かそこらでケリが付きかけている」ことを察知した浄鑑は、悠人さえ来なければ、そのまま放置しようかとも考えたのだが、悠人まで「コエ」に呼ばれたことを知り、冷蔵庫を開ける。中にいたのは今にも息絶えようとしている幼い女の子だった。

幼子を寺に連れ帰った浄鑑は、母親である千賀子に看病を頼み、悠人を一旦帰す。次の土曜にまた来てくれ、と。その間に土地鑑のある自分が、幼子の身元を調べておくから、と。けれど、その時既に浄鑑は幼子と悠人を二度と会わせないことに決めていた。何故なら、幼子が悠人を引き寄せたことに、助けられた直後に、知るはずのない悠人の名を呼ばったことに、来るべき災厄の萌芽を感じ取ったからだ。

幼子は、履いていたズック靴に書かれていた名前から、食い詰めた父親に捨てられた、綿本ミハルという五歳の少女であることが判明する。やがて、約束の土曜日に、再び寺を訪れた悠人に、浄鑑はミハルを会わせることなく、ミハルを北国に住む信頼の置ける里親に預けることにした、と告げる。浄鑑の目の前にいるのは、憔悴しきった悠人だ。数日のうちに面変わりしてしまった悠人は、浄鑑が感じた災厄の匂いを裏付けるものであり、ならば一層、ミハルと悠人を再び会わせてはならない、と浄鑑は確信する。「悠人が焦がれれば焦がれるほど、用心して子供を遠ざけておかなければならない。力と力を厳重に隔離しておかなければならない」と。

仏に仕える身の浄鑑には、ミハルが悠人を呼ばったこと、悠人がミハルの「コエ」を聞き分けたこと、それが尋常ではないことが分かるのだ。常に生者と死者のあわいに身を置いている浄鑑だからこそ、本能的に嗅ぎとり得た禍々しさ。浄鑑は悠人に言う。自分の場合はミハルだけに特別な反応をしたわけではない。けれど「あんたはちがう。あんたのは虫の知らせなどという生易しいものではない。あんたの居所はあの場所からずいぶん遠いにもかかわらず、瀕死のあの子は、あんたを見つけ出してもの凄い力で呼んだんだ。生きるか死ぬかの極限状況で、きっとあの子の何かが一気に目覚めたんだろう」

浄鑑は嘘を吐き通して、悠人を寺から追い返す。そこから物語は、浄鑑（とミハル）のパートと悠人のパートが交互に語られていく。ミハルとの「道」を絶たれた悠人は、長い間立ち直れなかったが、それでも一年、二年と経つうちに、ミハルとの出会いを、意識の下に何とか押しとどめておけるようにはなっていた。破滅の予感を抱えながらではあったが、それでも普通の日常に戻っていた。一方、浄鑑のほうも、不吉な影を常に感じながらも、年老いた母とミハルとの穏やかな時間をすごしていた。

けれど、そんな穏やかな日々は所詮はかりそめのものでしかなかった。ミハルは溺愛していた老猫が死に向かっていく過程で、自分でも気付かないうちに「力」を発露させていく。やがて死んだ老猫を再び呼び戻そうと、ミハルが自覚的に「力」を解き放ってからは、浄鑑らが住む穏やかな田舎町は、邪悪なものにゆっくりと、だが確実に蝕まれていく。

この邪悪な空気というのが、読んでいるこちらにまでねっとりと絡み付いてくるようなリアリティがあり、皮膚感覚で恐い。ぞくぞくする。何かおぞましいものが足下から這い上がって来るようで、思わず立ち上がってしまいたくなるほどだ。ごく普通の田舎町、そこに住まう人々の心がゆっくりと綻びて行く様はたまらなく不気味なのに、読み手の目を逸らせない、言うに言われぬ沼田さんの物語る力が、行間からじゅくじゅくと滲み出している。

悠人は悠人で、ミハルとの出会いから五年後、地下鉄の中で再び「コエ」を捉えてしまう。その「コエ」は、十年以上前、生き別れたままになっていた祖父・多摩雄からのものだった。多摩雄の後をつけ、多摩雄が暮らすプレハブアパートに辿り着いた悠人は、後日そのアパートの住人である律子と出会い、祖父に対する暴力的な想いの丈を律子にぶつけ、彼女を犯す。そこから、悠人と律子の歪んだ関係が始まる。

浄鑑のパートが、土着的なホラーだとしたら、悠人のパートは、悠人と律子の恋愛小説だ。職に就くこともなく、複数の男から囲われることで収入を得ている、ちょっと頭のネジが緩んでいるような律子と、ミハルへの昏い熱情を心の奥底に隠し持った悠人との関係は、沼田さんの『彼女がその名を知らない鳥たち』の、陣治と十和子を彷彿とさせる。捩じれて、歪んで、不格好で、けれどそこにあるのは、紛れもない愛だ。厳密に言うなら、悠人にあるのは、愛というよりは「あはれ」とでもいう想いなのだが。

母を死に追いつめた祖父に対する憎しみ、やり場のない憤りを、悪意や暴力という形で律子に向ける悠人と、そんな悠人をいつもいつも「だいじょうぶだから」という言葉とともに、無限に許容する律子。やがて、律子のもとに通ううちに、祖父の多摩雄と出くわしてしまった悠人は、否応なしに多摩雄にかかわっていくことになる。

この、頭も股もゆるい律子という女が、物語の終末、大きな鍵を握ることになるのだが、それは実際に本書を読まれたい。ただただ犬のように悠人を慕い、何をされても何を言われても悠人を赦す律子。彼女の造型は、読み進めて行くごとに肉がつき、くっきりとした輪郭が象られていく。

浄鑑の周りで進行していく禍々しい世界と、悠人と律子、多摩雄の時間は、ある出来事がきっかけで再びクロスし、そこから一気にラストまで突っ走る。胸を掻きむしりたくなるほどの息苦しさと切なさ。全ての元凶は、「コエ」を持つミハルと、その声に感応してしまう「ミミ」を持つ悠人との因縁にあるのだが、そもそもミハルが「コエ」を使わねばならなかったその事情——冷蔵庫に閉じ込められ死にかけた——が痛ましくて、物語の最後の行まで目が釘付けになる。

一度死にかけたミハルは、この世のものでありながら、実は彼岸と此岸の裂け目に漂うものなのではないか。浄鑑と悠人に助けられたあの日から、ミハルはこの世の時ではない時を生き、この世のものではないものを見、あの世からの風に吹かれていたのではないか。あの世からの声を聞いていたのではないか。

そのことに思い至った時、ミハルが年端もいかない少女であることが、その哀切さが、胸に突き刺さってくる。ミハルの想いの強さ、彼岸と此岸をぐっと引き寄せてしまうほどの、その想いの強さが、もとをただせば、邪気のない、無心な子供心から出たものであること、ひりつくような、愛を乞うその想いから湧き出たものであることの、残酷な皮肉。どこまでも救われない、この世の無情に、ぐらぐらと身体が揺れそうになる。悪い夢でも見ているかのように、頭のどこかが鈍く痺れる。けれど、そう、その痺れこそが、沼田さんの物語世界でもあるのだと思う。強烈に度数が高くてクセもあるけれど、一旦味わってしまえば病み付きになるような酒に、沼田さんの物語は似ているのだ。

本書のプロローグは、救済と読むか、無間（むげん）の業苦（ごうく）と読むかで、印象は全く違ったものになると思う。私は祈るような心で、救済なのだと思っている。読後、「アミダサマ」というタイトルが、切ない呪文（じゅもん）のように、静かに静かに胸の底に沈んでいく。

（平成二十三年十月）

〈付記〉

今年（二〇一七年）、沼田さんの作品が映画化され、立て続けに公開されている。まず、二〇一二年、第十四回大藪春彦賞受賞作であり、本屋大賞にノミネートされた『ユリゴコロ』。その次が、沼田さんのデビュー第二作であり、解説本文中でも触れている『彼女がその名を知らない鳥たち』である。『ユリゴコロ』が大藪賞や本屋大賞の候補に挙げられたことが大きかったのか、沼田さんの名前はそれまで以上に広がった。

けれど、残念なことに、沼田さんは現在休筆中。本書はもちろん、デビュー作から一貫して、〝まほかる節〟とでも呼びたいような、独自の味を持つ沼田さんの作品――名状しがたい不穏さと、その果てにある孤高さ、愛も毒も併せ持つ懐（ふところ）の深さ――の新作が再び読めるようになることを、心から願ってやまない。

二〇一一年十二月　新潮文庫刊

光文社文庫

アミダサマ

著者　沼田まほかる

2017年11月20日　初版1刷発行

発行者　鈴木広和
印刷　堀内印刷
製本　ナショナル製本

発行所　株式会社　光文社
〒112-8011　東京都文京区音羽1-16-6
電話　(03)5395-8149　編集部
8116　書籍販売部
8125　業務部

ISBN978-4-334-77555-1　Printed in Japan

組版　萩原印刷

◇◇◇◇◇◇◇◇◇◇◇◇◇◇◇◇◇ 光文社文庫　好評既刊 ◇◇◇◇◇◇◇◇◇◇◇◇◇◇◇◇◇